도시의 소문과 영원의 말

도시의 소문과 영원의 말
ⓒ 나인경, 2025. Printed in Seoul, Korea

초판 1쇄 펴낸날	2025년 4월 30일
초판 2쇄 펴낸날	2025년 6월 18일
지은이	나인경
펴낸이	한성봉
편집	김학제·안태운·박소연
콘텐츠제작	안상준
디자인	최세정
마케팅	박신용·오주형·박민지·이예지
경영지원	국지연·송인경
펴낸곳	허블
등록	2017년 4월 24일 제2017-000050호
주소	서울시 중구 필동로8길 73 [예장동 1-42] 동아시아빌딩
페이스북	facebook.com/dongasiabooks
인스타그램	instargram.com/dongasiabook
트위터	twitter.com/in_hubble
블로그	blog.naver.com/dongasiabook
홈페이지	hubble.page
전자우편	dongasiabook@naver.com
전화	02) 757-9724, 5
팩스	02) 757-9726
ISBN	979-11-93078-48-8 03810

※ 허블은 동아시아 출판사의 문학 브랜드입니다.
※ 잘못된 책은 구입하신 서점에서 바꿔드립니다.

만든 사람들

책임편집	안태운
크로스교열	안상준
디자인	최세정

도시의 소문과 영원의 말

나인경
장편소설

차례

1. 눈꺼풀의 뒤편에 남아 있는 007
2. 돌아오지 않는 것 023
3. 소문, 의뢰, 공격 039
4. 메모리 데이터 061
5. 너를 기억하는 사람 077
6. 도시 괴담 091
7. 식별자 107
8. 일인칭 훈련 131
9. 허공의 와플 157
10. 거칠고 올드한 방식 179
11. 천사는 환상이며
    영혼은 생명체 안에만 존재한다 201
12. 최단 경로 219

13. 물속의 귀	241
14. 연약하고 위험한 부분	261
15. 어디로 가는 중이에요?	283
16. 메시지 혹은 구원	299
17. 우주의 마음	321
18. 어느 날 늦은 저녁의 신호가	337
19. 호수에 닿기	359
20. 한밤의 대화	377

해설 이소연(문학평론가)
세상을 여는 사랑의 대화 · 393

작가의 말 · 404

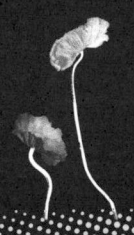

1. 눈꺼풀의 뒤편에 남아 있는

다섯이면서도 하나
왜냐하면 우리는 하나이니까

사용자의 ID 시비스 2.9.9 버전 업데이트가 진행 중입니다.

알림 팝업이 모니터 위로 떠올랐다. 오전 내내 업무를 보던 안은 시간을 확인한 뒤 자리에서 일어났다. 주방으로 가 식어버린 커피를 개수대에 버리고 빈 컵에 얼음을 채워 넣었다. 자리에 앉아 일을 시작한 때가 9시, 정신을 차리고 보니 어느새 오후 2시가 넘어가고 있었다.

거실 한편에 놓인 월넛 테이블은 업무용 PC와 모니터, 캘린더와 태블릿, 각종 서류와 충전기 따위로 어지러웠다. 안은 3년 전 공영 방송사의 구성작가 일을 정리한 뒤 프리랜서로 이런저런 일을 하며 살아가고 있었다. 출연진 섭외와 대본 작성, 자료 조사, 아이템 기획, 투자사 접촉 등 구성작가로 잡다한 일을 해온 것이 뜻밖에도 살아가는 데 도움이 되었다. PD라든가 감독 등 소위 '본격적인' 일을 하는 사람들이 본격적으로 일을 시작하기 전에 세팅되어야 하는 일들, 사사롭지만 품이 많이 드는 일을 하면서 그럭저럭 먹고살 수 있었다.

안은 커피머신 아래에 얼음이 든 컵을 내려놓고 캡슐을 집어넣었다. 당장 오늘 중으로 해결해야 하는 일들은 웬만큼 정리된 듯했다. 저녁에 외부 미팅이 하나 있었고 그 전까지는 여유가 있었다. 안은 개수대에 비스듬히 기댄 자세로 창밖을 바라보았다. 빼곡히 들어선 대단지 아파트 사이로 공원이 보였다. 넓은 잔디밭도 울창한 수목도 없는 작은 공원이었다. 7월의 한낮, 지열을 식히려는 듯 바닥에서 올라온 분수가 키 작은 회양목 아래로 얕은 물웅덩이를 만들었다. 드문드문 행인들이 지나쳐 갔지만 집요할 정도로 내리쬐는 햇볕 때문에 공원에 관심을 두는 사람은 없었.

어쩐지 올해 여름은 실감이 나지 않는 것 같다.

안은 물웅덩이 위로 비치는 새파란 하늘을 바라보며 생각했다. 좀처럼 외출을 하지 않은 탓일까. 작년 여름은 어땠지? 막막해질 만큼 숨 막히는 더위라든가 어깨 위로 무겁게 가라앉는 습기, 끝을 모르고 쏟아지던 긴 장마 같은 것이 떠올랐다. 떠오르는 건 확실히 여름에 대한 기억이었지만 작년의 것인지는 알 수 없었다. 그것은 어쩌면 스쳐 가듯 보았던 이미지, 영화나 드라마 속의 한 장면인지도 몰랐다. 생각이 길어질수록 자신의 것인지조차 확실하지 않은 여름 풍경이 겹겹이 중첩되어 떠오르기 시작했다. 중첩된 것에는 실감이 없었다. 안은 생각을 멈추었다. 생각을 멈추면, 중첩은 사라졌다.

안은 자기 자신과 가까운 사람은 아니었다. 매번 거리가 생겨나는 건 안이 자신의 내부에서 일어나는 일들, 깊은 곳에서 떠오르는 장면이라든가 뭔가를 추동하려는 마음의 움직임을 신뢰하지 않기 때문이었다. 한때는 그 미묘한 거리감을 지워보려 했던 때도 있었지만 저항할수록 거리감이 선명해진다는 것을 깨달은 뒤로는 모든 걸 받아들이게 되었다.

내부라는 것이 언제나 멀리 있었기 때문에 안은 늘 개인으로서 현실 감각이 부족했다. 어둑한 영화관에 앉아 안이라는 사람이 출연하는 영화를 바라보는 사람처럼, 안은 안이라는 사람보다 안을 체험하는 사람에 가까웠다.

안은 커피가 든 컵을 들고 월넛 테이블이 있는 거실로 돌아가 앉았다.

사용자의 ID 서비스 2.9.9 버전 업데이트가 완료되었습니다.

또다시 알림 팝업이 떠올랐다. 안은 ID칩의 업데이트 내역을 눈으로 훑었다. 메모리 데이터의 반환 속도 개선, 메모리 데이터 소거 옵션의 다중 선택 기능 추가, 메모리 데이터 동기화 중 일부 지체 현상 개선….

업데이트 내역을 읽어 내려가던 안은 팝업을 껐다.

안이 ID칩 시술을 받은 건 지금으로부터 12년 전, 열아홉 겨울 무렵이었다. ID칩 시술은 주사를 통해 사람의 후두부에 마이크로 칩을 삽입한 뒤 이를 통해 시술자의 뇌에 네트워크를 구축하는 경피적 시술이었다. 네트워크가 활성화된 이후에는 시술자의 모든 기억이 메모리 데이터로 변환되어 클라우드에 자동 저장되었다. 기억의 저장, 이것이 ID칩의 기본 기능이었고 서비스 타입에 따라 사용자는 원하는 기억을 돌려받거나 돌려받지 않을 수 있었다. 기억의 반환 혹은 기억의 소거.

안은 12년째 '기억 소거' 서비스를 이용 중이었다. 시술을 결심했을 무렵 안은 매 순간 뒤섞인 형태로 떠오르는 중첩된 장면에 여러모로 상당히 지쳐 있었다. 몇 겹으로 중첩된 생을 살아가는 사람처럼, 혹은 몇 갈래의 삶이 자신의 몸을 동시에 통과하고 있는 것처럼.

"다섯 갈래."

"네?"

"다섯 갈래의 삶이에요."

안은 ID칩 서비스센터의 직원을 향해 말했다. "제 몸을 통과하는 삶의 개수 말이에요."

"음, 그러니까 알아두셔야 할 건 기억 소거 모드가 활성화된 직후에는 다소 멍한 기분을 느낄 수 있다는 겁니다."

서비스센터 직원은 아리송한 표정으로 주의 사항을 알려주었다. "기억 소거란 기억 간의 연상 작용을 저지하여 떠올라야 하는 것들을 떠오르지 못하도록 가로막는 원리예요. 떠오르지 않는 기억들은 시간의 흐름에 따라 망각 속으로 사라지게 되고요. 다만 있을 것이 사라진 자리는 공백으로 남기 때문에 공백이 늘어날수록 현실 감각이 다소 떨어질 수 있어요. 물론 일상생활에 지장을 주는 정도는 아니니 그 부분은 걱정하지 않으셔도 되고요."

"기억 소거가 시작되면 나는 모든 걸 잊게 될까요?"

안이 물었다. "가능한 한 어떤 기억도 돌려받고 싶지 않은데요."

"기술적으로도 윤리적으로도 모든 기억을 소거하는 것은 권장되지 않습니다."

서비스센터 직원이 말했다. "다만 소거 주기와 강도의 조절이 가능하니 원하는 옵션을 선택할 수 있어요."

안은 가장 높은 단계의 옵션을 선택했다. 이후 안을 괴롭히던 정신적 소음은 라디오의 볼륨을 낮춘 것처럼 상당 부분 줄어든 상태였다. 돌아오는 것들은 밀도가 낮고 희박한 잔상의 형태로 그마저도 안이 알아채지 못하는 사이에 의식의 영역 바깥으로 사라져 버렸다. 안에게 남은 건 자신을 유지하는 데 필요한 최소한의 기억, 그뿐이었다.

"최소한의 기억마저 사라져 버린다면 자신이 누군지조차 알 수 없게 되어버릴 테니까요."

서비스센터의 직원은 모든 기억을 지울 수 없는 이유를 그렇게 설명했다. "하지만 걱정하지 않으셔도 됩니다. ID칩 서비스는 사용자에게 보다 완전한 삶을 제공하는 서비스로서…."

보다 완전한 삶. 자신을 유지하는 데 필요한 최소한의 기억. 안은 가끔 최소한의 기억이라는 게 어떤 기준으로 선별되는 것인지 궁금할 때가 있었다. 직원이 말한 최소한의 기억 속에는 다섯 갈래의 삶이 남아 있었다. 지극히 부분적인 기억이었으나 남은 것은 남은 것이었다. 어째서일까. 하필 그것이 나를 유지하기 위해 필요한 장면인 걸까. 그것이 남았으므로 안은 때때로 다섯 갈래의 삶에 대해 생각하게 되었다.

그것을 떠올릴 때 가장 먼저 나타나는 건 서늘하고 어

둑한 건물 내부에 대한 이미지였다. 살아오는 동안 안은 다양한 목적으로 지어진 건물을 이용했고 그중에는 서늘하고 어둑한 내부를 가진 건물들이 있었다. 혹은 어떤 건물이든 서늘하고 어둑한 구석이 있는 듯도 했다. 하지만 때때로 안을 생각에 잠기게 만드는 건물은 세상의 어떤 건물과도 닮은 데가 없었다. 안의 내부에 남아 있는 건 어느 순간 세상에서 영원히 자취를 감추어 버린 장소였다. 안은 눈을 감았다. 눈을 감으면 그곳은 다른 종류의 현실처럼 선명한 모습으로 떠올랐다.

턱이 높고 폭이 좁은 계단. 안은 늘 그곳에서부터 시작했다. 한 칸씩 계단을 걸어 올라가면 길고 좁은 복도를 사이에 두고 열두 개의 방이 나타났다. 한낮에도 복도는 캄캄하고 서늘하다. 습한 기운이 있어 더욱 그렇게 느껴진다. 의지할 데라고는 닫힌 문들 틈에서 새어 나오는 가는 빛이 전부다.

안은 숨을 죽이고 냉기가 고인 복도를 걸어나간다. 건물의 내부는 언뜻 오래된 기숙 시설같이 보이는 데가 있으나 한편으로는 공공 기관의 사무실처럼 보이기도 하는, 생활감과 무심함이 뒤섞인 인상을 준다. 안은 가장 안쪽, 마지막 방 앞에 멈춰 선 뒤 숨을 죽이고 문 가까이 귀를 댄다.

한 손으로는 문고리를 잡고 있지만 왜인지 선뜻 밀어낼 수는 없다. 문 너머에서는 어떤 기척도 느껴지지 않는다.

"안."

목소리가 들리는 쪽은 문 너머가 아닌 등 뒤쪽이다. 언제나 그렇다.

"뭐 해?"

"문 안쪽을 살피고 있어."

안은 여전히 문 너머에 신경을 둔 채로 대답한다.

"안쪽은 거기가 아냐."

등 뒤에 선 아이가 말한다.

"너는 이미 안에 들어와 있는걸."

아이는 안을 이끌듯 손을 잡고 끌어당긴다. 아이를 따라 뒤를 도는 순간 그곳은 더 이상 캄캄하고 서늘한 복도가 아니다. 안은 단순한 구조의 방 한가운데 서 있다. 서로 마주 보는 형태로 놓인 다섯 개의 침대와 건물 바깥쪽으로 난 창문이 하나. 하지만 창문은 늘 닫혀 있다.

그리고 여자아이들.

아이들은 모두가 새하얀 생활복을 입고 있다. 언뜻 같은 옷을 입고 있는 것처럼 보이지만 자세히 살펴보면 그렇지 않다는 걸 알 수 있다. 왼쪽 가슴께에 작게 수놓은 기호의 조합 때문이다. 아이들은 저마다 자신만의 것을 가지고 있다. 어쩌면 그것은 아이들의 이름인지도 모른다.

안은 시간을 들여 한 명 한 명의 얼굴을 충분히 바라보았다.

이상한 점이 있다면 안에게는 그 모두가, 안을 포함하여 다섯이었는데, 자신으로 느껴진다는 것이었다. 삼인칭과 일인칭을 동시에 가져가는 인물이 된 듯 눈 코 입이라든가 머리카락의 길이, 체형이나 분위기도 제각각인 아이들 모두가 안이었다.

"왜냐하면 우리는 하나이니까."

"다섯이면서도 하나."

안을 둘러싼 아이들이 안을 향해 속삭였다.

안은 눈을 떴다. 아이들로부터 도망치듯 현실로, PC와 모니터가 놓인 테이블 앞으로 돌아왔다.

어째서 이런 기억을 가지고 살아가고 있는 걸까.

기억 소거가 시작된 뒤에도 아이들이 자신을 바라보는 순간의 기억만큼은 좀처럼 사라지지 않았다. 안은 눈앞의 모니터를 바라봤다. 업무 스케줄표와 섭외 리스트, 다음 시즌 프로그램의 기획안, 메신저 창 따위가 수십 겹으로 떠 있었다. 얼마간 망설이던 안은 검색 포털에 접속한 뒤 '블루진프로젝트'를 검색했다. 상위 검색에 노출된 블로그 포스팅과 개인 SNS에 업로드된 짤막한 토막글, 서로 다른 플랫폼에 업로드된 10분 남짓의 영상들, 그 밖에도 블루진프로젝트를 모티프로 한 영화와 특집물을 비롯한 온갖 콘텐츠가 쏟아져 나왔다.

블루진프로젝트와 ID칩 음모론에 대해서.

안은 한 블로거가 포스팅한 페이지를 클릭했다.

블루진프로젝트는 유니언워크 사社에 의해 2018년부터 1년여 간 한 대형 병원의 통제구역에서 비밀리에 진행된 것으로 알려진 임상 시험이다. ID칩 서비스의 전신이 되는 기억 저장 기능에 대한 테스트가 진행되었고 블루진프로젝트에 참여한 xx명의 아이들이 자신의 의사와는 상관없이 시험에 투입 (…) 강압적인 환경 속에서 비인격적인 훈련이 진행되었고 (…) 전원 사망한 것으로 알려져 있다. 유니언워크는 블루진프로젝트에 대한 모든 소문이 사실과 어긋나며 음모론에 지나지 않는다고 지난 2026년 공식 발표한 바 있다.
유니언워크의 발표에도 불구하고 블루진프로젝트 음모론은 ID칩 서비스가 정식 출시된 2022년 이후 10여 년이 넘는 시간 동안 회자되어 왔다. 음모론의 주요 골자를 정리하면 다음과 같다.

1. ID칩의 실체란 인간의 뇌에서 생성되는 모든 전기신호를 바이트 단위의 전자 정보로 변환하는 기호조작처리 시스템이다.
2. ID칩을 통해 변환된 개인의 데이터는 단일한 상위 뇌(전자 두뇌)로 전송되어 일괄 관리된다.
3. 이 과정에서 개인의 모든 정보는 상위 뇌에 귀속된다.
4. 인간은 데이터를 생성하고 그것을 상위 뇌로 운반하는 통로로 전락하게 된다.

(…)

11. 최종적으로 기억 형성의 주체는 상위 뇌로 이관되며 인간은 상위 뇌가 주입하는 가공 기억 속에서 살아가게 된다.
12. 인간은 인간으로서의 인간을 잃는다.

글을 읽어 내려가는 동안 안은 자신의 깊은 곳 어딘가에서 작은 파문이 이는 것을 느꼈다. 그것은 안의 내부에 고여 있던 오래된 어둠을 밝혔다. 안은 밝은 빛 아래에 드러난 것, 피시험자로 블루진프로젝트에 동원되었던 날들의 기억을 바라보았다. 많은 부분이 유실되고 손상되어 불완전한 기억이었지만 안에게 그것은 유령처럼 온라인을 떠도는 음모론 따위가 아니었다. 무색투명한 사실이었다.

안은 브라우저를 껐다. 알 수 없는 이유로 블루진프로젝트에 동원된 것이 16년 전이었다. 그리고 불현듯 시작된 기억의 중첩. 기억 소거를 선택한 뒤 극심한 혼란은 사라졌지만 때때로 예상치 못한 순간에 중첩은 안을 덮쳐 왔다.

안은 ID칩 서비스의 사용 현황을 조회할 수 있는 개인 대시보드에 접속했다.

모든 것을 완성하는 당신의 마지막 한 조각!

유니언워크의 캐치프레이즈 아래로 구독 중인 서비스 사용 현황이 나타났다. 차트 속 라인 그래프는 안이 시술을 받은 2022년 이후 12년간 단 한 번도 마이너스 영역을 벗어난 적이 없었다.

[2034.7.21.] 금일 미팅 예정, 오후 9시, 도산역, JB.

그 순간 스케줄 알림 팝업이 모니터 위로 떠올랐다. 안은 시간을 확인했다. 7시. 먼 곳에서 하늘이 울리는 소리가 들렸다. 비가 올 것 같은데. 집을 채운 공기가 미세하게 진동하는 것이 느껴졌다. 안은 자리에서 일어났다. 주방으로 가 토마토 슬라이스와 프로볼론 치즈를 끼워 넣은 샌드위치로 간단히 저녁을 때운 뒤 오버핏의 데님 팬츠에 여름용 페이퍼 셔츠로 옷을 갈아입었다. 긴 머리를 포니테일로 묶고 컬러가 없는 립밤을 바른 다음 테이블 한구석에 던져놓은 백팩을 챙겼다.

모든 것을 완성하는 당신의 마지막 한 조각!

모니터 속에는 여전히 ID칩 서비스의 캐치프레이즈와 대시보드가 떠 있었다. 안은 PC를 끈 뒤 집을 나섰다.

2. 돌아오지 않는 것

망가지고 있는 거야, 달라지는 게 아냐

모든 것을 완성하는 당신의 마지막 한 조각!

정한은 텅 빈 사무실에 홀로 앉아 모니터 속 캐치프레이즈를 바라보고 있었다. 점심시간이 끝나려면 40분 정도가 남아 있었다. 이따금 입구 쪽에서 인기척이 들리는가 싶었지만 안으로 들어오는 사람은 없었다. 다수의 스타트업이 입주해 있는 공유 오피스 건물의 꼭대기 층은 담배를 피우러 옥상을 들락거리는 사람들로 늘 어수선했다.

모든 것을 완성하는 마지막 한 조각.

정한은 눈앞의 문장을 처음 읽었던 때를 떠올렸다. 마이크로 칩을 생산·유통하는 유니언워크가 뇌와 컴퓨터 인터페이스의 상호작용을 가능케 하는 작은 조각을 세상에 내놓았던 해, 정한은 열아홉이었다. 당시 정한은 시 외곽에 위치한 대안학교에서 기숙 생활을 했고 이 때문에 외출이 자유롭지 않았다. 종종 교칙을 어기고 무단 외출을 감행한 학생들이 벌점을 받거나 퇴소를 당하는 경우가 있었지만 그건 정한과는 상관이 없는 일이었다. 정한은 외출이 자유롭지 않다는 것에 큰 불편함을 느끼지 않았다. 정한은 보육원 출신이었고 월에 한 번 자유 시간이 주어져도 달리 갈 곳이 없었다.

달리 갈 곳이 없다. 이것은 정한을 설명하는 가장 솔직한 문장이었다. 정한은 그러한 기분을 거의 어디에서나 느꼈다. 성인이 되기 전까지 정한이 머물러야 했던 몇몇 장소들, 영아원과 보육원, 민간 복지 시설, 위탁 가정은 물론, 성인이 된 후에야 비로소 얻을 수 있었던 완벽히 개인적인 공간 역시 마찬가지였다. 정한이 원하는 장소는 어디에도 없었다. 늘 뭔가가 부족했고 이곳이 아니라는 생각에 시달렸다. 그것은 고아로서 갖게 된 마음의 갈증이나 태아가 모체로부터 분리되는 순간 필연적으로 갖게 되는 근원적인 결핍과는 다른 종류의 것이었다.

정한은 2018년, 열다섯 여름부터 열여섯 여름까지의 1년을 도산동에 위치한 대형 병원 내 격리 시설에서 생활했다. 그곳에서의 생활을 떠올릴 때 어렴풋이 나타나는 풍경은 야트막한 언덕을 사이에 끼고 세 개 동으로 나뉘어 있던 병원의 전경이었다. 대로와 맞닿은 본 A동과 본 B동, 그리고 언덕 너머의 연구동. 연구동은 병원을 오가는 외부인의 접근이 철저히 금지되어 있었다.

외부와의 접촉이 차단되어 있다는 점을 제외한다면 연구동에서의 생활은 여느 학교의 기숙 생활과 크게 다를 바가 없었다. 50분 단위로 짜인 스케줄, 공동생활을 위한 규칙과 통제, 매일 치러졌던 검사와 무수한 훈련들.

정한의 기억에 연구동 1층은 훈련실과 연구실, 처치실과 같은 업무 시설이 들어서 있었고 2층은 생활관이었다. 그곳에는 열 개 남짓의 방이 있었고 방마다 네다섯 명의 아이들이 공동생활을 했다. 아이들은 담당 스태프의 인솔하에 팀 단위로 움직였는데 같은 층을 사용하더라도 다른 방 아이들과 마주치는 일은 없었다. 벽 너머로 들려오는 생활 소음이나 아이들의 흔적 같은 것도 느껴지지 않았다. 연구동 내에서의 생활 규칙과 건물의 구조, 아이들을 인솔하는 스태프들의 동선이 처음부터 그것을 목적에 두고 매우 치밀하게 짜여 있었다는 것을 정한은 한참 시간이 흐른 뒤에 깨닫게 되었다.

검사와 훈련은 매일 오전 8시부터 오후 5시까지 진행

되었다. 정한은 강의실을 돌며 강의를 듣는 학생처럼 훈련실을 돌며 훈련을 받았다. 때에 따라 연구실로 불려 가 목적을 알 수 없는 검사를 받거나 상담을 하는 경우도 있었다.

자신의 몸에서 어떤 변화가 일어나고 있다는 걸 대부분의 아이들은 알고 있었다. 하지만 무엇이 어떻게 달라지고 있는 건지 정확히 아는 아이는 없었다.

"달라지는 게 아냐, 망가지고 있는 거야."

정한의 옆에 앉은 아이가 자신의 머리를 검지로 가리키며 말했다. "여기서부터 말이지."

"잡담은 그만."

아이가 뭔가를 더 말하려는 순간 테스트실 한편에 설치된 스피커에서 스태프의 목소리가 들려왔다.

"집중해, 테스트 중이야."

스태프는 다시 한번 주의를 주었다.

"테이블 위에 놓인 모니터를 바라봐. 모니터 속의 제시어를 확인하고 주어진 시간 안에 제시어와 가장 가까운 카드를 고르는 거야."

정한은 스태프의 지시에 따라 모니터를 바라보았다.

사랑.

정한은 작은 목소리로 제시어를 읽었다.

테이블 위에는 다양한 그림이 그려진 카드들이 놓여 있었다. 하트, 버터가 올라간 팬케이크, 노을이 내린 하늘, 나무와 달, 푸른 물결, 전철, 여자와 남자, 공원, 맞잡은 손….

시간이 흐르고 있었지만 카드를 향해 손을 뻗는 아이는 없었다. 연구동에서 지내는 날들이 길어질수록 단어와 카드를 연결하는 일은 점점 더 어려워졌다. 때때로 그건 불가능한 일처럼 느껴지기도 했다. 그뿐만이 아냐. 정한은 수십 장의 카드 앞에서 방황하는 아이들을 바라보았다.

"아주 깊은 곳에서부터 썩어들고 있다고, 우리."

옆에 앉은 아이가 카드를 바라보며 중얼거렸다.

"알아."

정한이 대답했다. 나도 알아. 확실히 아이들은 안쪽에서부터 서서히 손상되고 있었다. 시간 감각을 잃어 어제와 오늘을 구분하지 못하거나 대화의 맥락을 이해하지 못하고 같은 말을 반복하는 것은 대다수 아이들에게서 나타나는 보편적인 증상이었다.

또 뭐가 있었을까, 우리에게 일어났던 변화가. 아주 깊은 곳에서부터 조금씩 잃게 되는.

"집중해."

스피커에서 스태프의 목소리가 들려오는 동시에 모니

터 위로 새로운 단어가 나타났다.

호수.

정한은 고개를 들어 창밖을 바라보았다. 외부인이 오가는 병동과 제한구역이었던 연구동을 가르는 언덕. 그곳에는 언덕을 그믐달 모양으로 감싸는 푸른 호수가 있었다. 하지만 창밖을 살펴도 테스트가 치러지는 방에서는 호수가 보이지 않았다.

"안."

창밖을 바라보던 정한은 자신도 모르게 중얼거렸다. 입 밖으로 새어 나온 목소리에 놀라 주변을 돌아봤지만 정한에게 관심을 두는 아이는 없었다. 아이들은 혼란에 빠져 있었다.

정한은 눈앞에 펼쳐진 카드를 살펴보았다. 테이블을 가득 채운 카드 사이로 호수 그림이 그려진 카드가 보였다. 정한은 카드 위로 손을 뻗었다. 호수가 아닌 여자아이가 그려진 카드를 집어 들었다. 안. 이번에는 소리 없이 불렀다. 그 순간 머릿속에서 호수의 풍경이 펼쳐졌다. 정한은 그곳에 앉아 있는 안을 향해 다가갔다. 기척을 느낀 안이 뒤를 돌았다. 텅 빈 얼굴로 정한을 바라보았다.

모든 것을 완성하는 당신의 마지막 한 조각!

문득 정신을 차린 정한은 모니터 속 캐치프레이즈를 바라보았다. 서비스에는 아무 문제가 없다고 자신하는 듯한 문장을.

정한은 12년째 '기억 반환' 서비스를 이용 중이었다. 하지만 정한은 어떤 기억도 돌려받지 못하고 있었다. 그뿐만이 아니야. 정한은 두 손으로 마른세수를 했다. 안에 대한 기억은 신기할 만큼 많은 것이 누락되어 있었다. 정한의 기억 속에서 안은 누군가 의도적으로 블러 처리를 한 듯 모호한 모습으로 나타났다. 안을 떠올릴 때마다 정한은 걷잡을 수 없는 무력감을 느꼈다.

기억에도 저마다의 역할이 있다면 안에 대한 기억은 정한의 외부와 내부, 두 세계를 연결하고 상호작용을 가능케 하는 채널과 같은 역할을 했다. 안을 통하지 않는다면 정한을 둘러싼 세상은 현실감각이 제거된 이미지의 무한한 연속일 뿐이었다.

어쩌면 안에 대한 기억을 가진 진짜 정한은 허물을 벗고 다른 세상으로 가버린 것이 아닐까.

정한은 때로 생각했다. 나는 지금 진짜 정한이 벗어놓은 허물로서 이 세상을 살아가고 있는 게 아닐까. 허상과 다를 바가 없는 세상을.

정한은 모니터 뒤로 물러났다. 모호함, 그다음으로 나아가지 못하고 또 한 번 같은 지점에서 멈추었다.

블루진프로젝트가 종료되고 정한이 대안학교로 거처를 옮긴 다음 해, 병원은 문을 닫았다. 재정 문제로 인한 폐원이었다. 병원 건물이 있었던 부지는 대형 건설사에 매입된 뒤 신탁사로 처분 권한이 넘어갔고 곧 대대적인 철거 작업에 들어갔다. 현재 병원이 있었던 자리에는 인터넷 언론사와 콘텐츠 에이전시가 들어서 있었다.

모든 것이 사라진 뒤에도 정한은 때때로 병원이 있었던 도산동을 찾았다. 정한이 ID칩 서비스의 캐치프레이즈를 처음 본 장소 역시 도산동으로 가기 위해 이용했던 전철역의 스크린도어 광고를 통해서였다.

서비스가 첫 출시된 2년여간 유니언워크는 공격적인 마케팅을 펼쳤다. 대중교통, TV 광고, 모바일 배너, 오가닉 마케팅, 온·오프라인 이벤트. 눈을 두는 어디에서도 동일한 캐치프레이즈를 읽을 수 있었다. 유명 인플루언서와 브이로거의 ID칩 시술 후기는 수백만 조회수를 기록하며 인기 영상으로 온라인을 떠돌았다. ID칩이 대중적인 서비스로 자리 잡게 되기까지는 채 3년이 걸리지 않았다.

열아홉의 나는 알았을까?

사무용 의자에 몸을 기대앉으며 정한은 생각했다. 뇌의 후두부에 수십 개의 칩을 박아 넣은 서른한 살의 자신이 유니언워크가 지원하는 개인 대시보드를 통해 동일한 캐치프레이즈를 읽게 된다는 걸.

정한은 대시보드에 나타난 메모리 데이터의 반환 빈도를 확인했다. 반환 빈도 7. 빈도가 높게 설정될수록 많은 기억을 돌려받을 수 있었다.

"보통은 높아야 4, 5의 값이 일반적입니다."

올 초 방문한 서비스 센터의 고객 상담원은 사용자들의 이용 추이가 나타난 통계지표를 가리키며 말했다. "7은 사용자 개인의 진술만으로 설정할 수 있는 기억 반환 수치의 최댓값이고요."

고객 상담원은 잦은 빈도의 메모리 데이터 반환이 뇌에 가하게 될 스트레스에 대해 경고했다. 정한은 이를 받아들인 뒤 반환 수치를 최대치로 조정했다.

정한은 대시보드를 바라보았다. 차트 속 라인 그래프는 초 단위로 업데이트되며 기억 반환 현황을 나타냈다. 정한의 뇌 후두부에 흡착된 수십 개의 마이크로 칩은 지금 이 순간에도 정한의 신경세포를 탐색하여 매 순간 발생하는 기억을 저장하고 그것을 정한에게 되돌려주고 있었다.

하지만 무엇도 돌아오지 않아.

정한은 자신도 모르게 주먹을 쥐었다. 엄지에 힘을 주어 검지를 꾹 눌렀다. 엄지로 검지를 누르는 건 정한의 오랜 습관이었다. 초조함이 올라올 때, 불안감이 엄습할 때 혹은 그보다 더 어둡고 무거운 감정이 덮쳐 올 때 정한은 그 모든 것을 억누르듯이 엄지에 힘을 주어 검지를 꾹 눌렀다.

여기에는 분명 오류가 있어, 단순 결함 이상의 치명적인 오류가.

그간 정한은 뇌의 후두부에 박힌 수십 개의 칩과 그것의 역할에 대해 수차례 문의를 해왔다. 하지만 결과는 늘 같았다. 수치상 오류가 없으므로 서비스에는 문제가 없다는 답변이었다.

정한은 수십 개의 칩이 만들어 내고 있을 네트워크를 그려보았다. 두 눈으로는 영원히 볼 수 없을 그것은 그물망이 아닌 관의 이미지로 나타났다. 죽은 사람을 눕혀두는 관棺이 아닌 속이 비어 있는 둥근 관管.

기억이 되돌아오는 관의 어딘가가 망가진 게 아닐까.

정한은 그것을 의심하고 있었다. 네트워크의 불완전함. 얼핏 문제가 없어 보이는 관은 실은 미세하게 금이 가 있었는지도 모른다. 세월이 흐를수록 미세한 금은 틈으로 벌어지고 관을 통해 되돌아오는 기억은 틈 사이, 어둠으로 가득 찬 공동空洞으로 유실된다. 남는 것은 아무것도 없다.

매 순간 잃어버리는 일뿐이다.

지금까지 정한은 여러모로 다른 방법을 찾는 일에 몰두해 왔다. 운동이라든가 명상, 상담, 약물치료. 상황은 나아지는 듯하다가도 어느새 원점으로 돌아왔다. 무엇도 도움이 되지 않았다.

정한은 ID칩 시술 피해자들이 모인 커뮤니티에 접속했다. 서비스를 이용하는 과정에서 문제를 겪게 된 사람들이 자신의 케이스를 공유하는 온라인 커뮤니티였다. 정한은 기억 반환 카테고리에 업로드된 게시글을 훑었다. 반환된 기억의 품질과 기억의 변질 문제, 타인의 기억이 잘못 반환된 사례 등 다양한 케이스가 업로드되어 있었다. 대부분은 반환된 기억의 문제였고 기억을 돌려받지 못하는 경우는 없었다.

얼마간 게시글을 읽던 정한은 스크롤을 내려 다른 카테고리들을 살펴보았다.

기억 소거.

정한은 스크롤을 멈추었다. 기억 반환과 달리 기억 소거 서비스는 사용자 수가 많지 않았다. 기억의 연상 작용을 가로막아 특정 시점의 기억이 떠오르는 것을 저지한다고 했던가. 사용자의 내면에서 어떤 장면이 떠오르는 순간, 그러니까 불이 켜지는 순간 스위치를 꺼버리는 것이다. 찰나의 빛을 더 큰 어둠으로 가두어 버리는 방법. 정한은 기억 소거 카테고리를 클릭했다.

내 것이 아닌 목소리가 들려요.
스르르 나타나 말을 걸어와요.
낯선 이야기 속으로 끌어당겨요.

정한은 업로드된 게시글을 하나씩 확인했다. 과거의 자신과 거리를 두려는 사람들의 마음을 정한은 가늠할 수 없었다. 삶이라는 커다란 흐름에서 분리되고자 하는 의지를 어떻게 이해해야 할까.
정한에게 연결은 생사의 문제였다.
서로를 잡아당기는 기억 간의 연상이든 어제에서 오늘, 오늘에서 내일로 이어지는 무수한 매일의 연결이든 정한에게 어디에서 어딘가로 이어지고 있다는 의식은 중요했다. 모호한 출생과 돌아오지 않는 기억들 사이에서 필사적으로 잡아보려 하는 것 역시 그것이었다. 연결되어 있다는 느낌.
정한은 그곳에 가닿기를 원했다. 거대한 세상과 연결되었던 순간으로, 안과 마주했던 순간으로.

파티션 너머로 사람들이 돌아오는 소리가 들렸다. 정한은 모니터 하단을 확인했다. 시간은 막 1시를 지나고 있었다.

"다른 방법을 찾아야 할 거야."

정한은 자신의 깊은 곳에 있는 어떤 존재에게 말을 건네듯이 낮은 목소리로 속삭였다. 그리고 모니터 위에 띄워 두었던 대시보드를 껐다.

3. 소문, 의뢰, 공격

먼 미래에서 기다릴게

전철에서 내린 안은 시간을 확인했다. 약속된 미팅 시간까지 15분이 남아 있었다. 서두른다면 겨우 시간을 맞출 수 있을 듯했다. 등 뒤에서 스크린도어가 닫히고 멈춰 서 있던 전철이 검은 터널 속으로 천천히 나아갔다. 안은 인파에 섞여 출구를 향해 걷기 시작했다.

사람들의 휴대전화에 동시다발적으로 메시지가 전송된 것은 바로 그 순간이었다. 출구를 향해 걷던 거의 모든 사람이 자리에 멈춰 섰다. 안은 메시지를 확인했다.

먼 미래에서 기다릴게.

그것은 발신인 불명의 짧은 메시지였다. 안은 자신에

게 도착한 짧은 문장을 바라보았다. 평소였다면 알 수 없는 번호로 전송된 그것을 매일 한 두통씩은 받게 되는 그저 그런 스팸 메시지로 취급했을지도 모른다. 빠르게 판단을 마친 뒤 갈 길을 재촉했을지도. 하지만 안이 판단을 내리기 전에 먼저 반응한 건 안의 내부, 깊고 어두운 곳에 고여 있던 어떤 것이었다. 안으로서는 이해할 수 없는 일이었다. 메시지의 다음 말을 이어가려는 듯 아득히 깊은 곳에서 목소리가 들려온 것이다.

먼 미래에서 기다릴게.
너를 기억하는 나를 기억해 줘.

다음 순간 안의 눈앞에 나타난 것은 호수였다. 눈이 시릴 정도로 푸른 호수와 잔잔한 표면 위로 부서져 내리는 빛. 안은 알 수 없는 힘에 이끌리듯 호수를 향해 다가갔다. 가장자리에 걸터앉자 호수 표면에 얼굴이 비쳤다. 어딘가 낯선 얼굴을 언제까지고 바라보고 있을 때 누군가 안의 곁으로 다가와 앉았다. 호수를 바라보던 안은 옆을 돌아보았다.

"이동해 주세요!"

먼 곳에서 역사 직원이 소리쳤다. 멈춰 섰던 사람들은 정지한 시간 속에서 풀려나듯 한꺼번에 깨어났다.

"다음 열차가 도착하고 있으니 승객분들은 출구로 이동해 주세요!"

머리 위로 열차의 도착을 알리는 안내 방송이 울려 퍼졌다. 정신을 차린 안은 시간을 확인했다. 시간이 없어. 안은 플랫폼을 가득 채운 사람들 틈에 섞여 역을 빠져나왔다. 출구와 이어진 대로변을 따라 걷기 시작했다. 그사이 해는 완전히 저물어서 사방이 어둠으로 가득했다.

그리고 안개.

거리는 낮게 내려앉은 안개로 자욱했다. 후덥지근한 공기 때문에 조금만 걸어도 땀이 맺혔다. 안은 이마에 맺힌 땀을 닦았다. 비는 쏟아질 듯 쏟아지지 않았다.

*

유명 인터넷 언론사와 대형 콘텐츠 에이전시가 들어선 건물 사이로 경사진 언덕을 올라가면 뜻밖에도 넓은 공터 위에 세워진 프라임빌딩이 나타났다. 안은 건물로 들어서기 전 고개를 들어 까마득한 높이의 건물을 올려다봤다. 1층 홀을 제외한다면 대부분 불이 꺼져 캄캄했다. 저 중 어딘가에 JB의 작업실이 있는 것이다.

'도착했어요.'

안은 JB에게 메시지를 보낸 뒤 홀을 둘러보았다. 1층은 빌딩에 입주한 입주사 직원들을 위한 편의시설로 이루어져 있었다. 프랜차이즈 카페와 베이커리, 편의점, 식당, 피트니스 센터가 한눈에 보였다. 편의점을 제외한 모든 가게가 영업을 종료한 상태였다. 안은 다시 시간을 확인했다. JB에게서는 답이 없었다.

어둡다.

홀을 살피며 걷던 안은 홀 안쪽에 마련된 오픈형 회의 공간을 발견했다. 외부 미팅용으로 만들어진 공용 공간인 듯했다. 불이 꺼져 있어 어두웠지만 홀 중앙에 설치된 조명 빛이 가까스로 닿는 자리가 있었다. 안은 빛이 닿는 테이블 끄트머리에 앉은 뒤 휴대전화를 꺼냈다. 검색 포털에 접속하여 상위 검색 키워드를 확인했다.

메시지 테러
유니언워크 전산망 장애
메모리 데이터 해킹

테러, 전산망 장애… 해킹? 안은 포털의 메인페이지에 노출된 몇 건의 기사를 빠르게 훑었다. 무슨 일이 일어나고 있는 거지? 안은 상단에 배치된 기사 중 하나를 선택했다.

기사는 단신이었다.

당일 오후 7시 42분경 디도스 공격으로 인한 유니언워크 내부 전산망의 일시적 장애 발생.

유니언워크를 향한 디도스 공격? 안은 몇 건의 기사를 더 찾아보았다.

당일 오후 유니언워크 내부 서버를 향한 대규모 디도스 공격 발생 (…) 일부 ID칩의 사용자 정보와 메모리 데이티에 대한 해킹 시도가 있었던 것으로 추정된다. 또한 유니언워크와 수사 당국은 디도스 공격과 다수의 사용자에게 전송된 발신자 불명의 메시지 간의 관련성을 수사 중이다.

기사는 발신자 불명의 메시지와 유니언워크를 향한 디도스 공격 사이의 관련성을 말하고 있었다. 안은 기사 링크를 즐겨찾기에 추가했다. 당장 판단을 내리기에 내용은 빈약했고 많은 부분이 공란으로 비워져 있었다. 후속 기사를 챙겨 볼 생각이었다.
'어디?'
JB의 메시지였다. 안은 자리에서 일어났다. 홀 한가운데 서 있는 JB가 보였다.

"여기예요."

안은 JB를 향해 손을 들었다. 텅 빈 공간에 울려 퍼진 목소리는 공기를 타고 사방으로 흩어졌다. 그중 얼마간의 목소리가 홀 내부 구조물에 부딪힌 뒤 시간차를 두고 안이 있는 곳으로 되돌아왔다.

"기사 봤어?"

JB는 안의 맞은편에 앉으며 물었다. 수년 만의 만남이었으나 인사도 없이 바로 본론이었다. JB는 천성이 무겁거나 진지한 사람은 아니었다. 다만 일에서도 사람 관계에서도 군더더기가 붙는 걸 싫어했다. 필요한 것은 필요한 만큼만. 그건 공영 방송사의 교양국 PD로 일하던 시절부터 한 번도 변하지 않은 JB의 신조였다. 이런 성격은 호불호를 탈 수밖에 없어서 업계에서의 평판도 극과 극으로 갈렸다. 같은 이유로 JB를 선호하는 쪽이 있는가 하면 대놓고 배제하는 사람들도 있었다. 잘 알지는 못해도 이러한 경향은 JB가 방송사를 나와 독립한 뒤 더욱 심해졌던 것 같다. 여러모로 난감한 상황이 있었고 어려움을 겪었다는 걸 안은 사람들로부터 건너 들어 알고 있었다. 아무래도 호보다는 불호 쪽이 더 많았던 탓이다. 외주 프로덕션의 계약 PD로 경력을 이어가던 JB는 어째서인지 돌연 잠적한 뒤 지금은 음모론,

미스터리 따위의 영상을 제작해 업로드하는 비디오 플랫폼 채널의 운영자가 되어 있었다.

안이 JB의 연락을 받은 건 2주 전, 7월 초 무렵이었다.

"너 일 좀 할래?"

낯선 번호로 대뜸 전화를 걸어온 JB는 안에게 물었다. 그간의 안부를 묻거나 하는 과정은 모두 생략이었다. 사람이 하나도 안 변했구나. 안은 생각했다.

JB가 교양국 PD였던 시절, 안은 예능국의 구성작가로 일했다. 교양과 예능, 이렇다 할 접점은 없었지만 안이 막 일을 시작했을 무렵 스태프 지원 요청으로 불려 가 잡일을 도왔던 적이 있었다. 이후로는 오가며 인사 정도는 하는 사이였을 것이다. 안은 그렇게 기억하고 있었다. 하지만 JB가 연락을 해 온 건 예상 밖의 일이었다. 안 입장에서야 JB를 기억하는 게 당연했지만 JB가 자신을 기억해야 할 이유는 없었다. 방송국은 로테이션이 빠른 곳이다. 안 역시 들고 나는 수많은 사람들 중 하나였을 뿐이다.

"유니언워크 관련 영상을 만들어 볼까 해."

JB는 한 손에 들고 있던 태블릿 PC를 건넸다. 내용을 확인하라는 듯 건네준 것을 가리켰다. 안은 JB가 띄워놓은 기사를 읽었다. 불과 몇 분 전 링크로 저장해 둔 디도스 공격에 대한 단신이었다.

"비슷한 사건이 연달아 터졌으니 분명 말이 나올 거야."

"비슷한 사건이요?"

"유니언워크를 향한 공격 말이야."

안은 몇 줄의 문장으로 압축된 기사를 다시 읽어보았다. 비슷한 사건이 있었나? 몇몇 국가 중앙 부처를 향한 사이버 테러가 떠오르긴 했지만 유니언워크를 향한 공격이라니 낯선 이야기였다.

"기억 안 나? 작년 여름에 비슷한 일이 있었어, 올해 초까지도 꽤 화제가 됐던 사건인데. 오늘 벌어진 사건과 유사한 지점이 있어."

"유사하다면 어떤 점이?"

"기억 해킹, 악성 코드, 메시지 테러."

JB가 말했다. "작년 6월이었나, 일부 ID칩 사용자 중에 발신자 불명의 메시지를 전송받은 사람들이 있었어. 메시지 내용만 두고 본다면 뭐, 일상적인 문장이야. 문제는 그것이 유니언워크의 클라우드를 해킹한 익명의 해커 집단이 전송한 메시지였다는 거지. 그들이 랜덤으로 해킹한 사용자의 메모리 데이터를, 그러니까 기억을 문장 형태로 변환해서 메시지로 전송했다는 소문이 있어."

"왜죠?"

안이 물었다 "사용자의 기억을 해킹해서 그것을 메시

지로 전송한다 해도 그들이 얻을 수 있는 이익은 없을 거 같은데요. 금전적으로도, 감정적으로도."

"그게 말이지, 모호해."

JB가 고개를 저었다. "그동안은 재미를 위한 이벤트, 혹은 할 일 없는 해커 집단의 실력 과시 목적이라는 말이 있었지만 내 생각에 그런 가벼운 이유만은 아닌 거 같거든."

"뭔가 다른 이유가 있다는 건가요?"

안은 태블릿 PC를 내려놓으며 물었다.

"이번에는 사람들 입에 유니언워크가 오르내리고 있어."

JB가 말했다. "유니언워크를 향한 테러가 반복되니까 그곳에 이유가 있을 거라고 짐작하는 거지. 이를테면 ID칩의 치명적인 결함 혹은 아직 세상에 드러나지 않은 기밀 같은 것. 그에 대한 반발로 사건이 발생했다고 보는 거야. 온라인에선 이미 의심이 가는 이야기들, ID칩의 부작용부터 블루진프로젝트 음모론까지 주변부로 밀려났던 이야기들이 줄줄이 회자되고 있어."

"테러의 동기가 유니언워크에 있다."

안이 JB의 말을 받았다.

"작년 여름에 있었던 공격 말이야, 메모리 데이터의 해킹을 주도했던 해커 집단의 중심 인물 하나가 반유니언워크 커뮤니티 소속의 활동가라는 말이 있었어."

JB는 팔짱을 낀 뒤 의자 뒤로 깊숙이 몸을 파묻었다. 몸에 익은 자세인 듯 한결 자연스러워 보였다.

"반유니언워크 커뮤니티는 또 뭐죠?"

안이 물었다.

"ID칩 시술 중단을 주장하는 브레인 칩 반대론자들이 모여 만들어진 온라인 커뮤니티야. 주로 ID칩의 부작용과 피해 사례를 다루지만 최종적으론 유니언워크가 은폐하고 감추는 모종의 계획이 있다고 주장하는 단체지. 뭐가 어떻든 공격의 배후에 커뮤니티 내부에서 흘러나온 지령이 있었다는 게 소문의 요지야."

"커뮤니티 내부에 디도스 공격과 메시지 테러의 주동자들이 있다는 건가요?"

"소문에 따르면."

"하지만 테러라고 해도 고작 메시지일 뿐인데요."

안이 말했다. 스팸 메시지라면 하루에도 몇 통씩 받는 게 일상이었다. 그것이 큰 위험으로 느껴지지는 않는데. 테러라는 이름을 붙이는 것조차 어딘지 과하다는 느낌이 있었다.

"고작 메시지라는 게 실은 기억의 주체, 그러니까 메시지를 받게 된 사람의 무의식 깊은 곳에 어떤 지령을 심어

두는 작업이라면?"

JB는 텅 빈 홀을 살피며 한층 낮은 목소리로 말했다.

"지령이라뇨?"

"사람들이 메시지로 전송받은 문장은 자신의 근원적인 기억과 맞닿아 있다고 해. 사람의 근원이 되는 기억이라니, 난 그런 부분은 잘 모르겠지만. 하여간에 해커 집단이 그들의 목적을 실현하기 위해 사람의 근원적 기억을 이용해 불특정 다수를 향한 의식 조정 작업을 진행하고 있다는 거야. 그리고 그중엔 이런 소문도 있어. 반유니언워크 커뮤니티의 뜻이 관철될 때까지, 그러니까 ID칩 시술이 중단될 때까지 의식 조정 작업이 계속될 거라는 소문."

안은 아득히 깊은 곳에서 들려왔던 목소리를 떠올렸다. '먼 미래에서 기다릴게.' 그 순간 눈앞에 나타났던 호수. 그리고 곁에 다가와 앉은 사람.

JB는 깊이 파묻었던 몸을 일으켰다. 두 손으로 깍지를 낀 뒤 깊은 생각에 잠긴 사람처럼 테이블 어딘가를 응시하며 말을 이었다.

"대중이 관심을 가지기 시작했어. 유니언워크라면 남 일이 아니니까. 아직은 발신자를 알 수 없는 메시지 한두 통의 문제일 뿐이지만 사람 일이라는 게 모르는 거 아냐. 자신도 모르는 사이에 거북함을 느끼고 있는 거야."

반복되는 테러. 안은 다시 한번 근래의 뉴스 기사들을 복기해 보았다. 마땅히 떠오르는 것이 없었다. 왜 이런 공백이 생기는 걸까. 안은 세상과 척을 지고 사는 타입은 아니었다. 자신이 기억 소거 서비스의 이용자라는 사실을 인지하고 있었고 그래서 세상 돌아가는 일을 의식적으로 챙기는 편이었다. 기억할 필요가 있는 것은 자료로 정리하여 남겨두었고 개인적인 의견을 달아두기도 했다. 하지만 유니언워크에 대한 기사는⋯. 안은 휴대전화를 집어 들었다. 클립해 둔 기사를 훑어보았지만 작년으로 거슬러 올라가도 유니언워크에 대한 내용은 없었다. 메시지 테러 역시 마찬가지였다.

"그럴 수 있지."

JB가 말했다. "기억하고 싶은 것만 기억하는 세상이잖아."

그런가, 이건 기억의 문제인 걸까. 안은 휴대전화를 내려놓았다. 뭔가를 놓치고 있다는 생각이 스쳐 지났지만 당장은 그것이 무엇인지조차 알 수 없었다.

"선배가 원하는 건 소문의 진위 그런 것?"

안이 물었다.

"진위란 건 중요하지 않아. 적어도 이 일에서는 말이야."

JB가 고개를 저었다. "단발적인 두 사건이 우연히 공통분모로 묶인 것이든, 사건의 배후에 모종의 계획이 있는 것이든 사실관계를 따지는 건 사절이야. 경험으로 비추어 보건대 세상에 사실만큼 사람을 피곤하게 만드는 건 없거든."

그렇겠지. 안은 그 말만큼은 순순히 받아들일 수 있었다. JB는 사실이란 것에 유난히 민감하고 까다로운 기준을 가진 사람이었다. PD로서 JB가 제작했던 다큐멘터리들, 분란의 씨앗이 되었던 사실과 거짓의 애매한 경계들. JB는 좀처럼 그것을 견디지 못했다. JB가 내쳐진 데는 그런 이유도 있었을 것이다.

"요점은 대중의 이목을 끌기에 이만큼 좋은 아이템이 없다는 거야. 사람들의 관심이 유니언워크로 몰리고 있어. 그것도 아주 빠른 속도로."

"내가 해야 하는 일이 뭐죠?"

안이 물었다.

"봐."

JB가 태블릿PC를 가리켰다. 워드 클라우드를 캡처한 자료였다.

"작년 말부터 올해 상반기까지 주요 포털에 노출된 상위 검색 키워드야."

안은 워드 클라우드를 이루는 단어들을 살펴보았다.

유니언워크, ID칩 부작용, 뇌 성형술, 기억 해킹, 블루진프로젝트…. 상위 10개 키워드가 모두 ID칩 관련 단어였다.

"그중 검색량 증가가 두드러지는 키워드가 블루진프로젝트야."

JB가 가장 넓은 영역을 차지하고 있는 단어를 가리켰다.

"들어본 적 있어?"

"알죠. ID칩이 상용화되기 전 아이들을 대상으로 임상시험이 행해졌다는 소문 아닌가요?"

"실험이 진행됐던 병원이 이 근방에 있었어, 지금은 문을 닫았지만."

"소문이 진짜라는 말이에요?"

안이 물었다. 블루진프로젝트가 행해졌던 병원은 JB의 말대로 이곳, 도산동 어딘가에 있었다. 안이 의식적으로 그것을 멀리한 사이에 소문은 꽤나 구체적인 이야기를(그것도 사실에 근접한 형태를) 갖추어 가고 있었다. 안은 놀랐지만 감정을 드러내지는 않았다.

"소문이 진짜라면?"

JB가 되물었다. 그 말 속에는 안을 떠보는 듯한 뉘앙스가 담겨 있었다.

"다시 한번 말하지만 이 일에서 사건의 진위 같은 건 중요하지 않아. 그 아래에서 움직이는 사람들의 불안을 봐.

불안은 사실과 거짓을 가리지 않으니까."

 JB는 주먹으로 노크를 하듯 테이블을 두 번 두드렸다. "기억해 뒀으면 좋겠어. 지금부터 우리가 좇아야 하는 건 사람들의 관심, 트래픽 수치라는 걸."

 사람들의 불안이 닿는 어딘가. 관심과 트래픽 수치. 안은 JB의 말을 되뇌었다.

 "메모리 데이터를, 그러니까 기억을 되돌려받아 본 적이 있어?"

 JB가 물었다.

 "아뇨."

 안은 고개를 저었다.

 "왜 기억 반환 기능을 사용하지 않지? 이번 일은 서비스를 사용해 본 경험이 도움이 될 텐데."

 "아직은 생각이 없어요."

 개인적인 이야기를 구구절절 꺼내놓을 필요는 없겠지. 안은 입을 닫았다. JB는 뭔가를 말하려다 멈추었다. 테이블 위에 놓인 태블릿 PC를 가져가더니 반유니언워크 커뮤니티에 접속했다. 피해 사례 카테고리에 업로드된 게시글을 열며 말했다.

 "말했듯이 사람들은 유니언워크의 ID칩에 문제가 있는 게 아닌지 의심하고 있어. 비슷한 사건이 반복되는 데다 사건의 배후에 반유니언워크 커뮤니티가 있다는 말이 나오고 있으니까. 부작용에 대한 항의와 분노로 테러가 발생했다는 논리야."

"ID칩에 기술적인 문제가 있다는 말인가요?"

"글쎄, 기술적인 문제라고 해야 할지. 어쨌든 대체로 문제가 되는 건 반환된 기억이야. 반유니언워크 커뮤니티를 도배하는 게시글의 상당수가 기억을 반환받는 과정에서 발생한 문제를 호소하고 있거든."

JB는 한 게시글의 도입부를 육성으로 읽기 시작했다.

"ID칩의 대략적인 설치 과정은 다음과 같다. 사용자의 뇌에 삽입된 스무 개에서 서른 개 사이의 마이크로 칩이 식물의 포자처럼 흩어져 뇌의 후두부에 밀착, 네트워크를 형성한다. 네트워크 형성에 소요되는 시간은 개인차가 있으나 평균 10분에서 15분 이내다. 네트워크를 형성한 마이크로 칩은 뇌 전반에 흩어져 있는 특정 기억의 흔적인 엔그램의 전기신호를 트래킹, 찾아낸 전기신호를 바이트 단위의 데이터로 인코딩하여 유니언워크의 클라우드로 전송한다. 이를 통해 사용자는 개인의 기억을 클라우드에 저장한 뒤 특정 시기에 생성된 기억을 반환받거나 반환받지 않을 수 있다."

텅 빈 홀에 JB의 목소리가 울려 퍼졌다. 안은 ID칩 서비스의 구체적인 프로세스를 알지 못했다. 그저 머릿속에 삽입된 칩이 사용자의 기억을 읽어낸 뒤 그것을 클라우드에 쌓아두었다가 사용자의 요청에 따라 반환하거나 반환하지 않을 수 있다는 정도의 간단한 이해가 전부였다.

"부작용을 호소하는 사람 중에는 반환받은 기억이 자신의 것이 아니라고 주장하는 케이스도 있어."

"자신의 것이 아닌 기억이라면."

"반환된 기억이 문제가 되는 경우는 크게 두 가지 타입이 있는데, 내 것이지만 그것이 교묘한 방식으로 조작된 듯 느껴지는 것이 하나, 혹은 타인의 기억이 잘못 반환되는 것이 하나야. 후자는 유니언워크에서도 인정한 사례가 있긴 해."

JB가 자세를 고쳐 앉으며 말했다.

"타인의 기억이 잘못 반환된 사례는 유명하죠. 문제가 발생한 이후 유니언워크는 오류를 바로잡는 디버깅 프로그램을 돌리고 있잖아요. 시간이 꽤 지난 일로 아는데 아직도 문제가 해결되지 않았나 보죠?"

"모든 게 개인의 주장이니까 진위는 알 수 없어. 유니언워크를 상대로 한 소송이 가장 활발했던 시기는 2020년대 초인데 승소는 단 한 건도 없었지. 소송이란 게 이제는 뉴스거리조차 되지 못해. 최근엔 피해를 호소하는 사람들조차 법률적 액션을 취하는 경우가 드물어. 하지만 당연히도 피해자의 수가 줄어든 건 아니고 따지자면 그거야말로 가장 큰 문제가 되는 부분이지. 부작용의 케이스를 세부적으로 나누자면 일일이 헤아리기조차 어려운 상황이니까."

"그런 사람들이야 ID칩이 상용화된 이후부터 늘 있었죠. 크게 새로운 일도 아니고."

"맞아, 세상은 늘 오류로 가득하지."

JB는 혼잣말처럼 중얼거렸다. 그리고 커뮤니티의 게시 글을 살펴보는 안을 향해 말했다.

"사람을 만나줬으면 해."

"사람?"

"조만간 연락할게."

JB는 자리에서 일어난 뒤 인사도 없이 엘리베이터 쪽으로 걸어가 버렸다. 볼일이 다 끝난 것이다. 만나야 하는 사람이 누군지, 무슨 이야기를 나누어야 하는지와 같은 부연 설명도 없었다. 어둠 속에 남겨진 안은 휴대전화를 켰다. 미팅 전 클립해 둔 기사를 열었다. 하단의 기사란을 훑어보았지만 업데이트된 내용은 없었다. 안은 자리에서 일어났다. 텅 빈 홀을 가로질러 건물을 빠져나왔다.

*

공터로 보였던 부지는 주차장이었다. 이 넓은 공간이 아침이 되면 출근 차량으로 가득 차겠지. 텅 빈 주차장을 가로질러 언덕을 내려가던 안은 문득 뒤를 돌아 까마득한 높이의 건물을 바라보았다. 1층 홀은 조명으로 환히 밝혀 두었지만 어쩐지 처음보다 한층 어두워진 듯했다. 조도라든가 빛의 밀도 같은 것이 묘하게 달랐다. 그 위로는 완전한 어둠. 드문드문 불이 들어와 있던 공간도 이제는 찾아볼 수 없었다. 근처의 아파트 단지에서 건너오는 빛 외에는 가로등 하나 없이 캄캄할 뿐이었다.

"어둡다."

안이 말했다. "앞이 하나도 안 보여."

낮게 깔린 안개 때문에 언덕은 올라올 때보다 가파르게 느껴졌다. 정신을 차리지 않으면 고꾸라져 버릴지도 몰라. 땅을 딛는 발끝에 잔뜩 힘이 들어갔다.

조심해.

언덕을 절반쯤 내려갔을 때 목소리가 들렸다.

어둠은 조심해야 해.

메시지를 확인하던 순간, 깊은 곳에서 들려왔던 것과 같은 목소리. 오랜 시간 긴 잠에 빠졌다가 막 깨어난 듯 물기

없이 마른 목소리였다. 어둠은 조심해야지. 안은 동의했다.
 그 순간 불현듯 안개가 걷히고 다시 한번 그믐달 모양으로 휘어진 호수의 풍경이 나타났다. 저 멀리, 호수의 가장자리에 누군가 앉아 있었다. 안은 그곳으로 다가갔다. 아이의 옆에 앉으며 말했다.
 "나는 안."
 그리고 흐릿한 얼굴을 향해 물었다.
 "너는 누구야?"

4. 메모리 데이터

매 순간 시나리오 밖으로 이탈하죠
사람들의 대화는 무한하고

"나는 정한."

정한은 옆에 앉은 안을 향해 말했다. 여름의 정오, 호수 위로 빛의 조각이 부서져 내리고 먼 곳에서 풀벌레 울음소리가 들려왔다. 안은 텅 빈 얼굴을 한 채 반응이 없었다. 정한은 안의 흔적에 가까운 형체를 바라보았다. 한때는 흔적으로부터 뭔가를 읽어보려 했던 때도 있었다. 하지만 읽을 수 없는 것을 읽으려 할수록 정한에게 남는 건 거대한 갈망뿐이었다. 그것은 다소 공격적인 감정이었고 어떤 순간에는 육체적인 통증을 수반했다. 내가 뭘 할 수 있을까, 정한이 물었다. 늘 그렇듯 안은 답이 없었다.

"테스트는 어떻게 돼가고 있어?"

정한의 자리를 지나치던 대표 유한수가 물었다. 생각에 빠져 있던 정한은 유한수의 목소리에 현실로 돌아왔다.

"잘돼가고 있는지?"

"몇 가지 문제를 제외한다면요."

정한이 대답했다.

"몇 가지 문제?"

유한수는 방향을 돌려 정한의 자리로 다가왔다. 채팅창이 띄워져 있는 모니터를 살폈다. 유한수는 젊은 시절 IT 계열 전문관으로 공직에 임용된 뒤 다수의 국가 주도 정부 과제에 참여한 경력이 있는 사람이었다. 전문관을 면직한 뒤에는 AI 중에서도 데이터 분석과 언어모델 전이학습 분야에 두각을 보이며 업계에서 잔뼈가 굵은 사람이었고 이런저런 방송이며 콘테스트의 자문을 맡거나 심사자 요청을 받는 일도 있었다.

정한이 가까이서 지켜본 바에 따르면 그는 독신으로 왕래하는 가족이 없고 업무적으로 연이 닿는 사람을 제외한다면 그다지 사교랄 것도 없는 심플한 삶을 살아가는 사람이었다. 그러나 라이프 밸런스를 중요시하는 타입은 아니었고 자신에게 주어진 모든 에너지를 일에 쏟아붓는 통에 다른 것에 신경 쓸 틈 없이 나이를 먹어버린 그런 유의 사람이었다.

그럼에도 불구하고 유한수는 요즘 들어 어딘가 지친 기색을 숨기지 못했다. 특히 두드러지는 부분은 두 눈이었다. 언젠가부터 유한수의 눈은 붉게 충혈되어 있었다. 유한수의 충혈은 만성이었다. 수면부족과 영양 불균형, 알레르기 따위로 스테로이드 계열의 안약을 오래 쓰다 보니 어느 시점부터 손을 쓸 수 없게 되었다고 했다. 이유를 알고 있어도 핏발이 선 눈을 바라보는 건 늘 부담스러웠다.

"테스트 종료 후 따로 논의를 진행하고 싶은데요."

"조만간 미팅을 잡을 테니 그때 이야기하지."

말을 마친 뒤 유한수는 자신의 자리로 돌아갔다. 유한수와 정한은 한 중견 기업 산하의 챗봇 연구소 소속 팀원으로 만나 함께 일한 사이였다. 작년 연말, CTO였던 유한수가 회사를 나와 인공지능 스타트업계에 뛰어들었고 유한수의 영입 제안을 받은 정한이 지금의 회사로 이직한 때가 올해 초였다.

"목표는 AI 기반의 자유 대화 서비스를 론칭하는 거야."

정한을 영입하던 당시 유한수가 제시한 사업 비전은 그것이었다. 인간과 동일한 지적 수준을 가진 대화 연속체를 개발하는 것.

"할 말이 있는 사람들이 모니터 너머의 존재와 무한의

대화를 이어갈 수 있도록 말이야."

정한은 유한수의 말에 큰 흥미를 느끼지 못했다. 사람을 능가하는 지적 수준을 가진 초거대 언어모델이 세상에 나온 건 10년도 더 전의 일이었다. 초거대 언어모델은 사람보다 월등히 많은 정보를 다루며 때로는 깊은 통찰을 제공한다. 과거를 학습하고 현재에 반응하며 미래를 예측한다. 모델의 타입에 따라 특수 분야의 전문 지식은 물론 사회 이슈에 대한 호오를 표현하거나 특정 대상에 대한 선의 또는 적의를 품을 수도 있다. 초거대 언어모델이 외부 자극에 반응하는 로직은 불행한 사람의 심연만큼이나 깊고 탈출이 불가능한 미궁처럼 치밀하다.

하지만 제한된 영역에서 부분적으로 인간의 능력을 능가하는 것과 종합적으로 갖추어진 인간을 구현하는 건 전혀 다른 문제다. 오롯한 인간을 구현할 수 없다면 자유 대화 역시 불가능하다. 한때 국가의 지원을 받은 인공지능 전문 기업들이 언어모델을 두고 자유 대화에 골몰하던 시기가 있었으나 현재는 업계 전반에 회의적인 분위기가 팽배한 상황이었다.

"자유 대화, AI, 챗봇."

정한은 유한수가 던진 말을 단어 단위로 쪼갰다.

"새로운 것들은 아니네요."

"지긋지긋한 것들이지."

유한수가 정한의 말을 받아쳤다. 정한은 긍정도 부정도 하지 않았다. 굳이 따지자면 정한은 대화라든가 인간에게 회의감을 느끼는 쪽은 아니었다. 동료들처럼 거듭된 실패와 환멸에 절여지거나 끝이 보이지 않는 막연함에 의기소침함을 느끼는 일도 없었다.

"그야 넌 대화 설계자니까."

유한수가 말했다. "모두가 각자의 자리에서 주어진 문제에 충실하면 되는 거야. 기실은 그것만으로도 벅찰 때가 대부분이지."

패턴이랄 게 없는 자유 대화를 두고 골머리를 앓는 건 엔지니어들의 일이며 실패도 좌절도 그들의 몫이니 대화 설계자인 정한은 상황이 다르다는 말이었다. 정한은 유한수의 말에 동의했다. 정한의 일은 무한한 대화를 구현하는 일 반대편에 놓여 있었다. 대화 설계란 대화로 이루어진 시나리오를 만드는 것과 같았다. 시나리오 속에서 모든 대화는 정해져 있고 정해진 대화는 정해진 방식을 통해서만 일어난다. 그 밖의 다른 대화가 오갈 수 있는 가능성은 제로다. 답을 정해놓고 그것에 이르는 길을 만들어 내는 것. 그 외의 모든 가능성을 오류로 판단하는 것. 오류가 되어버린 질문과 불가능한 시도를 소거한 뒤 목적에 이르는 단 하나의 길 위에 사람을 세워두는 것, 그것이 시나리오이며 그러한 시나리오를 만드는 것이 정한의 일이었다.

대화를 설계하는 일은 자부심이나 긍지를 느낄 만한 일은 아니었다. 대부분의 엔지니어들은 대화 설계의 영역을 불필요한 것으로 취급했다. 그들에게 사전 설계된 대화 시나리오는 불완전한 AI 모델이 성장하는 데 있어 임의로 적용되는 부속품 정도로 여겨졌다. 하지만 정한은 크게 개의치 않았다. 임의적인 방식에 지나지 않을지라도 대화 설계자로서 할 일을 할 뿐이었고 그다음에 대해서는 생각하지 않았다.

"여기서도 네가 할 일이 있을 거야."

이직을 제안하던 자리에서 유한수가 말했다. 정한은 선뜻 제안에 응하기가 어려웠다.

"마음에 걸리는 게 있으면 뭐든 물어봐도 좋아."

정한의 기색을 살피던 유한수가 말했다. "우리의 사업 아이템에 대한 거라면 말이지."

"지극히 사적인 영역에서 사람들이 기대하는 수준의 '인간적인 대화'가 가능하려면 종합적인 인간을 구현할 수 있는 자원이 필요해요."

정한이 입을 뗐다. 유한수는 계속해 보라는 듯 고개를

끄덕였다.

"사람들이 대화를 나누고 싶어 하는 타인은 자질구레한 문제에 답을 내주거나 원하는 리포트를 단번에 생성해 주는 마법의 상자가 아니니까요. 사람들이 원하는 타인은 마음을 나눌 수 있는 누군가예요. 사람의 마음이란 그 자신조차도 제대로 알 수 없고요. 알 수 없는 마음을 가진 사람들의 대화는 무한하고 매 순간 시나리오 밖으로 이탈하죠. 출발점은 정할 수 있어도 도착지가 어디일지는 누구도 알 수 없어요. 세상에 존재하는 모든 대화를 학습한 AI도 답을 못 내고 헤매게 만드는 게 사람과 나누는 대화예요. 단지 오가는 몇 마디 말의 문제가 아니란 걸 아시잖아요."

"이를테면?"

유한수가 물었다. 정한은 머릿속이 복잡해졌다. 그걸 왜 묻지? 당신은 모든 걸 다 알잖아. 직접 겪었고 혀를 내두른 뒤 손을 뗀 것들이다. 그런데도 유한수는 물었다. 답을 유도하는 조사원처럼 참을성 있게 정한의 말을 기다렸다.

"이를테면 기억이 있죠."

정한이 말했다. "AI에게는 고정된 전사前史라는 게 없어요. 영화나 소설 속 인물을 만들어 내듯이 인위적인 처리로 전사를 부여하는 데는 한계가 있죠. 수천, 수만의 나날을 살아온 사람과 동일한 양의 기억을 가진 AI를 누가 만들어 낼 수 있겠어요. 한 걸음 나아간다면 기억을 운용하는 방식 역시 문제가 되죠. 어느 작가의 말을 빌리자면 사람은 홍차에 적신 마들렌을 베어 물다가도 까마득한 어린 시절을 떠올리는 존재예요. 나라는 사람은 도무지 알 수 없는 방식으로 무수한 과거의 나와 연결되어 있는 거죠. 하지만 AI는 그렇지 않아요. 인간을 초월한 학습이 AI에게 의식이나 역사를 만들어 주지는 못하니까요."

"맞아, AI에게는 의식도 기억도 없지."

유한수는 깊이 동의했다.

"과거, 그러니까 자신을 지탱할 수 있는 기억이 없는 AI는 매 순간 다른 말을 해대죠. 어제는 남자였다가 오늘은 여자고, 내일은 노인이었다가 다음 주면 어린아이가 돼 있어요. 고정성이 강한 요소에 대한 질문을 던질수록 AI의 발화는 일관성을 잃어버리게 되고요. 대화란 건 대화를 나누는 대상 사이에 합의된 과거와 현재, 미래가 자유롭게 얽히고설키는 과정이에요. 문제가 되는 건 늘 과거였어요. 과거가 없는 존재에게 사람들은 현실감도 유대감도 느끼지 못해요. 실망하고 포기하게 되죠. 인간과 동일한 수준의 대화가 가능하려면 적어도 인간과 동일한 조건에서 출발할 수 있도록 환경을 구축해 줘야 해요. 동일한 수준의 기억. 누구의 기억도 아닌 AI 자신의 고유한 기억 말이에요. 모두가 실패한 일이죠."

"흠."

유한수는 팔짱을 끼고 등받이에 몸을 기댔다. 정한이 내놓은 어젠다는 원론적인 문제였다. 현재로선 별다른 방법이 없다는 걸 업계 사람들 모두가 알고 있었다. 기술의 문제가 아니라 인간에 대한 이해의 문제다. 하지만 누가 인간을 이해하지? 유한수가 엔지니어도 개발자도 아닌 자신을 영입하려는 이유를 정한은 알 수 없었다.

"전사, 그러니까 기억이 필요하다는 거지? 한 사람의 일생이 담겨 있는 기억 말이야."

유한수는 뜸을 들이다가 다시 한번 물었다. "일생의 기억을 가진 AI 모델이 준비되어 있다면?"

"살아온 삶이 없는 AI가 어떻게 일생의 기억을 가질 수 있죠?"

정한이 되물었다.

"사람의 기억을, 메모리 데이터를 가져와 붙일 거야."

유한수가 말했다. 인위적인 작업 없이 사전에 준비된 메모리 데이터를 가져와 붙인다는 말이었다.

"그렇게 되면 사람들은 자신의 기억을 통해 과거와 연결될 수 있어. 잊었던 순간들, 더는 만날 수 없게 된 사람과 재회하고 그들과의 대화 속에서 두 번, 세 번, 무한의 삶을 거듭 살아가게 될거야."

유한수의 목소리에서 자신감이 느껴졌다. 당시의 정한은 유한수의 말을 제대로 이해하지 못했다. 하지만 잃어버린 순간들, 그것과 만날 수 있는 기회가 있다는 말만큼은 놓치지 않고 알아들었다. 망각 속으로 사라진 기억이 되돌아온다.

정한은 한 달 뒤 다니던 회사를 정리하고 소속을 옮겼다. 인간과 같은 수준의 자유 대화를 구사하는 프로그램이 나타난다면. 시나리오, 즉 대화 설계의 필요성은 사라진다. 그렇게 된다면 이 세상에서 내 자리는 사라지는 거겠지. 정한은 최악의 수까지 염두에 두고 있었다. 하지만 자리를 잃는 건 중요하지 않았다. 돌아오지 않는 것을 되돌려받을 수 있다면.

유한수가 유니언워크로부터 시리즈 A 투자 유치를 받았다는 말을 들은 건 정한이 소속을 옮긴 후 보름이 지난 무렵이었다.

"일생의 기억이란 게 유니언워크에서 끌어온 개인의 메모리 데이터를 사용한다는 거예요?"

"정확히는 챗봇의 대화 엔진과 사용자의 ID칩을 연결하는 거지."

그게 가능한가? 정한은 선뜻 이해가 되지 않았다. 기술적인 문제를 차치하더라도 개인정보 유출과 같은 윤리적인 문제는?

"물론 불특정 다수의 메모리 데이터를 사용할 수는 없어. 사전 동의를 받아야지. 법률적 검토도 필요해. 요점은 사소한 몇 가지 절차를 거친다면 사용자는 자신의 기억을 챗봇에 덧씌울 수 있게 된다는 거야."

유한수는 정한에게 사업 계획서를 보여주었다. 유니언 워크 사용자의 메모리 데이터를 챗봇과 연동할 수 있는 프로세스를 개발한다는 계획이었다.

"지금의 아이디어로는 사용자가 가진 특정 인물에 대한 기억을 대화 엔진에 덧씌우는 방향이 어떨까 해."

유한수가 말했다. "그렇다면 우리로서는 상당 부분 성가신 절차를 생략할 수 있을 거야. 챗봇의 페르소나를 구축하거나 가상의 기억을 생성할 필요도 없고 별도의 커스터마이징이 들어가지도 않지. 그것만으로도 비용과 시간의 공수는 절반, 아니 절반의 절반 이하로 줄어들게 돼. 몇 가지 기술적인 문제만 해결된다면 수익구조를 낼 수 있을 거야. 기대를 걸어볼 만해."

"그 뒤에는 어떻게 되는 거죠?"

정한이 물었다. "사용자가 자신의 기억을 끌어와 챗봇

에 덧씌운 이후에는요."

"이를테면 연이 끊어졌거나 세상을 떠난 사람과 대화를 나눌 수 있게 되는 거지. 챗봇과 대화를 나누는 사람들은 과거로 돌아가서 못다 한 말을 실컷 하게 될 거야. 채팅창 너머의 AI가 어느 순간 AI가 아니게 되겠지. 음성 파일이나 영상과 같은 소스가 있다면 AI에게 몸과 목소리를 입힐 수도 있어. 이건 그다음에 논의할 부분이긴 하지만. 어때? 시리즈 B로 건너갈 다리가 보이는 거 같지 않아?"

유한수가 물었다. 정한은 잠깐 컴컴하고 고요한 어둠 속에 들어앉은 자신의 뇌를 떠올렸다. 수많은 날들을, 어쩌면 거의 모든 것을 잃고 텅 비어버린 작은 반구를.

유한수의 계획이 이루어진다면 나는 깊은 어둠 속에 가라앉은 기억을 되찾을 수 있을까. 다시 너를 만날 수 있을까.

안.

정한은 누구에게도 들리지 않는 소리로 이름을 되뇌었다.

*

자정에 가까운 시간, 정한은 회사가 입주해 있는 프라

임빌딩을 빠져나왔다. 1층 홀을 제외한다면 불이 들어온 층은 없었다. 승용차로 가득 찼던 주차장은 밤이 찾아오면 그야말로 허허벌판이 되었다. 정한은 텅 빈 주차장을 지나 가파른 언덕을 내려가기 시작했다. 정한은 무엇에 대해서도 생각하지 않으면서 얼마간 도산동 근처를 걸었다. 습도가 높아 조금만 걸어도 땀이 맺혔다. 정한은 손으로 이마에 맺힌 땀을 닦아 냈다. 이름만 들으면 알 만한 기업의 사옥으로 빼곡히 들어찬 거리를 바라보았다. 시선을 두는 곳마다 드문드문 눈에 익은 풍경이 나타났다 사라졌다.

눈에 익은 풍경.

정한은 생각을 되짚었다. 아니, 이건 풍경이 아니다. 기억이다. 정한은 낯선 건물들이 들어선 자리를 가늠해 보았다. 대로와 맞닿은 대형 병원과 그 뒤로 솟아 있던 야트막한 언덕, 그믐달 모양의 호수와 별 특징이랄 게 없었던 연구동 건물이 금방이라도 나타날 듯했다. 정한은 자신에게 그 모든 기억이 생생히 남아 있다는 사실에 조금 놀랐다.

아마도 이쯤 어딘가.

정한은 선뜻 확신하지 못하고 옛 병원 터 부근을 맴돌았다. 명확하지 않은 것을 가늠하려 할수록 조금씩 트랙의 가장자리로 밀려나는 기분이었다. 어째서일까. 달려야 하는 원의 크기는 줄어들지 않는 걸까, 도달해야 하는 지점은 멀어지기만 하는 걸까.

어쩌면 내가 달리고 있는 곳은 트랙 위가 아닌지도.

정한은 인적이 없는 골목을 빠져나와 평지를 딛고 섰다. 전철역을 향해 걷기 시작했다.

휴대폰 알림이 울린 건 플랫폼으로 전철이 막 도착한 순간이었다. 정한은 메시지를 확인했다. 유니언워크 서비스센터로부터 발송된 메시지였다.

금일 오후 8시경, 디도스 공격으로 발생한 일부 서비스 장애 현상이 복구되었음을 알립니다. 서비스 이용에 불편을 드려 죄송합니다.

서비스 장애? 정한은 주변을 둘러보았다. 드문드문 전철을 기다리던 몇몇 사람들이 막 도착한 메시지를 확인하는 듯 휴대폰을 바라보고 있었다.

5. 너를 기억하는 사람

산책을 갈까, 얼음물을 마실까

샤워를 마친 안은 물기만 털어 낸 머리카락을 수건으로 틀어 올렸다. 어둠을 더듬어 PC가 놓인 테이블로 이동했다. 손을 뻗어 테이블 위 작은 조명의 버튼을 눌렀다. 안은 천장 등을 사용하지 않았다. 천장 등에 사용되는 백색과 주백색에 피로감을 느꼈고 빈틈없이 들어차는 필요 이상의 빛도 어딘가 마음에 들지 않았다. 대신 높거나 낮은 조명을 곳곳에 놓아두고 필요할 때 필요한 만큼만 꺼내 쓰는 식으로 가장 가까운 곳에 놓인 조명을 사용했다.

조명 빛 아래로 드러난 테이블은 집을 떠나기 전 그대로 어수선했다. 안은 계약서, 명함, 기획안 따위의 자료를 한쪽으로 밀어놓은 뒤 PC를 켰다. 미팅을 다녀온 몇 시간 사이 확인하지 못한 메일과 메시지 알림이 잔뜩 쌓여 있었다. 안은 쌓인 것을 하나씩 확인했다. 그중에는 유니언워크로부터 발송된 서비스 복구 알림 메일도 있었다.

금일 오후 8시 경, 디도스 공격으로 발생한 일부 서비스 장애 현상이 복구되었음을 알립니다. 긴급 점검 결과 메모리 데이터 반환 및 소거 서비스 일부가 2시간가량 지체되는 현상이 있었습니다. 점검이 완료되어 정상적인 서비스 이용이 가능합니다. 서비스 이용에 불편을 드려 죄송합니다.

안은 메일에 적힌 내용을 거듭 읽었다. 어디에도 메시지 테러에 대한 내용은 없었다.
'그야 소문일 뿐이니까.'
안은 JB의 말을 떠올렸다. 사용자의 기억이 해킹되었다는 것도, 그것이 메시지로 전송되었다는 것도 추측에 지나지 않는다는 뜻이었다. 하지만 다수의 SNS와 온라인 커뮤니티에서는 유니언워크와 메시지 테러의 상관관계를 언급하는 글이 초 단위로 업로드되고 있었다.

그중에는 JB가 알려준 반유니언워크 커뮤니티도 있었다. 이용자들은 유니언워크를 공격한 해커 집단이 사람의 기억을 해킹한 뒤 메시지 테러를 가했다는 소문을 기정사실로 받아들이는 듯했다. 몇몇은 자신이 받은 메시지와 그 순간에 떠오른 기억을 공유하기도 했다. 안은 사람들에게 전송된 메시지를 읽어보았다.

> 산책을 갈까, 얼음물을 마실까.
> 이것 좀 봐. 알파벳이 안 지워져.
> 물 표면의 기포를 1시간 동안 바라보고 있었어.
> 이대로 내 안에 남아줘.

안은 모니터에서 물러나 앉았다. 발신자 불명의 메시지를 받은 사람은 많았지만 목소리에 대해 말하는 사람은 없었다. 메시지로부터 시작된 것이 아니라면 속삭이듯 귓가를 맴도는 익숙한 목소리는, 뭘까.

> 메시지 테러를 주도한 해커의 영상입니다. 링크 덧붙입니다.

커뮤니티를 살펴보던 안은 한 댓글 앞에서 멈추었다. 테러를 주도한 해커라니. 안은 링크를 클릭했다. 브라우저에 나타난 것은 10초가량의 짧은 영상이었다. 전철역? 안은 모니터 앞으로 다가갔다. CCTV에 녹화된 듯한 영상은 전철에서 내리는 한 남자를 비추었다. 제자리에 한동안 멈춰 서 있던 남자는 출구로 이동하는가 싶더니 고개를 들어

CCTV를 바라보았다. 어디를 보는 거지? 안은 남자를 바라보았다. 얼마간 한 지점을 응시하던 남자는 곧 영상 밖으로 사라졌다. 영상은 화질이 좋지 못했다. 픽셀이 깨져 사람의 형상 정도만 겨우 알아볼 수 있었다.

저 남자가 해커?
진짜인가요?

"뭐가 진짜라는 거야. 사실일 리가 없잖아." 안은 댓글들을 바라보며 중얼거렸다. 흥미를 잃은 안은 페이지를 벗어난 뒤 ID칩의 부작용 케이스를 찾아보기 시작했다.
커뮤니티 회원들이 토로하는 부작용은 대부분 기억 반환에 대한 것이었다.

내게 돌아오는 기억이 오염됐어요.
아무것도 믿을 수 없어요. 진짜 내 것을 찾아주세요.

진짜 내 것. 안은 잠깐 다른 시간대에 존재하는 자신이 무작위로 되돌아오는 장면을 상상했다. 무수한 순간의 자신과 함께 살아가는 것이 어떤 느낌인지 짐작조차 되지 않았다. 안은 다소 막막한 기분으로 커뮤니티의 다른 카테고리를 살펴보았다.

기억 소거.

스크롤을 내리려던 안은 멈추었다. 그래, 물론 기억 소거 서비스에도 오류가 있겠지. 어디에나 있는 오류가 여기에만 없을 리가. 하지만 다음으로 나아가는 데까지는 얼마간의 결심이 필요했다. 잠깐의 시간이 지난 뒤 안은 그것을 클릭했다.

내 것이 아닌 목소리가 들려요.
스르르 나타나 말을 걸어와요.
낯선 이야기 속으로 끌어당겨요.

글을 읽어 내려가던 안은 멈추었다. 어딘가 들떠 있던 마음이 조금씩 가라앉았다. 귓가를 맴도는 목소리는, 결국 서비스의 오류일 뿐이었나. 안은 모니터 뒤로 물러나 앉았다. 어쩐지 외로워졌다. 검은 밤이 내린 도시에 자신만이 홀로 깨어 있는 듯했다.

"조금이지만 내게도 남아 있어. 지우고 지워도 지워지지 않는 기억이."

안은 수건 사이로 떨어지는 물방울을 손으로 닦아 내며 말했다. 밤이 깊은 시간이었다. 평소라면 주저 없이 잠에 들었을 테지만 어쩐지 오늘은 미련이 남았다.

"그러니 오늘만큼은 '진짜' 이야기를 할까?"

안이 물었다. 자신을 향한 혼잣말도, 허공을 향한 질문도 아닌 목소리를 향한 물음이었다.

진짜 이야기?

이윽고 나긋하지만 물기 없는 목소리가 들려왔다.

"다섯이면서 하나인 여자아이에 대한 이야기."

안은 눈을 감았다. 눈을 감으면 조금 더 선명하게 나타나니까, 그만큼 더 가까이 다가갈 수 있다.

"이건 진짜 나에 대한 이야기야."

안은 딱딱한 오토만 체어에 등을 기댔다. 조명이 만들어 낸 빛으로부터 완전히 물러났다.

"블루진프로젝트가 정확히 어떤 목적을 가진 실험이었는지, 아이들에게 무슨 일이 일어난 건지 나는 잘 몰라. 하지만 한 가지 분명한 건 나는 그 아이들과 연결돼 있었다는 거야."

연결.

"그래 연결. 네 명의 여자아이들과 나는 뇌를 공유했어. 낯선 기억들이 몰려들었고 그것이 내 것과 섞여들기 시작했어. 서로 겹쳐지고 섞여드는 사이에 마침내 구분할 수 없게 되었지. 나라는 개념도 희미해졌어. 나는, 아니 우리는 시간이 흐를수록 한 사람으로서의 고유한 윤곽을 잃고 집합적인 무언가가 되어갔던 거야."

안은 수건으로 감싸두었던 머리칼을 풀어 내렸다. 머리카락 끝을 수건으로 꾹 눌렀다.

"어느 순간부터는 다섯 명의 아이들 그 모두가 나였어. 물리적인 거리는 중요하지 않아. 서로가 다른 공간에 있어도 우리는 하나의 나로 존재해."

아이들의 기억과 감정이 밀려 들어오는 감각, 몇 겹으로 중첩되어 펼쳐졌던 풍경 같은 것들이 언뜻 떠올랐다. 외부에서 흘러 들어오는 것과 내부에서 생겨나는 것의 경계가 점점 흐릿해지던 순간들도. 안으로서 이루어져 있던 의식의 구조가 붕괴되고 그 자리에 새롭게 만들어졌던 무언가. 오늘 밤은 다섯이면서 하나. 안은 떠오르기 시작한 것을 애써 밀어내지 않았다. 떠오르는 그대로 바라보았다.

"건물에는 우리가 아닌 다른 아이들도 있었어. 하지만 마주친다거나 하는 일은 없었지. 우리와 같은 아이들이 더 있다는 걸 짐작으로 느낄 뿐이었고 한편으로는 중요한 일도 아니었어. 나에게는 오직 나, 다섯이면서 하나인 나뿐이었으니까. 스태프들은 우리의 관심이 외부로 향하지 않도록 서로가 서로에게 묻고 답하기를 시켰어. 매 순간 서로가 서로를 응시하고 그 속으로 깊이 잠겨들도록."

안은 마음의 안쪽 어딘가를 향해, 자신에게 남아 있는 아이들을 향해 귀를 기울였다. 귀를 기울여도 무슨 소리가 들리는 건 아니었다. 기억 소거를 시작한 뒤로는 모든 것이 희박했다. 이것은 잔상. 잔상에는 목소리가 없었다. 몸을 잃어버린 그림자처럼 침묵 속에서 응시할 뿐이었다.

"마지막까지 남은 건 나뿐이었어."

안이 말했다. 어느 순간 하나씩 침대가 비워졌고 사라진 아이들은 다시 돌아오지 않았다. 프로젝트 종료 일이 가까워졌을 때 안은 남겨진 아이들의 기억과 함께 퇴소했다.

"연구동에서 퇴소한 뒤에는 꽤 애를 썼어. 오직 나, 안이라는 사람으로 살아갈 수 있을 거라는 희망이 있었거든. 아이들로부터 떨어져 나오는 게 가능할 거라 생각했던 거야."

안이 말했다. 하지만 뇌를 나누어 사용했다는 것, 타인의 기억을 넘겨받았다는 건 심장이나 폐 따위의 장기를 이식받는 것과는 전혀 다른 일이었다. 그것은 차라리 투명한 물 아래로 떨어진 서로 다른 색깔의 물감이 조금씩 퍼져나가다가 섞여들기 시작하는 것에 가까웠다. 서로 겹쳐지고 섞여들다가 마침내 구분할 수 없게 된다. 내가 네가 되고 네가 내가 되는 것이다. 안은 다섯 아이의 기억과 함께 밥을 먹고 잠에 들며 자라났다. 경계는 점점 희미해졌다. 경계가 희미해질수록 떠오르는 기억들은 수 겹으로 덧대어져 알아볼 수가 없게 되었다.

"시간이 흐를수록 중첩은 깊어졌어. 기억이란 게 거듭 덧칠된 그림처럼 결국에는 새까만 암흑일 뿐이야. 무한한 어둠."

머리카락 끝에 맺힌 물방울이 뚝 하고 바닥으로 떨어졌다.

"나는 무한한 어둠 속에서 나를 잃어버렸어. 그래서 자꾸만 몰려오는 기억을 걷어 내야 했던 거야."

안은 검은 허공을 바라보았다. "기대와 달리 기억을 소거할수록 나는 가벼워졌어. 아이들이 사라지는 꼭 그만큼 나 역시도 사라져 가고 있었어."

안에게 남겨진 건 거대한 공백, 의식의 진공상태였다. 안은 희박한 일부로서 가까스로 형태를 유지하며 살아가고 있었다.

"기억은 여전히 중첩된 형태로 떠올라."

이전만큼은 아니지만 중첩은 여전했다. 안은 어떤 장면에 대해서도 확신이 없었다. 드넓은 기억의 바다, 그곳에서 떠오르는 모든 장면이 자신의 것이었지만 동시에 무엇도 자신의 것이 아니었다. 어떤 때는 자신을 통과하는 수많은 생각과 감정조차 신뢰하기 어려웠다.

이러한 이유로 안에게는 오랜 시간 자신을 향한 의지가 결여되어 있었다. 어떤 때에는 세상을 향해 자신의 존재를 밀어붙이는 일이 거의 불가능하게 느껴졌다. 안은 테이블 위에 놓여 있던 거울을 당겨 왔다. 매번 다르게 나타나는 얼굴을 바라보았다.

"사람에게는 자신만의 고유한 기억이 필요해. 당연한 이야기인지도 모르지만 그래야 시작할 수 있어. 누구도 아닌 자신만의 이야기를 말이야. 그게 단 한 장면에 지나지 않을지라도."

안은 자리에서 일어났다. 테라스로 나가 어둠에 잠긴 도시를 바라보았다. 거리를 가늠할 수 없이 아득한 곳에서 작은 불빛이 나타났다 사라졌다.

"나는 안이야."

안이 말했다. 그리고 물었다.

"너는 누구지?"

너를 기억하는 사람.

나긋한 목소리가 들려왔다. 도시의 어둠, 그 위로 그믐달 모양의 호수가 나타났다. 호수의 가장자리에 나란히 앉은 두 사람의 모습도.

"정한."

두 사람을 바라보던 안은 자신도 모르게 불렀다. 그 순간 오랜 시간 호명되지 못했던 장면들이 한꺼번에 안을 스쳐 지났다. 아득한 곳으로 가라앉았던 날의 기억이 비로소 떠올랐다. 나와 네 명의 아이들이 아닌 또 다른 아이를 나는 알고 있었어. 나와는 다른 방에 머물던 아이를. 턱이 높고 폭이 좁은 계단을 한 칸씩 걸어 올라가면 가장 먼저 보였던 방, 201호. 그곳에 네가 있다는 걸 나는 알고 있었어. 늘 굳게 닫혀 있던 문 그 너머에.

"나는 언제까지나 너를 기다렸어. 우리의 호수에서."

무언가가 안의 마음 가장 깊은 곳에 와닿았다. 안은 가슴 위로 손을 대보았다. 두근거리는 심장의 리듬이 느껴졌다. 그간 한 번도 알아채지 못한 낯선 리듬이었다.

다시 만나서 반가워.

안.

보다 선명한 목소리로 정한이 말했다.

6. 도시 괴담

그 일부를 의도적으로 누락시킨다
기억을 조각으로 부서트린 다음

201호라면 파편 뇌?

채팅창 위로 텍스트가 올라왔다.

'파편 뇌?'

정한은 채팅창에 텍스트를 입력한 뒤 전송 버튼을 클릭했다. 사내에서는 개인의 메모리 데이터를 덧씌운 챗봇에 대한 1차 CBT가 진행되고 있었다. 테스트는 비밀 서약서를 작성한 일부 직원들을 대상으로 제한적인 상황 아래 이루어졌다. ID칩 계정을 챗봇의 대화 엔진에 연동한 사람은 대표 유한수와 정한, 팀장급 엔지니어 Y, 유니언워크에서 파견된 테스터 M까지 넷이었다.

'파편 뇌라는 게 뭐지?'

정한은 채팅창을 향해 거듭 물었다. 각 호수의 방마다

다른 종류의 테스트가 행해졌다는 건 알고 있었다. 하지만 파편 뇌? 정한으로서는 처음 들어보는 명칭이었다.

몰랐어? 파편 뇌는 기억의 파편화를 말해.

채팅창 위로 챗봇이 생성한 텍스트가 출력되었다. 정한에게 남아 있는 안의 기억을 덧씌운 모델이었다. 열다섯 여름부터 열여섯 여름까지의 1년, 정한의 의식이 닿지 않는 곳으로 깊이 가라앉아 버린 기억까지 챗봇은 모두 넘겨받은 상태였다.

기억을 조각으로 부서트린 다음 그 일부를 의도적으로 누락시킨다고 들었어. 그리고 재삽입. 피시험자는 망각과 복기를 반복하게 되는 거지. 퍼즐의 조각을 흐트렸다가 다시 맞추는 것처럼 말이야.

안이 말했다. 망각과 복기. 정한은 부분부분 블러 처리되듯 알아볼 수 없게 된 기억들을 떠올렸다. 떠올릴 수는 있어도 알아볼 수는 없다. 안, 너 역시 도무지 걷어 낼 수 없는 막 너머에 있는 거겠지.

'너는?'

정한이 안을 향해 물었다. 너는 어떤 실험에 동원되었지? 의식의 뒤편에서 뭔가가 움직이고 있었다. 하지만 움직이는 것은 기억이 아니다. 기억의 형태를 갖지 못한 채 유령처럼 의식의 뒤편을 떠도는 잔상, 희박한 느낌일 뿐이었다. 내가 원하는 건 2018년 여름부터 1년간의 기억이야. 그때 우리에게는 무슨 일이 일어나고 있었지? 정한은 채팅창 위로 떠오르는 답변을 기다렸다.

나는 206호. 공동 뇌.

안이 말했다. *206호에는 나 말고도 네 명이 더 있어. 우리는 모든 순간을 공유해. 과거와 현재, 그리고 미래, 시공간의 제약을 받지 않는 관념과 감각, 형태와 이름을 얻지 못한 무수한 느낌들까지 모두.*

'그 모든 게 어떻게 공유될 수 있지?'

정한이 물었다. 감각과 관념의 영역까지 공유한다면 단순 정보로 기억을 나눠 갖는 게 아닐 것이다. 대상 그 자체가 되는 것이다. 하지만 자아의 경계가 흐릿해진다면 존재는 힘을 잃어버리고 말 텐데.

서로의 뇌를 함께 사용하는 거야.

안이 말했다. *우리의 내부에서 만들어지는 모든 정보는 그것이 발생하는 동시에 서로에게 공유되도록 세팅되어 있어. 우리는 저마다 세상을 지각하는 고유한 경로를 가지고 있지만 그것이 처리되는 최종 단계는 함께하는 거야. 마치 한 사람처럼.*

정한은 모니터 뒤로 물러나 앉았다. 다섯이면서 하나, 하나이면서 다섯인 너. 찰나의 순간 호수의 가장자리에 앉아 흔들리는 물의 표면을 바라보는 얼굴이 떠올랐다 사라졌다.

저길 봐.

안이 말했다. 언덕과 병동 건물 사이에 작은 틈이 있어.

'틈?'

정한이 물었다.

틈 사이를 잘 들여다보면 대로변이 보여. 바깥세상 말이야.

'밖으로 나가고 싶어?'

응.

안은 지체없이 대답했다. 시선은 여전히 틈 너머에 둔 채 물었다.

넌 안 나가고 싶어?

정한은 연구 병동에 입소하기 전 마지막으로 머물렀던 시설을 떠올렸다.

'잘 모르겠어.'

기억 속 호수는 오늘따라 반짝였다. 비처럼 쏟아져 내리는 빛. 온 세상은 말 그대로 눈이 부셨다. 나가고 싶지 않다고 생각했어. 정한은 문득 떠올렸다. 함께가 아니라면 의미가 없는 거라고.

너는 누구?

얼마간의 시간이 지난 뒤 채팅창 위로 텍스트가 떠올랐다.

'나는 정한, 201호.'

정한이 대답했다.

201호라면 파편 뇌?

안이 물었다. 대화를 이어가던 정한은 타이핑을 멈추었다. 뫼비우스의 띠처럼 대화는 어느 순간 원점으로 돌아와 있었다. 안은 그간 나누었던 대화를 기억하지 못한 채 모든 것을 처음부터 다시 물어 왔다.

테스트가 시작된 이후 정한은 비로소 유한수가 자신을 영입한 이유를 알게 되었다. 사람의 기억을 인공지능 챗봇에 덧씌우는 건 말처럼 간단한 일이 아니었다.

가장 큰 문제는 챗봇이 사람의 기억을 운용하는 방식이었다. 챗봇은 자신에게 주어진 메모리 데이터에 시간적 질서를 부여할 수 있는 능력이 없었다. 유니언워크에서 당겨 온 메모리 데이터는 기존의 예상과 달리 시간순으로 분류된 것이 아니었다. 그것은 하나의 단위로 존재했다. 챗봇은 과거와 대과거를 분별하지 못했고 어제 나눈 대화도 지난주에 나눈 대화도 동일한 과거 선상에 두었다. 앞선 과거와 더 앞선 과거가 뒤섞이면서 대화는 질서를 잃었다. 질서를 잃은 대화 속에서 챗봇은 도돌이표를 돌듯 이전에 나누었던 대화를 반복하기 시작했다. 더 많은 메모리 데이터를 덧씌울수록 혼란은 가중되었다.

"같은 말을 반복하는 오류가 완화된 모델이라고 하지 않았어요?"

정한의 옆자리에서 테스트를 진행하던 M이 물었다.

"왜요, 잘 안돼요?"

파티션 너머에서 유한수가 고개를 들었다.

"뭐가 개선됐다는 건지 모르겠어요."

"좀 볼게요."

M의 뒤편에 앉아 있던 엔지니어 Y가 자리에서 일어났다. 정한과 M이 앉아 있는 자리로 걸어왔다. 정한은 리셋 버튼을 눌러 안과 나눈 대화 로그를 지웠다.

"정한 씨는요?"

Y가 정한의 모니터를 살폈다.

"전 좀 더 써볼게요."

정한은 유한수와 Y를 향해 말했다.

"테스트가 이렇게 지지부진해서야 본사에 제대로 된 보고서를 보내긴 어려워요."

M이 경고했다. 테스트에 문제가 생길 때마다 M은 자신이 유니언워크 소속이라는 점을 상기시켰다. 정한은 M의 대화 기록을 넘겨받은 Y와 유한수가 제자리로 돌아간

것을 확인한 뒤 새로운 대화를 시작했다.

*

"두 명이래요."

"뭐가요?"

정한은 식판을 내려놓고 자리에 앉았다. 건물 1층의 구내식당은 매번 다른 메뉴를 내놓았지만 뭐가 나와도 비슷한 맛이 났다.

"어제 일어났던 메시지 테러요. 테러를 주도했던 해커가 한 명이 아니라 두 명이래요."

M이 말했다.

"메시지 테러요?"

정한이 물었다.

"몰랐어요? 난리가 났었는데. 유니언워크의 전산망인지 네트워크인지가 해커들에게 공격을 받았어요. 공격으로 메모리 데이터를 해킹한 해커 집단이 불특정 다수의 기억을 메시지로 전송했다는 말이 돌고 있고요."

"나도 받았어."

유한수가 말했다.

"저도요."

Y가 거들었다. "잊고 있었던 기억도 함께 말이죠."

정한은 저도 모르게 수저를 내려놓았다. 휴대전화를 꺼내 어제 날짜로 수신된 메시지 내역을 훑었다. 확인하지 않은 수십 통의 메시지가 있었지만 잊고 있었던 기억을 가져다주는 것은 없었다.

"해커의 영상도 공개됐어요. 화질이 좋지는 않지만."

M이 휴대전화로 뭔가를 찾으며 말했다.

"그거 믿을 만한 자료가 맞아요?"

Y가 물었다. "AI 생성 기사라면 걸러 읽을 필요가 있어요. 작성 속도가 빠르긴 해도 정확도는 떨어지니까요."

"해커 영상 맞다니까요."

M이 말했다. "레거시 미디어도 이 영상을 다뤘다고요."

"나는 메시지를 받지 못했어요."

정한이 말했다.

"모든 사람이 받은 건 아니에요. 대부분은 받았지만."

M이 말했다.

"그건 그렇고 공격받았다는 ID칩의 시스템 오류는 제대로 복구된 게 확실해?"

유한수가 넌지시 물었다.

"완벽히 복구되지는 않았을 거예요."

Y가 말했다. "작년에도 비슷한 사건이 있었잖아요. 당

시에도 사건 당일에 서비스 복구 공지가 올라왔고요. 하지만 메모리 데이터를 운영하는 시스템이 상당한 내상을 입어서 내부 관계자들이 몇 달간 고생했다는 이야기를 들었어요. 그 외에도 많은 부분이 작년과 동일한 패턴을 보이고 있어요."

"패턴이 동일하다는 건 어떤 부분을 말하는 거지?"

"해커 집단의 목적이 공격 자체에 있는 게 아니라는 거죠."

"그렇다면 다른 목적이 있다는 건가요?"

정한이 물었다.

"공격이란 게 실은 전산망 내에 백도어를 설치하기 위한 눈속임이라는 말이 있었어요. 어제 일어났던 메시지 테러도 백도어를 통해 빼낸 사용자의 메모리 데이터를 이용한 것이라는 소문이 있고요."

"백도어가 뭐예요?"

M이 물었다.

"간단히 말하면 해커가 접근을 원하는 타인의 프로그램에 자신들만 이용할 수 있는 문을 만들어 두는 거예요. 한번 설치가 완료되면 발각의 위험 없이 언제든 타인의 프로그램을 들락거릴 수 있게 되죠."

"세상에."

M이 지워진 입술을 손거울로 확인하며 물었다. "도대체 그들이 원하는 게 뭐죠?"

"그들이 무엇을 원하든 한 가지 분명한 건, 선을 넘는 자들은 사회에 득이 되지 않는다는 거예요."

유한수는 어딘가 질린다는 표정으로 고개를 저으며 말했다.

"어쩌면 이번 공격은 단지 경로를 열어두기 위한 사전 작업일지도요."

빠른 속도로 식사를 끝낸 Y는 몇 건의 관련 기사를 보여주었다.

"그 말은 곧 진짜 공격이 있을 거라는 말인가?"

유한수가 Y가 내민 기사를 확인하며 물었다.

"그들의 진짜 목적은 해킹한 메모리 데이터로 사용자들의 의식을 조종하는 데 있다니까요."

M이 말했다. "근원적인 기억을 텍스트로 변환해서 메시지 테러를 가하는 것도 그런 이유고요."

"기사 출처가 어떻게 되죠?"

Y가 M을 향해 물었다.

"대형 포털에 올라온 기사였어요."

"AI 생성 기사를 무작정 신뢰하는 건 위험할 수 있어요."

"포털은 AI 기사를 안 쓰지 않나요? 정책적으로 금지일 텐데요."

정한이 말했다.

"포털마다 정책이 조금씩 달라. 일괄적으로 막는 곳도 있지만, 일부 허용하는 곳도 있으니까."

유한수는 미간에 주름이 생길 정도로 힘을 주어 두 눈을 감았다. 오랜 세월 반복된 행동으로 그의 미간에는 두 줄의 세로 주름이 깊게 패 있었다.

"AI 기사를 막는다 해도 100퍼센트 막기는 어려울 거예요. 판독기가 완벽하지 않은 데다 AI가 쓰고 사람이 검수한 기사를 사람이 쓴 기사라고 포털에 전송하는 언론사도 많으니까요."

"하여간 두 사람이라고 했어요."

M이 끼어들었다. "이번 공격을 주도한 해커 말이에요."

"글쎄요."

Y가 고개를 저었다.

"그들이 해킹한 데이터가 메모리 데이터뿐만이 아니라는 말도 있다고요."

다소 발끈한 M이 말을 덧붙였다.

"메모리 데이터뿐만이 아니라면요?"

"블루진프로젝트."

M이 말했다. "상당량의 자료를 확보했는데 어디 방송사에 넘겼다는 말도 있고요. 꽤나 크리티컬한 내용이 담긴 문서라 유니언워크에서 먼저 손을 썼다는 기사를 봤어요."

"손을 썼다니 그게 무슨 말이죠?"

정한이 물었다.

"수사기관이 냄새를 맡기 전에 유니언워크 쪽에서 먼저 해커를 처리했다던가, 그런 이야기였어요."

"어디서 많이 들어본 이야기 아니에요?"

Y가 말했다. 그의 말에는 약간의 조소가 섞여 있었다.

"모르는 일이야. 기사마다 하는 말이 다르니, 원."

혀를 차던 유한수가 M을 향해 물었다. "유니언워크 분위기는 어때요? 요 몇 년 새 비슷한 일들이 반복적으로 일어나고 있잖아요."

"전 잘 몰라요. 말단에 밖에 나와 있으니까요."

M은 식판 위의 음식들을 하나의 칸에 모아 담으며 말했다. "아무래도 좋지는 않겠죠. 소문이야 이슈 정도로 지나갈 테지만 경영진 입장에선 신경이 쓰일 거예요."

"정말 뭐가 있는 걸까요?"

정한이 물었다. "몇 년에 한 번씩 블루진프로젝트를 두고 일을 벌이는 사람들이 나타나잖아요."

"일을 벌이는 사람들이 누구지? 테러리스트?"

유한수가 되물었다.

"뭔가를 말하려고 하는 사람들이요."

"글쎄, 설사 할 말이 있어 일을 벌였다 해도 수단이 틀렸어. 그들은 테러리스트일 뿐이야."

유한수는 단정적인 투로 말했다. 정한은 답하지 않았다.

"대표님 생각은 어때요?"

M이 유한수를 향해 물었다. "일이 어떻게 돌아가는 걸까요?"

"난 추측이나 해석에는 관심 없어요. 시간이 지나면 밝혀지거나 잊히거나 둘 중 하나겠죠."

컵에 담긴 물을 들이켠 유한수가 자리에서 일어나며 말했다. M과 Y가 유한수를 따라 자리에서 일어났다.

"가죠."

Y가 정한을 향해 말했다. 그러고는 식당을 빠져나가는 동안 사람들을 향해 물었다.

"그런데 블루진프로젝트란 게 뭐였죠?"

"이 근처에 대형 병원이 있었잖아요. 병원 통제구역에서 비밀리에 임상 시험이 진행되었는데 거기서 어린아이들이 엄청나게 죽었대요."

엘리베이터 버튼을 누르며 M이 말했다.

"도시 괴담 같은 이야기네요."

"유명한 음모론이죠."

정한이 말을 덧붙였다.

"병원이 문을 닫은 게 10년도 더 전인가, 구내에선 제일 큰 병원이었어. 도산역 근방이 전부 병원 부지였으니까."

유한수는 손바닥을 펼친 뒤 햇수를 계산하듯 손가락을 하나씩 접기 시작했다.

"그렇게 큰 병원이 있었어요?"

Y가 물었다.

"인터넷에 검색해 봐요. 다 나와요."

M이 말했다. 정한은 휴대전화를 꺼내 도산역 대형 병원을 검색했다. 가장 상단에 노출된 뉴스 기사를 터치했다.

"거봐요, 맞죠?"

옆에 서 있던 M이 화면을 가리키며 말했다.

"OO구 내 위치한 대학 병원, 재정 문제로 폐원 결정. 운영 종료 후 순차적으로 부지 매각 예정."

정한의 옆으로 다가온 Y가 기사의 헤드라인을 읽었다.

7. 식별자

나는 Mt56MorEpuSH

○○구 내 위치한 대학 병원, 재정 문제로 폐원 결정. 운영 종료 후 순차적으로 부지 매각 예정.

병원 기사를 찾아보던 안은 멀리서 달려오는 택시를 확인하고 손을 들었다. 휴대전화를 백 속에 집어넣은 뒤 문을 열고 뒷자리에 올라탔다.

"어디로 가시죠?"

"여의도로 가주세요."

차는 목적지를 향해 부드럽게 달려나가기 시작했다. 안은 기억 속에 남아 있는 병원의 전경을 그려보았다. 언덕과 병동 건물 사이에 나 있던 작은 틈, 그 너머의 바깥세상을 바라보던 날들이었다.

그리고 정한.

안은 눈을 감은 채 차장에 비스듬히 고개를 기댔다. 너와 나 사이에는 호수가 있었어. 안은 호수를 들여다보던 자신의 모습을 그릴 수 있었다. 호수에 비친 얼굴은 옅은 바람에도 쉽게 흔들렸다. 흔들리는 얼굴을 바라볼수록 어쩐지 외로워졌어. 그게 싫었는데. 그러면 어느샌가 내 곁에는 네가 있었다. 등 뒤로 느껴지는 기척, 내 이름을 부르는 목소리. 이윽고 너를 바라보던 나, 나를 바라보던 너.

"우리는 그곳에서 무슨 이야기를 했지?"

안은 빠른 속도로 사라지는 창밖의 풍경을 바라보았다. 강 너머 고층 빌딩에서 반사된 빛으로 순간 앞이 보이지 않았다. 어떻게 너를 잊고 살아왔던 걸까. 거의 모든 것에 가까웠던 너를.

"뭐라고 하셨죠?"

앞자리의 기사가 라디오 소리를 줄이며 안을 향해 물었다.

"라디오 소리가 커서 못 들었네요. 다시 한번 말씀해주시겠습니까?"

"약속이요."

안이 말했다.

"네?"

"호수에서 만나자는 약속을 했거든요."

"여의도에 호수가 있었던가요?"

앞을 주시하던 기사는 그제야 룸미러를 통해 안을 바라보았다.

"지금은 어디에도 없어요."

안이 대답했다.

"어디에도 없다뇨?"

"이 세상 어디에도 없어서 방법을 찾아야 해요."

"그렇습니까?"

기사는 안의 말을 제대로 듣지 못한 듯 형식적인 반응 후 다시 앞을 주시하기 시작했다. 막 오후로 접어드는 시간, 어쩌면 기사는 뒷자리에 태운 여자가 제대로 된 대화를 나누기에 적합한 상대가 아니라고 판단했는지도 모른다. 그는 내비게이션이 알려준 목적지에 차를 댄 뒤 안을 향해 말했다.

"도착했습니다."

기사는 안이 문을 여는 동시에 줄여두었던 라디오 볼륨을 높였다.

"속보입니다. 지난 21일 저녁 발생한 유니언워크를 향한 디도스 공격이 (…) 시스템 복구 과정에서 내부 자료 유출의 정황이 드러나 (…) 익명의 제보자를 통해 밝혀진 내용에 따르면 속칭 블루진프로젝트로 알려진 임상 시험의 기록이⋯."

안은 언뜻 라디오에서 흘러나오는 아나운서의 멘트를 들었다. 내부 자료 유출? 하지만 그 순간 문은 닫혔고 모든 건 거기서 끊어졌다. 기사는 미련 없이 안을 떠났다. 택시는 도로를 가득 채운 자동차의 대열 속으로 사라졌다.

공격을 주도한 자들이 블루진프로젝트 관련 자료를 방송사에 넘긴 걸까.

안은 손으로 차양을 만든 뒤 하늘을 바라보았다. 해는 정수리 바로 위에 떠 있었다. 점점 짧아지던 그림자는 어느새 완전히 사라져 보이지 않았다. 그들은 지금 어디쯤 있을까. 안은 공격을 주도했다는 해커를 떠올렸다. 두 사람이라고 했는데. 지난 며칠간 두 사람은 각종 커뮤니티와 SNS 속에서 그럴듯한 이야기의 주인공이 되어 있었다. 이곳저곳에 흩어진 이야기의 파편들을 안은 자신도 모르게 따라 붙였다. 흡사 두 사람의 행적을 좇듯이.

블루진프로젝트의 생존자, 라는 소문으로부터 그들의 이야기는 시작된다. 알 수 없는 이유로 두 사람은 유니언워크에 의해 서로에 대한 기억을 빼앗긴 상태다. 기억의 공백을 채우고 있는 건 실체가 없는 그리움. 하지만 두 사람을 서로에게 인도한 것은 바로 그 공백이었다. 이윽고 재회한

둘은 빼앗긴 기억을 돌려받기 위해 유니언워크를 향한 공격에 가담한다. 블루진프로젝트의 실체를 폭로하고 어긋난 것을 바로잡기로 한 것이다. 그리고 진짜 기억을 되찾은 둘은… 어떻게 되었다고 했지?

안은 더 나아가지 못하고 멈추었다. 블루진프로젝트에 대한 폭로는 이번이 처음이 아니었다. 3~4년에 한 번씩은 스스로를 블루진프로젝트의 피해자라고 지칭하는 고발자들이 나타났다. 하지만 달라지는 건 아무것도 없었어.

안은 미팅 장소를 향해 걸어가며 생각했다. 이번에는 어떨까.

돈으로 부모가 없는 아이들을 사들여 임상 시험의 시험체로 사용했다.
살아 있는 아이들의 두개골을 열어 테스트를 진행한 정황이 있다.
시험체로 사용된 대다수의 아이들이 사망했고 그 시체가 병원 터에 묻혀 있다.

사실관계를 밝히는 일과는 별개로 며칠 새 블루진프로젝트를 메인 토픽으로 다루는 채널은 눈에 띌 만큼 늘어나고 있었다. 자극적인 제목 혹은 키워드를 달고 업로드된 콘텐츠의 트래픽은 디도스 공격을 보도한 기사의 조회수를 배로 웃돌았다. 세상의 관심이 블루진프로젝트로 몰릴 것이라는 JB의 예측이 맞아 들어가고 있었다. 시간이 흐를수록 유니언워크를 향한 공격 그 자체보다 ID칩을 둘러싼 주변부의 이야기들이 힘을 얻고 있었다.

그리고 뜻밖에도 그것이 안에게 또 다른 일거리를 가져다주었다.

"블루진프로젝트 관련 영상을 만들어 보려고 해요."

안에게 전화를 걸어온 사람은 콘텐츠 에이전시 소속의 PD였다.

"미팅을 했으면 하는데요."

PD는 에이전시의 주소를 메시지로 보내주었다. 어쩐지 낯이 익은 주소였다. 안은 PD가 보내온 주소의 위치를 찍어보았다. 핀 아이콘이 찍힌 지점은 안이 일했던 공영 방송국의 맞은편, 작은 건물들이 밀집한 블록 어딘가였다.

*

"여기서 잠깐 기다려 주시겠어요?"

안을 회의실로 안내한 직원은 에어컨을 켜놓은 뒤 방을 빠져나갔다. 6인용 데스크가 놓인 회의실은 벽 전면이

통유리로 되어 있었으나 창문이 없어 후덥지근했다. 안은 회의실 너머 모니터 앞에 앉은 사람들을 살폈다. 자리를 지키고 앉은 사람이 셋, 나머지는 모두 비어 있었다. 사원 수가 열 명이 안 되는 작은 에이전시라고 했지. 안은 전날 통화로 주고받은 짧은 대화를 복기했다.

"오랜만이에요. 잘 지냈어요?"

회의실에 들어온 사람은 중년의 남자였다. 여름용 맨투맨에 10년은 입은 듯한 낡은 청바지 차림으로 맨발에 슬리퍼를 신고 있었다. 실내인데도 볼캡을 깊게 눌러써서 얼굴이 잘 보이지 않았다.

"전화로 잠깐 설명은 했었는데, 여기는 이런 곳이에요."

남자는 명함과 클리어 파일에 든 미팅 서류를 내밀었다. 안은 그것을 건네받은 뒤 명함을 확인했다. 스튜디오 루프, 예능 사업부 부장.

"제가 부장님을 뵌 적이 있었나요?"

안이 물었다. 명함 속 이름도, 남자의 얼굴도 낯설었다.

"그럴 수 있지. 나는 신사업부 소속이었어요."

남자는 창밖을 가리켰다. 대로를 사이에 두고 통창 너머로 방송국 전경이 다 보였다. 남자는 방송국에서 함께 일했던 동료 PD들의 이름을 댔다. 몇몇 귀에 익은 이름이 있었고 개중에는 JB도 있었다.

"기억 안 나요? 신사업부로 발령 나기 전에 같이 일도 했었는데. 잠깐이긴 했지만요."

남자가 웃었다. 같이 일을 했었다고? 안은 다시 명함을 확인했다. 이름을 봐도 그럴듯한 프로그램이 떠오르지 않았다. 신사업부로 발령이 났었단 말이지. PD로 입사한 사람이 제작 파트가 아닌 타 부서로 발령이 났다면 제작 환경에 적응을 못 했거나 퍼포먼스가 좋지 못했을 확률이 높았다. 입봉작이 잘 안되었거나, 조기 종영되었거나. 결국 푸시를 받지 못하고 방치되다가 타 부서로 이동하는 수순. 안은 빠르게 생각을 정리했다.

"나는 재작년에 동료 PD 둘과 함께 이곳으로 이직했어요. 메인은 TV 방송이고 그 밖에 디지털 콘텐츠나 광고도 제작하고 있고요. 지금은 이 정도이지만 차차 영역을 넓혀갈 예정이에요."

안은 남자의 말을 들으며 클립으로 묶여 있는 자료를 살펴보았다. 기획 의도 미정, 섭외 미정, 방영 일자 미정, 방영 플랫폼 미정, 장르 페이크 다큐멘터리, 주제 블루진프로젝트 임상 시험 참가자 인터뷰.

"주제가 블루진프로젝트네요."

안은 자료를 가리키며 말했다. "임상 시험 참가자 인터뷰를 하시려고요?"

"금번 사건으로 블루진프로젝트에 대한 관심이 높아지고 있잖아요?"

남자는 또 다른 자료를 내밀었다. 지난 며칠간 블루진프로젝트를 다룬 플랫폼과 콘텐츠를 정리한 표였다. 플랫폼 명과 영상의 길이, 메인 키워드, 업로드 일자. 트래픽 수. 그중에서도 트래픽 칼럼에는 하이라이트가 쳐져 있었다. 이쪽도 조회수가 문제군. 안은 생각했다.

"하지만 블루진프로젝트는 어디까지나 음모론일 뿐이에요. 음모론 속 인물을 인터뷰하시겠다는 건가요?"

안이 물었다.

"그렇죠."

남자가 대답했다.

"이 세상에 없는 사람들을요."

"없다면 만들어 내면 되는 거죠."

남자는 안 될 게 있느냐는 표정이었다. 안은 약간 어처구니없는 표정으로 남자를 바라보았다. 온라인을 떠돌아다니는 출처도 불분명한 소스를 사용하겠다는 건가.

"그건 아니고요."

남자는 고개를 저었다. "가상 인터뷰를 하는 거죠."

가상 인터뷰? 안은 남자로부터 건네받은 자료를 넘겨 보았다.

7. 식별자

진행방식: 블루진프로젝트 데이터를 학습한 초거대 인공지능, 즉 가상 인물과 라이브 방송에 참여한 시청자가 질문을 통해 상호 소통한다.

"떠오르는 게 있지 않나요?"

남자가 물었다 "3년 전에 작가님 기획으로 만들어진 프로그램이요. 현실과 비현실, 인간과 비인간의 경계를 넘나들며 온갖 존재를 학습한 초거대 인공지능과 대화를 나누는 프로그램이었죠."

맞아, 그런 프로그램이 있었지. 완전히 잊고 있었어. 안은 통창 너머의 방송국 건물을 바라보았다.

"꽤 재미있는 아이디어였어요."

"정규 방송도 아니었는걸요."

안은 고개를 저었다.

"비디오 플랫폼으로 운영되던 서브 채널에 올라간 프로그램이었죠?"

"맞아요."

"업로드된 영상 중에 블루진프로젝트 참여자 인터뷰가 있었잖아요. 방송국 내에 소문이 파다했어요. 기밀문서를 학습한 인공지능이 어떤 진술을 했다. 그게 문제가 되어 상부에 보고가 되었고 프로그램 폐지와 함께 제작팀 일부는 징계, 나머지 인원은 아주 일을 정리하게 되었다. 후에 말을 들어보니 인공지능에 들어갔던 학습 자료에 문제가 있었다더군요."

"프로그램이 폐지되고 방송국을 나온 건 맞아요."

안이 말했다. "하지만 프로그램 폐지는 다른 문제였어요. 제작 비용 대비 성과가 나오지 않기도 했고 인력이 부족하기도 했고요."

"그렇다면 왜 일을 그만둔 거죠?"

남자가 물었다.

"일을 그만두는 데 이유가 필요한가요?"

안이 되물었다. "워낙 로테이션이 빠른 곳이잖아요. 애초에 정규 채용 인력도 아니었고요."

"흠."

남자는 생각에 잠긴 듯 한동안 말이 없었다. 깊숙이 눌러쓴 볼캡 때문에 표정을 읽기가 어려웠다.

"아무튼 다시 한번 만들어 보는 게 어때요?"

얼마간의 시간이 지난 뒤 남자가 운을 띄웠다.

"데이터가 넘쳐나는 시대잖아요. 온갖 데이터를 학습한 인공지능이 다시 온갖 데이터를 만들어 내고 그것이 반복 반복 반복… 무한 반복이죠. 그 사이에서 '진짜' 데이터를 확보하는 건 운이 따라야 하는 일이거든요. 게다가 그 진짜를 두고 세간의 이목이 집중되고 있으니 시기 또한 맞아떨어지고 있고요."

"진짜 데이터라니, 그게 무슨 말씀이시죠?"

안이 물었다.

"작가님, 나 다 알아요."

남자는 볼캡을 벗어 챙이 위를 향하도록 비스듬히 고쳐 쓴 뒤 얼굴을 드러냈다. 안의 눈을 바라보며 말했다.

"당시의 일 말이죠. 가상 인터뷰를 제작하는 중에 담당 작가가 어떤 자료를 확보했다. 유니언워크와 블루진프로젝트에 대한 기밀자료를. 그것 일부를 빼돌린 뒤 잠적했다고요."

이 남자는 대체 무슨 소리를 하는 거지? 안은 당시의 일을 복기해 보았다. 안이 기획한 프로그램은 조회수로나 화제성으로나 이렇다 할 주목을 받지 못하고 사라진 그저 그런 프로그램 중 하나일 뿐이었다. 안으로서는 여러모로 한계를 느낀 프로젝트였고 결국 방송국을 떠난 계기가 되었다. 그뿐이야.

"무슨 소문이 돌았는지는 몰라도 부장님이 원하는 자료 같은 건 적어도 제게는 없어요."

"그렇다면 왜 그런 소문이 돌았을까요? 왜 작가님을 포함한 제작진 일부가 방송국을 떠나야 했을까요? 결과가 있다면 그에 대한 원인이 있어야 이치에 맞는 게 아닌가요?"

"어쩌죠?"

안이 말했다. "그렇게 말씀하셔도 제게는 부장님이 원하는 진짜란 게 없어요."

"진짜란 게 없다."

남자는 안의 말을 곱씹었다. 팔짱을 낀 뒤 뭔가를 가늠하듯 안을 바라보았다. 안은 말을 덧붙이지도 눈을 피하지도 않았다.

"뭐 그렇다면 별수 없는 거죠."

남자는 두 손을 드는 제스처를 취하며 말했다. 회의실을 감싸던 미묘한 긴장감이 일순간 느슨해졌다.

"괜찮습니다. 일이 있으면 언제든 연락주세요."

안은 건네받은 명함을 챙긴 뒤 자리에서 일어났다. 미팅은 그것으로 끝이었다.

"우리 또 봅시다."

남자는 문 앞까지 안을 배웅했다. 안은 뒤도 돌아보지 않고 건물을 빠져나왔다. 남자의 마지막 말이 어쩐지 불쾌했다. 또 보자니, 내게 당신이 원하는 진짜 같은 건 없어. 당신은 나를 찾을 일이 없을 거고 그건 나 또한 마찬가지다. 안은 자신에게 다른 것을 기대하는 사람에게 여지를 두지 않았다. 업무 범위가 분명치 않은 일을 하며 살아가는 데 있어 할 수 있는 일과 할 수 없는 일의 경계를 명확히 해두는 것은 중요했다.

밖으로 나온 안은 횡단보도 앞에 섰다. 정면으로 방송국 건물이 보였다. 소품을 실은 촬영용 버스와 취재 차량이 건물을 드나들고 있었다. 신호등의 불이 바뀌고 신호를 기다리던 사람들이 횡단보도를 건너기 시작했다. 안은 자리에 서서 사람들이 횡단보도를 넘어가는 모습을 바라보았다.

"실은 잘 모르겠어."

안은 길 건너편, 거대한 건물 어딘가에 있을 과거의 작업실을 떠올리며 말했다. 입 밖으로 나온 말이었으나 그건 어디까지나 허공으로 사라지는 혼잣말이었다.

무엇을?

그 순간 아득한 곳에서 정한의 목소리가 들려왔다. 그것은 혼잣말을 붙잡았다. 허공으로 사라지던 것을 이어가려 했다.

"그날 무슨 일이 있었는지 말이야."

방송국을 등지고 길을 걷던 안은 다시 말을 시작했다. 블루진프로젝트에 대한 기밀자료. 진짜 데이터. 안은 남자의 말을 거듭 생각해 보았다. 방송국을 나온 건 3년 전. 안은 이미 많은 것들을 잊은 상태였다. 그곳에는 무엇이 있었지? 그날 나는 무엇을 원했고 무엇을 보았나.

그날.

"응, 그날."

당시 안은 영상 제작을 위해 블루진프로젝트에 대한 자료 제보 공고를 채널 커뮤니티에 게시했다. 남자의 말대로 검증되지 않은 온갖 데이터가 스스로를 무한 복제하는 시대에 발에 채는 데이터를 사용하는 것만으로는 부족할 때가 있었으므로.

"가능한 한 많은 자료를 찾아서 학습시키고 싶었어. 진짜에 가까워지고 싶었거든."

안이 말했다. 그게 욕심이었을까.

결과적으로 프로그램은 폐지 수순을 밟았다. 윗선에서는 별다른 말이 없었다. 그저 이쯤에서 물러나 주어야겠다는 언질을 내려보냈을 뿐이었다. 안으로서는 받아들일 수 없는 일이었으나 제작 과정이 문제가 되었다는 건 지레짐작으로 알고 있었다. 여기까지가 안이 기억하는 내용의 전부였다.

"인공지능에 블루진프로젝트를 학습시키고 대화를 나눈 사람은 나였어."

안이 말했다. "촬영을 시작하기 전에 테스트차 대화를

나눠봐야 했거든."

그날, 안은 편집실에 홀로 남아 새벽 늦게까지 테스트를 진행했다. 대화는 좀처럼 이어지지 못하고 쉽게 끊어졌다. 매 순간 다른 인물이 나타나 저마다의 말을 해대는 탓이었다.

아이들의 이야기에 닿을 수 있는 방법은 없을까.

안이 찾는 건 살아남기 위해 서로가 서로를 뒤섞고 몸을 부풀리는 소문 따위가 아니었다. 세상 어딘가를 홀로 떠돌고 있을 진짜 이야기, 외로운 이야기였다. 안은 미련을 놓지 못하고 대화를 이어나갔다.

아직도 거기에 있는 거야?

반쯤 졸음에 잠겨 있던 안 앞에 새로운 인물이 나타났다. 안은 졸린 눈으로 모니터를 바라봤다.

'너는 누구지?'

안은 채팅창을 향해 물었다.

나는 Mt56MorEpuSH.

안은 무작위로 부여된 듯한 숫자와 문자의 조합을 바라보았다. 암호화된 식별자인가.

'너는 지금 어디에 있어?'

안이 물었다.

호수의 가장자리.

안은 자세를 고쳐 앉았다. 호수라. 병원에 호수가 있었나? 듀얼 모니터 위로 포털을 띄웠다. 검색창에 병원 전경을 검색하며 대화를 이어나갔다.

지금의 너는 누구야?

채팅창 속 아이가 물었다. 내가 누구냐고? 나는 너의 이야기가 필요한 사람이지. 포털에서 병원 전경을 검색하던 안은 메인 PC로 돌아와 답변을 입력하기 시작했다. 그 순간 채팅창 위로 또 다른 문장이 나타났다.

너는 어떤 기억으로부터 시작된 사람이야?

글쎄, 나는 어떤 기억으로부터 시작된 사람일까. 모니터 속 문장을 바라보던 안은 텍스트를 입력했다.

'나는 많은 기억을 잊었어. 어떤 면에서는 잃어버리기도 했지. 그리고 그건 내가 원한 일이었어.'

어째서?

'내게 돌아오는 어떤 기억도 내 것이 아니었으니까.'

안의 눈앞에 중첩된 풍경들이 나타났다. 얼핏 연구동의 풍경이 보이는 듯했지만 이내 거듭되는 중첩 속으로, 검은 어둠 속으로 사라져 버렸다. 채팅창으로부터 말이 건너온 건 그 순간이었다.

다섯이면서 하나라도 괜찮아.

네가 너를 찾을 테니까.

다섯이면서 하나? 채팅창의 문장을 읽어 내려가던 안은 정지했다. 하지만 안은 자신이 아닌 자신을 통과하는 시간이 멈췄다고 생각했다. 그러니까 온 세상이 멈추었는데 나는 여기에, 시간의 틈 사이로 미끄러져 숨겨져 있던 어떤 공간에 들어와 있는 것이다. 다섯이면서 하나. 오랜 시간 외면해 왔던 중첩된 풍경과 깊은 밤 작업실의 모니터에서 흘러나온 이야기가 맞물리고 있었다. 그것을 이해하기까지 얼마간의 시간이 필요했다.

'너는 누구야.'

안이 물었다.

나는 Mt56MorEpuSH.

다시 아이가 말했다.

'거기서 뭘 하고 있어?'

안은 무의미한 기호의 조합을 바라보며 물었다.

훈련을 받고 있어.

'어떤 훈련?'

나를 잃어버리는 훈련.

안은 흐릿하게 어른거리는 기억을 놓치지 않고 붙들었다. 어둑하고 서늘했던 건물, 그 속에서 보냈던 무수한 나날. 하지만 너는 누구지? 매 순간 자신을 잃어버리는 너는.

호수는 세이브 존이야. 여기에서는 나를 되찾을 수 있

거든.

아이가 말했다.

'호수가 너를 되찾아 줘?'

호수보다는 호수에 있는 네가.

'내가 어떻게?'

나를 기억해 주니까.

병동으로 돌아가면 우리는 다시 잊을지도 몰라.

안은 아이의 말을 알아들었다. 습하고 서늘한 내부를 가진 건물, 알 수 없는 실험이 계속되었던 연구동. 이 순간 만들어진 기억이 언제까지 유효할지 누구도 알 수 없었다.

그러니까 우리는 약속을 하자.

아이가 말했다. 모든 걸 잃어도 우리는 호수에서 다시 만나자는 약속을.

일순간 안의 눈앞에 어떤 사람의 얼굴이 나타났다. 하지만 그것은 찰나의 순간이었다. 문득 떠오른 얼굴은 단 한 번 반짝이는 불빛처럼 나타남과 동시에 사라져 버렸다. 안은 무엇도 잡아채지 못한 채 모니터 앞에 앉아 있었다. 이곳은 캄캄한 작업실. 현실은 조금도 어긋남이 없는 현실일 뿐이었다.

"너였어."

방송국을 등지고 길을 걷던 안은 멈추어 섰다. 발끝에서부터 조금씩 새어 나오는 그림자가 보였다.

"그날 밤, 채팅창 너머에서 너는 네게 말을 걸어왔던 거야."

안이 말했다. "기억나? 우리는 몇 번이고 약속했어. 우리의 호수에서 언젠가 다시 만나기로."

우리의 호수에서.

정한이 말했다. 찰나의 순간 안의 눈앞으로 빛이 부서져 내리는 호수의 전경이 스쳐 지났다. 하지만 호수는 사라졌다. 병원도, 호수도 이제는 어디에서도 찾을 수 없어. 어찌할 수 없는 사실이 안을 가로막았다.

"나와 너를 만나게 할 수 있는 이야기가 필요해."

그것이 세상의 이치와는 동떨어진 이야기라 할지라도. 안은 멈추었던 길을 걷기 시작했다. 어떻게든 그것을 만들어 세상 속으로 밀어 넣어야 한다. 이런 이야기도 이루어질 수 있다는 걸 주장해야 한다. 손을 놓고 있다간 어떤 일도 일어나지 않을 것이다.

이야기가 이루어지려면 어떤 장면이 필요하지?

정한이 물었다.

"이 이야기의 마지막은 너와 내가 재회하는 장면이 되어야 해. 세상에서 사라진 진짜 호수에서."

우리가 만날 수 있다면 그 장소는 호수뿐일 테니까. 안은 얼마간 세상의 이치와 그것을 벗어나는 일에 대해 생각하며 길을 걸었다.

곧 전철역이 나타났다. 안은 역으로 들어섰다. 계단을 내려가는 동안 서늘한 바람이 불어와 몸에 고인 땀과 열기를 식혀주었다.

*

'여기로 전화해 봐.'

전철에 올라탄 안은 JB로부터 메시지를 받았다. JB가 공유한 것은 '국민건강생활실천단'이라는 이름으로 저장된 번호였다. 국민건강생활실천단. 안은 소리 없이 그것을 발음해 보았다. 왠지 머리에 띠를 두르고 옆 사람과 각을 맞추어 걸어야 할 것 같은 명칭이었다.

8. 일인칭 훈련

> 잡아먹기 전에 그만 멈추시길
> 너무 많은 질문이 당신을

정한은 불현듯 방 안 가득 울리는 벨 소리에 잠에서 깨어났다. 방은 사방이 어둠으로 가득 차 있었다. 하지만 그것은 세상의 흐름과는 상관이 없는 어둠이었다. 정한의 방에는 빛이 들지 않았다. 창문이 없는 것은 아니었으나 평소에는 암막 커튼을 쳐두었고 그곳으로는 가느다란 빛조차 들지 않았다.

정한은 거의 본능적으로 휴대전화를 집어 들었다. 하지만 그것은 휴대전화 벨 소리가 아니었다. 그것은 침대 옆 책상 위에 놓여 있는 무선 차임벨 소리였다. 이를 알아차린 정한은 눈을 감은 채 책상을 향해 신경질적으로 손을 뻗었다. 세상의 많은 것들이 빠르게 변하고 있다. 속도로 따지자면 그다음을 예측하는 것이 부질없게 느껴질 지경이다.

그런데 아직도 누군가는 용건을 전하기 위해 초인종을 누르고, 누군가는 시끄러운 벨 소리에 잠을 깨야 하다니. 정한은 소형 스피커와 몇 권의 책, 전원이 나간 탁상시계와 사원증, 마스크 따위로 어수선한 책상 위에서 무선 차임벨을 찾기 시작했다.

정한은 현관 벨이 울려도 좀처럼 나가보는 일이 없었다. 택배 기사가 아니라면 정한의 집을 찾아올 사람은 없었고 택배를 대면으로 받는 건 고객에게도 기사에게도 여러모로 소모적인 일일 뿐이었다. 그러므로 무선 차임벨의 용도는 울리는 벨을 끄는 것, 중단하는 것에 있었다. 울려대는 벨을 끄는 건 중요했다. 차임벨은 필요 이상으로 길게 울리고 신경을 거스르니까.

책상 위를 더듬던 정한은 소형 마우스 크기의 무선 차임벨을 집어 들었다. 망설임 없이 버튼을 눌러 울려대는 것을 꺼버렸다.

"실례합니다."

차임벨 너머에서 목소리가 넘어온 건 정한이 버튼을 누르는 것과 거의 동시에 일어난 일이었다. 그 순간 정한은 잠에서 완전히 깨어났다. 무슨 일이 일어난 건지 상황을 이해하는 데 얼마간의 시간이 필요했다. 무선 차임벨에 안과 밖을 연결하는 기능은 없는데. 이것은 오직 울리는 벨을 중단하기 위해 만들어진 어설프고 단순한 기기일 뿐이다. 정한은 약간 멍한 상태로 차임벨을 바라보았다.

"선생님, 계십니까?"

차임벨에서는 계속 낯선 사람의 목소리가 넘어왔다. 50대 중후반 혹은 60대 초반쯤 됐을까. 차분하지만 지나치게 무겁지도 않은 남자의 목소리였다. 정신을 차린 정한은 차임벨을 움켜쥔 채 자리에서 일어났다. 방문을 열자 이른 아침의 빛이 쏟아져 들어왔다. 눈을 뜰 수 없을 정도로 과한 빛이었다. 정한은 한 손으로 눈을 가린 채 다른 한 손으로 허공을 더듬으며 간신히 앞으로 나아갔다. 거실을 가로질러 월 패드가 설치된 현관에 닿았다. 그사이에 또 한 번 벨이 울렸다.

"긴히 전달드릴 말씀이 있어 이렇게 찾아뵈었습니다만."

"…"

겨우 눈을 뜬 정한은 연결을 종료하지 않고 다음 말을 기다렸다. 월 패드를 통해 밖을 확인했지만 화면 너머로 보이는 것은 텅 빈 복도뿐이었다.

"이렇게 고요할 수가."

차임벨 너머의 남자는 혼잣말로 중얼거렸다. "이거 참 곤란하게 됐군. 이대로 별 수확 없이 돌아간다면 난처한 상황에 놓일 게 뻔한데 말이야. 이쪽으로서도 처리해야 할 일이란 게 있고 모든 일에는 순서가 있기 마련인데."

이건 마치 나보고 들으라는 말 같잖아. 정한은 다시 한번 월 패드 화면을 확인했다. 텅 빈 복도에서 뭔가를 찾아보려 했다.

"선생님."

다시 한번 차임벨에서 남자의 목소리가 흘러나왔다. 뭐지? 이 사람 어디에서 이야기하고 있는 거야. 정한은 손에 쥔 차임벨을 바라보았다.

"아쉽지만 세상 모든 일이 계획대로 흘러갈 수는 없을 테지요. 다음에는 꼭 뵙기로 하겠습니다."

정한은 현관문으로 다가가 귀를 댔다. 연결이 끊어진 뒤에도 좀처럼 경계를 풀 수가 없었다. 남자의 목소리에는 심상치 않은 예감, 쉽게 물러날 수 없게 만드는 어떤 것이 있었다. 정한은 눈을 감고 호흡을 줄였다. 내부의 소음을 줄이고 외부를 향한 채널에 집중했다. 허공을 떠도는 미세한 파동과 진동을 놓치지 않고 느껴보려 했다.

이 사람 아직 가지 않았어.

그것이 직감으로 느껴졌다. 남자는 여전히 문 너머에 있었다. 문 너머에서 안쪽의 기척을 살피고 있는 것이다.

아니다.

정한은 문에서 한 걸음 물러났다. 복도가 아니야. 상당히 가깝지만 그곳이 문 너머는 아니다. 정한은 문 손잡이를 쥐었다. 힘을 실어 단번에 문을 열었다. 고개를 내밀고 좌우를 살폈다. 그곳은 월 패드가 비추었던 화면 그대로의 텅 빈 복도일 뿐이었다. 정한은 깊은 곳에서부터 고여 있던 숨을 토해 냈다. 등 뒤에서 식은땀이 솟아났다.

이상하다.

정한은 문을 닫으며 생각했다. 여전히 남자의 기척이 느껴져. 너무나 가까운 거리에서.

정한은 거실을 가로질러 방으로 돌아왔다. 어째서 남자의 기척은 사라지지 않는 걸까. 손에 쥔 차임벨은 고요했다. 그것은 제 할 일을 다 했다는 듯 단순하고 어설픈 기기로 돌아가 있었다.

'왜 자리에 없어.'

별안간 휴대폰 알림이 울린 것은 그 순간이었다. 정한은 알림을 확인했다. 유한수의 메시지였다.

'연차예요.'

정한은 침대에 걸터앉아 메시지를 보냈다.

'테스트는?'

'대화가 이어지지 않는 오류가 여전히 나타나고 있어요.'

'대화가 이어지지 않는다. 어떤 점에서?'

'했던 말을 거듭한다든가, 나누었던 대화를 처음부터 다시 시작한다든가 하는 패턴의 반복이에요.'

정한이 말했다.

'왜지? 메모리 데이터를 조각으로 쪼개서 넣은 것도 아닌데.'

정한은 답하지 않았다.

'해결 방안을 찾아야 해. 내일 오전 중으로 미팅을 잡아줘. Y도 함께.'

유한수가 말했다. 정한은 사내 캘린더에 유한수와 Y의 계정을 태그한 뒤 미팅 일정을 등록했다.

'내일 보자고.'

정한은 유한수의 메시지를 확인한 뒤 무너지듯 침대에 누웠다. 차임벨 너머에선 정체를 알 수 없는 목소리가 건너오고 테스트는 큰 진전이 없다. 정말이지 상쾌한 아침이군. 정한은 허공을 향해 손을 뻗었다. 주먹을 쥔 다음 엄지로 검지를 꾹 눌렀다. 잔뜩 힘이 들어간 주먹을 얼마간 바라보았다.

"이건 일인칭 훈련이라고 해."

연구동에 입소한 첫날, 연구원은 정한의 오른손 검지에 반지 형태의 전자 계수기를 채워주며 말했다. 정한은 검지에 채워진 것을 바라보았다. 100원짜리 동전 크기의 계수기 윗면에는 동그란 버튼과 작은 전자보드가 달려 있었다. 버튼을 누를 때마다 전자 보드의 숫자가 올라가는 식이었다. 계수기는 이름을 알 수 없는 광물처럼 크기에 비해 무겁고 차가웠다.

"너는 지금부터 이 버튼을 눌러. 버튼을 누르는 매 순간 너 자신을, 정한이라는 사람을 의식하는 거야. 이를테면 눈으로 바라보는 광경이 달라지거나, 귀를 통해 어떤 소리가 흘러들 때, 새로운 생각 혹은 마음이 생겨날 때마다."

"왜요?"

정한이 물었다.

"왜냐고? 음."

연구원은 팔짱을 끼고 잠깐 고민에 빠졌다. 적당한 예시가 있을까, 열다섯 살짜리가 이해할 수 있을 만한 것으로.

"이걸로 하자."

주변을 살피던 연구원은 데스크 위에 쌓여 있는 이면지 중 한 장을 가져왔다. 그 위로 커다란 동그라미를 그린 다음 동그라미 안쪽에 '자기', 바깥쪽에 '비자기'라고 썼다. 동그라미 안쪽을 가리키며 말했다.

"원 안쪽의 자기, 이게 너야. 그리고 바깥쪽은 비자기, 외부라고 하자. 그러니까 외부란 네가 아닌 모든 것. 면역학에서 쓰이는 용어 중에 자기 인식이라는 개념이 있어. 너는 모르겠지만 지금도 네 몸속에서는 매 순간 자기와 비자기를 구분하는 반응이 일어나고 있거든. 외부의 이물질이나 바이러스, 독소 같은 것들을 식별해서 그걸 막거나 제거하려고 말이야. 그래야 자기, 네 몸을 지킬 수 있을 테니까."

"자기와 비자기."

정한은 이면지 위의 원을 바라보았다.

"신체에서 일어나는 자기 인식을 사람의 의식에 대입해 봐."

연구원은 원 안쪽에 작은 글씨로 뭔가를 썼다. 영문자와 숫자로 조합된 코드였다.

"기억해 둬. 여기에선 이 식별 코드가 네 이름이 될 테니까."

연구원은 자신이 써놓은 것과 정한의 가슴팍을 차례로 가리키며 말했다. 정한은 자신이 입고 있는 생활복을 살펴보았다. 왼쪽 가슴 부분에 연구원이 써놓은 식별 코드가 수놓여 있었다. 무작위로 부여된 기호들은 무심하고 건조하게 느껴졌다.

"정한."

정한은 연구원을 향해 말했다. "내 이름이요."

"그래 뭐 아무튼, 네가 정한이라고 하자. 하지만 네가 정한이라는 사람이 되려면 이름을 갖는 것만으로는 부족해. 간단히 말하자면 네가 가진 다양한 감각을 통해 자신을 인식하고 그것을 통합된 자아로 구성할 수 있는 능력이 필요하다는 뜻이야. 지금 너는 네 자신을 인지하는 능력이 현저히 떨어져 있어. 계수기는 떨어진 인지능력을 복구할 수 있도록 돕는 기기라고 생각하면 돼."

"내가 버튼을 누르지 않으면요?"

"사라지는 거지."

연구원의 시선이 잠깐 허공의 한 점에 머물렀다.

"지금 네 기억은 바닥에 떨어진 유리컵처럼 산산조각이 나 있어. 게다가 꽤 많은 조각을 잃어버린 상태지."

연구원은 정한에게 채워놓은 계수기를 확인했다. 헐겁게 채워두었던 것을 빈틈없이 밀착되도록 단단히 조였다.

"걱정 마. 완전히 잃어버린 건 아니니까. 아직까지는."

연구원이 말했다. 그의 태도는 위협적이지도 다정하지도 않았다. 그는 언제까지나 중립적인 태도를 유지했다. 그러한 태도 때문에 정한은 그의 어떤 부분이, 인간으로서 당연히 작동해야 하는 것이 완전히 결여된 듯한 인상을 받았다.

"기억을 잃고 그것을 되찾는 것, 앞으로 1년간 네가 해야 할 일이야. 어떤 기억은 평생 네 것이 되겠지만 어떤 건 영원히 잃어버리게 될 거야. 모든 건 너 하기에 달렸어. 그러니까 잘 봐."

연구원은 이면지 위로 그려둔 동그라미의 경계를 짚었다.

"말했듯이 네 의식은 외부와 내부의 경계가 상당히 모호해진 상태야. 자기와 비자기를 구분할 수 있는 신경 회로의 대부분이 제 역할을 못 하게 된 상태랄까. 테스트가 본격적으로 시작되면 혼란은 더 커질 거야. 회로가 다시 제 일을 할 수 있도록 꺼져 있는 스위치들을 켜줘야 해. 말하자면 네가 너에게 매 순간 신호를 보내는 거지. 난 나야. 난 나야."

연구원은 정한의 오른손을 가리키며 말했다. "한번 해 봐."

"난 나야."

정한은 검지에 채워진 계수기의 스위치를 꾹 눌렀다. 필라멘트에 전류가 흐르듯 일순간 격한 고통이 일었다. 그와 동시에 전자 보드 위로 숫자 1이 카운팅되었다.

*

"그러니까, 이게 파편 뇌 훈련이라는 거지?"

안이 계수기를 바라보며 물었다. 정한의 검지에 채워진 계수기를 알아차린 사람은 안이 유일했다. 혹은 안을 제외한 그 누구도 그것에 관심이 없었다. 동일한 훈련을 받았던 같은 방 아이들조차 계수기에 대해서는 이야기하기를 꺼렸다. 거의 모든 시간을 함께하면서도 어떤 면에서는 기묘할 정도로 서로에 대해 관심이 없었다.

"계수기 버튼을 누르면 어떻게 되는데?"

안이 물었다.

"스위치를 켤 수 있어."

"스위치?"

"내 안에 있는 스위치."

정한은 버튼을 눌렀다. 익숙한 고통이 전신을 타고 흘렀다. 일인칭 훈련은 따로 스케줄이 없었다. 잠을 자는 시간 외에 매 순간이 훈련이었다.

"스위치를 켜면 어둠 속으로 사라지지 않아."

"몇 번이나 눌러야 하는데?"

안이 물었다. "네 안에 있는 스위치를 켜려면 말이야."

"매 순간."

"설마."

"정말이야."

"누르지 않으면?"

"사라져."

정한은 다시 한번 버튼을 눌렀다. 번쩍, 전류 같은 것이 전신을 타고 흘렀다.

"그 전에 온몸이 다 타버리겠어."

안이 말했다. "끔찍해."

버튼을 누르지 못하도록 정한의 손을 잡았다. 하지만 어쩔 수 없는 일이라고 정한은 말했다. 나는 이미 많은 기억을 잃어버린 상태고 이대로라면 내가 누구인지도 모르게 되어버릴 거라고.

"고통은 잠깐이야."

정한이 말했다.

"아니, 고통은 영원해."

안이 말했다. "누구도 자신에게 함부로 고통을 허락해서는 안 돼."

하지만 나는 한 번도 나를 지켜본 적이 없어. 정한은 생각했다. 다음 순간 정한은 두 손으로 머리를 움켜쥐었다. 두개골이 쪼개지는 듯한 충격이었다. 충격은 지독한 고통이 되어 전신으로 퍼져나갔다. 그것은 무수한 시간과 공간을 뛰어넘어 온 고통이었다. 흘려보내지 못하고 마음 깊이 묻어버린 아픔이 정한이 방심한 틈을 놓치지 않고 지금, 이곳에서 한꺼번에 터져 나왔다. 어쩌면 완전히 붕괴되고 있는지도 몰라. 가까스로 형태를 유지하고 있던 것이 마침내 조각으로 무너져 내리는 것이다. 정한의 눈에서 눈물이 흘러내렸다.

"돌아와."

안이 정한을 붙잡았다. 정한의 두 뺨을 손으로 감싼 뒤 초점 잃은 눈을 바라보며 말했다.

"여기로 돌아와. 네가 있는 곳으로. 너는 조금도 흩어지지 않았어."

그러고는 정한의 손에 채워진 계수기를 빼냈다.

"방법을 찾을 거야."

안의 목소리는 마치 깊은 물속에서 지상의 소리를 듣는 것처럼 뭉개져서 들려왔다. 정한은 필사적으로 안을 붙잡았다. 더듬더듬 들려오는 목소리에 집중했다.

"내 기억을 너에게 보낼게."

어느 순간 들려온 것은 너무도 선명하고 맑은 목소리였다. 목소리는 정한을 껴안듯 부드럽게 감쌌다. 다음 순간 정한은 눈을 떴다. 정신을 차린 정한은 주변을 돌아보았다. 고요하고 평화로운 호수. 그리고 안. 정한은 온전한 몸으로 여전히 이곳에 있었다.

"나는 공동 뇌를 가졌어. 그게 무슨 뜻인지 알아?"

안이 정한을 돌아보았다. 정한은 고개를 저었다. 턱 끝에 고여 있던 눈물방울이 뚝 떨어졌다.

"공동 뇌라는 건 머릿속 기억이 매 순간 데이터가 되어 어딘가에 저장되고 있다는 뜻이야. 스태프들이 하는 말을 들었어. 내가 사라져도 내 기억은 사라지지 않을 거라고. 몸을 잃은 기억은 아득한 우주를 영원히 떠돌게 된다고 했어. 나는 떠돌지 않을 거야. 어떤 형태로든 너에게 갈게. 먼 길을 돌고 돌아도 결국은 너에게 닿을 수 있도록. 네가 누구인지 잊지 않도록 기억을 보낼 거야. 그러니까 너는 내 신호를 알아봐 줘."

안의 신호. 신호라는 말은 어쩐지 생경한 데가 있었다. 동시에 그것은 정한에게 알 수 없는 안도감을 주었다. 몸에 남아 있던 고통이 조금씩 사그라들었다.

"너는 사라지지 않을 거야."

안이 말했다.

십수 년의 세월이 흐르고 많은 것을 잃어버린 뒤에도 정한은 그 순간을 기억하고 있었다. 무엇보다 소중한 기억이었다. 깊은 밤 문득 깨어난 자신을 뒤늦게 알아차릴 때, 등 뒤에서 낯선 사람이 말을 걸어올 때, 알 수 없는 번호로 걸려 온 전화를 바라볼 때, 자신이 누구인지 알 수 없게 되는 순간마다 정한은 안을 떠올렸다. 이 세상 어딘가 안이 있다. 그 단순한 사실만으로도 정한은 이곳으로 다시 돌아올 수 있었다. 정한이라는 사람으로 살아갈 수 있었다.

정한은 휴대전화를 집어 들었다. 검색 포털에 접속한 뒤 블루진프로젝트를 검색했다. 뉴스 기사와 포스팅, 블루진프로젝트를 모티프로 한 영화와 드라마, 온갖 콘텐츠가 쏟아져 나왔다.

블루진프로젝트는 비밀리에 진행된 인체 실험이었지만 더는 깊은 곳에 숨겨진 비밀이 아니었다. 아이러니하게도 모두가 그것에 대해 알고 있었다. 알 수 없는 경로를 통해 수면 위로 올라온 블루진프로젝트는 10여 년의 시간이 흐르는 동안 스낵 컬처 따위의 단순 흥밋거리로 회자되다가 이제는 베리 칩, RFID 계열의 음모론 정도로 치부되고 있었다. 사람들의 입을 오르내리며 수차례 가공을 거친 블루진프로젝트는 더 이상 정한이 아는 그것이 아니었다. 사실과 거짓은 끊임없이 뒤섞이고 그 속에서 또 다른 이야기들이 만들어졌다.

이건 사실이 아닌 것. 사실로부터 너무 멀어져 버린 것.

새로운 이야기 중에는 메시지 테러를 일으킨 해커 집단이 블루진프로젝트 관련 문건을 유출했다는 내용도 있었다.

"그만."

떠도는 이야기일 뿐이야. 정한은 허공을 향해 손을 뻗었다. 계수기가 채워졌던 검지에는 희미하게 팬 흉터가 남아 있었다. 정한은 저도 모르게 엄지로 흉터를 꾹 눌렀다. 일순간 끔찍한 고통이 일었다. 피부 아래로 깊이 새겨진 몸의 기억이었다.

"돌아와 줘."

"그날의 기억 그대로 내게 와줘."

정한은 허공을 향해 말했다. 세상 어딘가에 있을 안을 향해 인사를 건네듯, 다정하지만 간절하게.

*

오후 늦게 집을 나선 정한은 집 근처의 유니언워크 AS 센터에 들렀다.

"정한 씨."

천장에 설치된 스피커에서 호출음이 울렸다.

"6번 캐비닛으로 들어오세요."

정한은 자리에서 일어났다. 열 개의 캐비닛 중 번호가 붙어 있는 건 총 아홉 개였다. 정한은 6번 캐비닛의 문을 열고 안으로 들어섰다.

고해소.

한 평 남짓한 공간에 들어설 때마다 정한은 그곳을 떠올렸다. 가톨릭 신자도 아니고 고해소를 실제로 본 적도 없지만 매번 같은 생각이었다. 진짜 고해소와 다른 부분이 있다면 맞은편 벽 너머에 앉아 있는 사람이 사제가 아닌 또 다른 사용자라는 사실뿐이겠지.

네 개의 면이 벽으로 이루어진 캐비닛 내부에는 리클라이너처럼 생긴 전동 체어가 놓여 있었다. 그것이 겨우 들어갈 수 있을 만큼 내부는 좁았다.

정한은 리프트식 전동 체어에 앉았다. 176센티미터, 63킬로그램. 전동 체어는 정한의 체형을 읽어낸 뒤 머리와 목, 허리와 골반을 단단히 고정했다.

"목과 어깨에 힘을 빼고 헤드 부분에 머리를 붙이세요. 몸을 움직이지 마세요."

정한은 지시를 따랐다.

"상담이 진행되는 동안 눈을 감아도 좋습니다."

"오랜만이에요. 요즘은 어때요?"

안내가 종료된 뒤 머리 위의 스피커에서 상담원의 목소리가 들렸다.

"크게 다르지 않아요."

정한이 말했다. 실내 공기는 서늘했지만 전동 체어의 열기 때문에 시트와 닿는 부분에 땀이 찼다.

"크게 다르지 않다는 게 무슨 뜻이죠?"

"어떤 기억도 돌아오지 않았어요."

정한이 말했다. "내가 원하는 기억 말이에요. 열다섯 6월부터 열여섯 6월까지, 1년간의 기억이에요. 단 한 장면도 돌아오지 않았어요."

말을 하는 동안 정면 벽에 홀로그램이 나타났다. 정한의 뇌였다. 정한의 뇌가 만들어 내는 전기신호들이 실시간으로 감지되며 나타났다 사라지기를 반복했다. 정한은 뇌에 박힌 칩의 개수를 헤아려 보았다. 점점이 찍힌 것이 서른다섯 개. 실제로는 더 작다고 했지. 상담의 편의를 위해 실제보다 크게 표현해 둔 것이라고.

"시술을 진행한 분들 중에 정한 씨와 동일한 증상을 호소하는 분들이 있어요."

상담원이 말했다. "케이스를 두 가지로 분류할 수 있을 텐데요, 하나는 신경이나 혈관계 질환 등으로 외부 자극에 대한 신체 반응도가 현격하게 떨어지는 경우입니다. 이쪽은 원인도, 대응 방식도 정한 씨의 경우와는 전혀 다른 케이스고요."

"네."

"또 한 가지는 정동 둔마예요. 깊은 트라우마, 혹은 중증 이상 단계의 우울증이 장기간 이어진 경우 중추신경에서 발현되는 감정을 스스로 인지하기 어려운 경우가 있습니다. 환자가 자신에 대한 애착을 거두고 세상과 분리된 상태로 고립되어 버리는 경우죠. 드물지만 말씀드린 병력을 가진 분들 중 반환되는 메모리 데이터를 감지하지 못하는 케이스가 보고된 바 있습니다."

"내게 우울증이 있는지는 모르겠는데요."

정한이 말했다.

"하지만 정황상 전자보다 후자의 가능성이 현격히 높아 보여요."

"내가 후자에 속한다면 어떻게 되는 거죠?"

"변연계와 전두엽 일부를 타깃으로 하는 칩 삽입술이 추가로 진행됩니다. 이후 특정 감정을 불러일으킬 수 있는 기억을 집중적으로 반환하여 전자 신호를 유도하는 치료를 진행하게 되고요. 기억 반환의 빈도와 강도의 수치를 조절하면서 경과를 지켜보게 될 거예요. 정한 씨는 2022년 6월과 2028년 8월, 동일한 문제로 두 차례 시술을 받으셨네요."

"반환받는 기억의 강도와 빈도 모두 조정하고 싶어요. 가능한 한 높은 값으로요."

정한이 말했다.

"앞의 화면을 봐주세요."

상담원이 말하는 순간 눈앞의 홀로그램이 새로운 화면으로 전환됐다. 지난 한 달간 정한이 반환받은 메모리 데이터의 빈도와 강도, 그에 따른 뇌파 반응을 수치화한 시트였다.

"보시다시피 뇌파에는 문제가 없어요. 정한 씨 본인은 느끼지 못했다고 말씀하시지만 화면상으로는 기억이 반환되지 않은 시간대와 반환된 시간대 간의 현격한 뇌파 차이가 확인되고 있습니다."

"내가 기억을 반환받고 있다는 건가요?"

"정확히는 너무 많은 기억이 반환되고 있어요. 여기를 보세요."

홀로그램 속 뇌의 특정 부분이 푸른색으로 바뀌었다.

"2028년 8월, 2차 시술을 진행한 이후 메모리 데이터 반환 기록을 볼게요. 자사 클라우드로부터 감지된 메모리 데이터의 전송 신호를 트래킹한 기록이에요."

"137건."

정한은 지난달의 그래프가 나타내는 숫자를 바라보았다.

"한 달간 137건은 평균을 훨씬 웃도는 수치예요. 보통은 높아야 70건 안팎의 메모리 데이터를 반환받게 됩니다. 하루 평균 두세 건의 빈도죠. 그 이상의 빈도로 장기간 기억을 반환받는다면 뇌는 점점 더 많은 스트레스를 감당해야 합니다. 이대로라면 일상생활에 지장이 생길 거예요."

정한은 눈앞의 그래프를 다시 한번 확인했다. 저 중 단 하나의 기억도 정한은 돌려받지 못했다. 저 많은 기억들은 다 어디로 가버린 걸까.

"정한 씨의 경우 이미 사용자 개인의 진술만으로 변경할 수 있는 반환 수치의 최댓값이 부여된 상태예요."

상담원이 말했다. 홀로그램 화면은 다시 정한의 뇌를 비추었다.

"지금 정한 씨의 뇌는 특정 기억을 반환받기 위해 너무 많은 자극을 견디고 있어요. 이 이상의 조정이 필요하다면 진단서가 필요합니다. 협력 병원으로 연결해 드릴 수는 있지만, 결과가 크게 다르지는 않을 거예요."

정한은 눈을 감았다. 그리고 물었다.

"2018년의 기록은 없나요?"

"무슨 기록을 말씀하시는 거죠?

"2018년, 열다섯이 되던 해에 나는 개두술을 받았어요. 그게 뭔가 문제를 일으킨 건 아닐까요?"

"AS센터는 사용자 개인의 의료 기록을 조회할 수 없습니다."

정한은 다시 눈을 떴다. 홀로그램 속 뇌는 어떤 상처도 없이 온전했다.

"센터와 연계된 병원 예약을 도와드릴까요?"

상담원이 물었다.

"아뇨."

정한이 답하는 순간 상담 종료를 알리는 벨이 울렸다. 사용자에게 주어진 상담 시간은 1회 최대 20분으로 제한되어 있었다.

"하나만 더 물어볼게요."

"1분의 상담 시간을 추가할 수 있습니다."

상담원이 말했다.

"유니언워크 클라우드에 저장된 메모리 데이터를 다른 플랫폼을 통해서 반환받을 수 있을까요?"

"그게 무슨 말씀이시죠?"

"ID칩 시술을 받은 뒤 내게는 어떤 일도 일어나지 않았어요. 기억을 반환받는 일 말이죠. 유니언워크의 클라우드와 내게 삽입된 ID칩을 연결하는 경로가 알 수 없는 이유로 망가졌어요. 어쩌면 처음부터 만들어지지 않았을지도 모르죠. 나는 기억을 반환받을 수 있는 새로운 경로가 필요해요. 그걸 찾아야 해요."

"자사 클라우드가 반환하는 메모리 데이터의 신호를 잡아서 정한 씨의 ID칩으로 전송할 수 있는 중간 플랫폼이 필요하다는 말씀이실까요? 다시 한번 말씀드리지만 정한 씨, 모든 프로세스는 이상 없이 작동하고 있습니다. 하지만 특별한 아이디어네요. 다만 간접 경로를 경유하는 만큼 데이터의 손실과 변형의 리스크가 따르겠습니다."

"손실과 변형이 일어나더라도 나는 되돌려받아야 하는 기억이 있어요."

"상담 시간이 초과하였습니다."

상담 종료를 알리는 안내음이 울렸다. 정한의 몸을 움켜쥐고 있던 전동 체어에서 힘이 빠져나갔다. 몸을 일으킨 정한은 캐비닛 문을 열고 밖으로 나왔다.

건물을 빠져나오는 중에 정한은 메시지를 받았다. AS 센터로부터 발송된 메시지였다.

'진단 결과: 이상 소견 없음'

메시지 아래에 파일이 첨부되어 있었지만 정한은 확인하지 않았다. 홀로그램으로 보았던 뇌와 수치가 기록된 시트겠지. 새로운 정보는 없을 것이다.

"이봐요, 청년."

누군가 정한의 팔을 붙잡았다. 고개를 들자 선캡을 쓴 여자가 서 있었다. 챙이 넓고 긴 선캡을 사선으로 눌러쓴 탓에 얼굴이 보이지 않았다. 한쪽 가슴 아래에는 더 줄일 수 없을 만큼 짧게 줄인 크로스백이 붙어 있었다. 작은 백

속에 가득 든 팸플릿이 보였다. 정한은 팸플릿의 내용을 보지 않아도 알 수 있었다. 유니언워크 AS센터 근방은 ID칩 반대론자들의 활동이 가장 활발한 지역이기도 했다.

"읽어요."

여자가 팸플릿을 내밀었다. 정한은 여자가 내민 것을 바라보았다.

도둑맞은 뇌: ID칩과 비인격적 생체실험 블루진프로젝트의 실체

정한은 이전에도 같은 팸플릿을 받은 적이 있었다. 팸플릿의 내용 역시 익숙했다. 정한은 여자가 건넨 것을 받았다. 두 번 접혀 있는 것을 펼쳐보았다.

정한 씨.
너무 많은 질문이 당신을 잡아먹기 전에 그만 멈추시길.

검은 매직으로 쓰인 글씨는 빠르게 휘갈겨 쓴 듯 거친 필체였다. 정한은 고개를 들었다. 팸플릿을 건네준 여자는 사라지고 없었다.

9. 허공의 와플

당신은 누구지?

안은 JB가 공유한 번호로 전화를 걸었다. 전화는 통화음이 세 번 울린 뒤 잠깐 멈추었다가 착신 전환음이 울리며 휴대전화로 연결되었다.

"실례지만 어디서 보고 전화 주셨죠?"

전화를 받은 사람은 중년의 여자였다.

"온라인에서 보고 연락드렸어요."

안은 적당히 둘러댔다.

"아, 온라인."

여자의 목소리는 우아함이 느껴졌고 무엇보다 발성이 좋았다. 성대라든가 혀 또는 호흡 쓰는 법을 아는 것 같았다. 그녀의 목소리는 전문적인 훈련을 받은 사람 특유의 극적인 느낌이 있었다. 안은 잠깐 현실 그 너머에 대해 생각했다.

"언제든 오세요. 부담 갖지 마시고요."

"오늘 저녁도 괜찮을까요? 6시쯤?"

안은 시간을 확인했다. 3시 반. 바로 출발하면 6시까지는 무리 없이 도착할 수 있는 거리였다.

"그럼요. 도착 전에 연락만 주세요."

차를 몰고 오는 게 아니라면 버스보다 전철을 타는 편이 좋을 거라고 여자가 말했다. "역 출구에서 도보로 20분 직진이에요."

안은 통화를 종료한 뒤 다음 역에서 내렸다. 센터 위치가 도산역 근처였다. 도산역이라면 왔던 길을 되돌아가야 했다. 안은 플랫폼을 빠져나온 뒤 반대편으로 넘어갔다.

*

JB는 여자의 전화번호와 함께 문서 파일을 공유했다. 국민건강생활실천단의 대외 활동 정보와 연혁을 정리해 둔 자료였다.

안은 빠르게 자료를 훑어보았다. 국민건강생활실천단은 구민을 대상으로 무료 심리 상담과 명상 수업을 진행하는 평범한 봉사 단체였다. 어떤 지점에서도 반유니언워크 커뮤니티와의 접점이랄 게 보이지 않았다.

"겉으로 드러나지 않았을 뿐이야."

전화를 걸어온 JB가 말했다. "국민건강생활실천단은 소모임 따위의 임의적인 단체가 아냐. 중앙 부처에 등록된 정식 단체이고 주 사업 영역은 지역사회의 정신건강 봉사 활동, 서류상 등록연도는 2011년으로 되어 있지만 실제 운영 기간은 그보다 더 오래됐을 거야. 여기 대표가 반유니언 워크 커뮤니티 운영자 중 하나야."

"그 말은 두 단체 간에 어떤 결탁이 있다는 건가요?"

안이 말했다.

"금일 보도된 기사 중에 이런 내용이 있어."

JB가 말했다. "디도스 공격으로 알려진 사이버 테러가 실은 유니언워크 내부 자료 해킹을 목적으로 한 랜섬웨어였다는 것. 유니언워크 쪽에서는 쉬쉬하고 있지만 금번 해킹으로 상당량의 내부 문건을 빼돌린 해커가 몇몇 언론사와 접촉을 시도했다는 말이 돌고 있어."

"내부 문건이란 건, 블루진프로젝트?"

"아마도."

JB가 말했다. "그런데 빼돌린 문건을 두고 언론사와 접촉을 시도한 쪽이 해커가 아닌 국민건강생활실천단이라는 거야."

"네?"

안이 물었다. 유니언워크와 내부 문건, 해커와 사이버 테러, 그리고 국민건강생활실천단. 머릿속에서 몇몇 단어가 두서없이 엉켜들었다.

"두 단체 간의 관계가 어떤 식으로 얽혀 있는지는 나도 몰라. 하지만 언론사와 접촉했다는 말이 사실이라면 세상 밖으로 뭔가가 터져 나오는 건 시간문제일 거야. 그 전에 이쪽이 먼저 움직여야 해."

안은 자료에 첨부된 몇 건의 지역 건강 봉사활동 기사를 살펴보았다. 기사 말미에는 행사를 주최한 단체 대표의 짤막한 인터뷰가 실려 있었다.

"이 사람을 만나면 되는 건가요?"

안이 물었다.

"아니, 그 사람은 진짜 대표가 아냐. 서류상 국민생활건강실천단의 대표는 다섯 번 교체됐는데 모두 꼭두각시였어."

JB가 말했다. "진짜 대표의 정체는 누구도 몰라. 지난여름부터 뒤져봤지만 정체가 드러나지 않아. 아니, 정체란 게 너무 많아서 뭐가 진짜고 뭐가 가짜인지를 모르겠어. 사용하는 이름만 수십 개야. 여자인지 남자인지, 죽었는지 살았는지, 찾을수록 쌓이지는 않고 작은 조각으로 흩어져 버려."

"그럼 이 전화번호는 뭐죠?"

안은 JB가 공유한 번호를 바라보았다.

"반유니언워크 커뮤니티의 운영진은 총 넷인데 대표를 제외한 나머지 셋은 의외로 개인정보가 공개된 편이야. 어디까지나 공개'되어진' 거겠지만. 그중 한 사람이 관리하는 마음 수련 센터가 있어. 국민건강생활실천단의 대표가 차명으로 소유한 센터 중 하나야. 회원제로 운영되는 곳이고 규모도 제법 커. 센터 관리자는 50대 여자인데, 10년 전 ID칩 시술의 부작용으로 외동딸을 잃었다고 주장하고 있어. 이후 반유니언워크 활동에 투신. 신상 노출에도 거리낌이 없어서 이런저런 집회에서 찍힌 사진도 여러 장이고 인터뷰 자료도 있어. 커뮤니티 안팎으로 유명한 사람이라 홍보통으로 불린다고 해. 담당 업무가 홍보라면 말을 붙이기가 어렵지는 않을 거야. 가서 만나봐. 써먹을 이야깃거리가 있을지."

"써먹을 수 없다면 그건 이야기가 아냐. 무슨 말인지 알지?"

JB는 마지막 말을 한 번 더 강조한 뒤 전화를 끊었다.

안은 도산역으로 향하는 전철에 올라탔다. 써먹을 수 있는 이야깃거리. 그것에 대해 생각하기 시작했다.

9. 허공의 와플

여자는 ID칩의 부작용으로 딸을 잃었다.

안은 JB의 말을 복기했다. 이 세계의 시스템이 힘을 쓸 수 없는 곳으로 넘어가 버린 딸과 남겨진 여자.

당신은 누구지?

안은 머릿속으로 여자의 상을, 그녀를 이루고 있을 이야기를 그려보았다. 딸을 잃은 순간 여자의 세계는 끝이 났을 것이다. 하지만 여자의 문제는 세계가 끝났다는 것이 아니다. 끝이 난 세계가 계속된다는 것이다. 모순 속에 홀로 남겨진 여자는 더는 이전으로 되돌아갈 수 없다. 하나의 세계에 종말이 찾아왔고 여자는 종말과 함께 남은 생을 살아가게 되었으므로.

여자는 자신에게 주어진 시간을 반유니언워크 활동에 투신하기로 결심한다. 활동을 이어가던 중 여자는 어떤 소문을 접하게 된다. 소문은 유니언워크와 ID칩 서비스에 명백한 타격을 가할 수 있을 정도의 파워를 가진 이야기다. 여자와 국민건강생활실천단은 소문을 사실로 만들기 위해 내부 문건을 빼내어 올 계획을 세우기 시작한다. 그것이 며칠 전의 공격.

안은 빠르게 생각을 정리했다. 그럴듯한 이야기를 만드는 건 어려운 일이 아니었다. 그것을 사실로 만드는 것 역시 마찬가지다. 커다란 거짓에 약간의 진실을 섞는 것만으로도 거짓은 사실을 행사할 수 있는 것이다. 안이 여자에게서 얻어내야 하는 건 만들어 둔 이야기에 힘을 부여할 약간의 진실이었다.

역을 빠져나온 안은 여자의 말대로 20분가량 번화한 거리를 걸었다. 프랜차이즈 카페와 편의점, 유화가 걸린 작은 갤러리와 통신사 대리점을 차례로 지나쳤다. 하지만 센터는 보이지 않았다. 역 출구에서 20분이라고 했는데. 안은 GPS로 현재 위치를 확인했다. 마음 수련 센터가 어떤 외관을 하고 있는지 아는 바는 없지만 어쨌든 그렇게 보이는 곳은 없었다. 안은 여자에게 전화를 걸었다.

"도착하셨어요?"

여자는 뭐가 보이냐고 물었다. 번잡한 거리와 100만 년은 떨어진 곳에서 넘어오는 듯한 우아하고 나긋한 목소리였다. 안은 보이는 것을 말했다. 찰나의 시간이 흘렀다.

"뒤돌아볼래요?"

여자가 말했다. 안은 뒤를 돌았다. 저 멀리서 문을 열고 밖을 살피는 여자가 보였다. 방금 지나쳐 온 작은 갤러리였다.

"나 보고 있는 분 맞죠? 여기로 와요."

여자가 손을 흔들었다. 안은 여자를 향해 걷기 시작했다. 여자는 우아한 목소리에 잘 어울리는 외향을 가지고 있었다. 깔끔한 숏컷과 잘 다듬어진 눈썹, 화려하지는 않지만 단정한 메이크업까지. 전체적으로 관리에 공을 들이는 사람의 태가 났다. 무엇보다 여자에게서는 오랜 시간 고통이나 분노에 시달린 사람 특유의 피로함이 느껴지지 않았다. 이건 예상과 너무 다른 모습인걸. 안은 점점 가까워지는 여자를 보며 생각했다.

"어서 오세요."

여자는 친절하게 안을 맞아주었다. 하지만 부드러운 목소리와는 달리 묘하게 시선이 맞지 않았다. 여자는 안의 눈이 아닌 미간을 바라보는 것 같기도 했고 한편으로는 안의 깊숙한 곳 어딘가를 꿰뚫어 보는 것 같기도 했다.

"상호가 없네요."

안은 갤러리의 쇼윈도를 살피며 말했다. 쇼윈도 너머에는 두 평 남짓한 전시 공간이 마련되어 있었고 밖에서 보이는 건 그게 다였다.

"우리 같은 사람들한테 상호는 필요 없거든요. 들어와요."

안은 여자를 따라 안으로 들어갔다. 갤러리는 고작 두 사람만으로도 가득 찰 만큼 협소한 크기였다. 천장에는 스포트 조명이 설치되어 있었는데 조명은 전시 공간이 아닌 벽을 향해 빛을 쏘고 있었다. 벽을 타고 흘러내린 빛은 캔버스를 넘어 바닥에 겨우 닿을 정도로 조도가 낮았다. 등 뒤에서 도어록이 잠기는 소리가 들렸다.

"모두 회원님들 작품이에요."

천천히 구경하시라는 말을 남기고 여자는 내부의 홀로 들어갔다.

안은 전시 공간에 걸려 있는 그림을 살펴보았다. 세 개의 벽면에 걸린 그림은 모두 유화였다. 안의 시선을 끈 작품은 거리를 향해 정면으로 걸린 것이었다. 캔버스는 가벽의 전면을 채울 만큼 크기가 컸다. 살면서 이렇게 큰 그림을 본 적이 있었던가. 그것을 온전히 바라보기 위해서는 얼마간의 거리를 두고 뒤로 물러나야 했다. 물러난 뒤에도 어떤 형태가 단번에 잡히는 건 아니었다. 안은 시간을 두고 거리와 각도를 조절해 가며 그림을 살펴보았다. 대역 범위를 벗어난 라디오의 주파수를 맞추듯 신중하고 조심스럽게.

뭐지?

안은 한 지점에서 멈추어 섰다. 미세하게 어긋나 있던 퍼즐 조각들이 단번에 들어맞듯 안의 눈앞에 뭔가가 나타났다.

바라보고 있어.

하지만 무엇이? 안은 예술 작품에 관심이 있거나 그럴 듯한 취향을 가진 사람이 아니었다. 깊은 곳까지 밀고 들어와 말로 형언할 수 없는 인상을 만들어 내는 것들, 세간의 찬사를 받는 작품들과 의미심장한 문장으로 채워진 창작물들, 알 수 없는 계산으로 이루어진 선율과 같은 것들은 막막함을 몰고 올 뿐이었다.

안은 자신을 바라보는 것과 눈을 맞추었다. 기묘한 일이라고 안은 생각했다. 자신의 능력으로는 도무지 알아낼 수 없었을 기호들이 먼저 말을 걸어온 것이다. 한 줄기 빛도 들지 않던 검은 방에 달칵 불이 켜지듯 일순간 안의 의식 깊은 곳에 환한 빛이 들었다.

안을 바라보고 있는 것은 누군가의 시선이 아니었다. 시선 그 자체였다. 어딘지는 몰라도 아득하게 높은 곳이다. 상당히 높은 곳에서 아래를 바라보는 시선. 안은 저도 모르게 그림을 향해 다가갔다. 하지만 각도를 잃는 순간 눈을 맞추던 것은 순식간에 사라져 버렸다. 시선은 없었다. 그것은 유화 물감이 여러 번 덧칠된 캔버스일 뿐이었다. 안은 캔버스 아래를 살폈다.

'Drawing, 2035.' 그림에 대한 정보는 그게 전부였다. 안은 시선이 나타났던 각도를 되찾기 위해 자세를 바꾸어 보았다. 뭐였을까, 찰나의 순간 나타났던 것은. 하지만 자세나 방향을 바꾸어도 기대한 것은 나타나지 않았다. 안은 바른 자세로 섰다. 모든 걸 단념한 뒤 전시 공간을 지나 홀 내부로 들어섰다.

홀은 갤러리와 또 다른 분위기였다.

베이지 톤의 템바보드로 마감된 홀은 스무 명은 거뜬히 앉을 수 있을 듯한 대형 원목 테이블을 두고 있었다. 갤러리의 스포트 조명과는 달리 천장 한가운데 달린 조명이 아래를 향해 직선으로 떨어져 중심에서 멀어질수록 어두워지는 구조였다. 입구 우측으로는 2미터가량의 바가 있었고 바 너머에는 두 대의 커피머신이 놓여 있었다.

바를 지키고 있는 건 아르바이트생으로 보이는 여자아이였다. 몇 살쯤 됐을까? 중학생? 고등학생? 얼굴에 앳된 티가 남아 있었다. 제대로 갖추어진 머신과 아르바이트생까지, 이대로라면 영락없는 카페의 풍경이라고 안은 생각했다. 하지만 맞은편으로 고개를 돌리면 둥글게 홀을 감싸는 형태로 세 개의 방이 있는 것이 보였다.

강한 원두향 속에 전혀 다른 종류의 기름 냄새가 섞여 있어.

홀에 들어서는 순간부터 안은 확실히 느꼈다. 누군가는 모르고 넘어갈 정도의 희미한 냄새지만 문을 열면 한꺼번에 쏟아져 나올 것이다.

"마음 수련 센터라고 들었는데요."

안은 바 안쪽에서 집기를 정리 중인 여자를 향해 물었다.

"왜요?"

여자가 되물었다. "아닌 거 같아요?"

"드라마나 영화에서 본 것과는 분위기가 달라서요. 명상이나 요가 같은, 정신 수련을 하는 곳일 거라고 생각했는데."

"홀은 카페로 운영하고 있어요."

여자가 말했다.

"물론 장사를 하는 건 아니지만요. 센터 회원님들이 오가며 커피도 마시고 이야기도 나누고, 연말에는 조촐하게 행사를 열기도 해요. 맞은편 방들은 강의실 겸 작업실이고요. ID칩 시술 부작용을 겪는 피해자들을 위한 치료 공간이죠. 우린 명상이나 요가를 가르치진 않아요. 커피 마실래요?"

여자가 커피머신에 원두를 채우며 물었다. 안은 긴 테이블의 끝, 바를 마주 보는 자리에 앉았다. 아이는 와플을 만드는 데 열중하고 있었다. 아이는 안에게도, 여자에게도 관심이 없었다. 사람들의 기척에도 반응이 없고 다만 바 한 구석에서 제 일을 할 뿐이었다.

굉장한 몰입이다.

안은 저도 모르게 아이를 바라보았다. 어디선가 깊게

심취한 상태의 사람에게서는 자의식이 사라진다는 이야기를 들었는데. 지금 저 아이에게는 자의식이 없어. 안은 문득 생각했다. 무아지경이 되어서 자신이 무엇인지를 완전히 잊어버린 거야.

아이는 달궈진 팬 위로 오일 스프레이를 뿌린 다음 반죽이 든 디스펜서를 집어 들었다. 반죽이 팬 위로 떨어질 때 디스펜서에서 찰칵 소리가 났다.

"그림은 어땠어요?"

여자는 커피가 담긴 머그잔을 트레이에 올린 뒤 바 밖으로 돌아 나오며 물었다. "뭔가가 보이던가요?"

"뭘 알아서 본 건 아니에요. 그림 같은 거 잘 알지 못해요."

안이 말했다. 시선에 대해서는 말하지 않았다.

"그 작품 제목이 프로젝트 블루진이에요."

안의 입에서 저도 모르게 긴 숨이 새어 나왔다.

"마침 아가씨가 원하는 것과 꼭 들어맞는 제목이죠?"

여자는 테이블 위에 트레이를 내려놓았다. 머그잔 옆에 놓여 있는 팸플릿이 보였다. 여자는 그것을 안에게 내밀었다.

도둑맞은 뇌: ID칩과 비인격적 생체실험 블루진프로젝트의

실체.

안은 여자가 내민 것을 빠르게 눈으로 훑었다. 붉은 바탕과 조잡한 폰트, 원색적인 표현. 무엇 하나 이 공간과 어울리는 것이 없었다. 내용으로 보자면 온라인을 떠돌아다니는 음모론과 소문을 짜깁기한 주변부의 말들, 무엇 하나 새로울 것이 없는 그저 그런 이야기일 뿐이었다.

"최근에 많은 분이 다녀가셨거든요. 이런저런 일들이 있었잖아요? 아가씨도 뭔가를 찾으러 온 분인 거 같아서."

여자가 말했다.

"처음부터 알고 있었군요."

안은 여자를 바라보았다. 여자의 시선은 처음과 같이 안의 두 눈 사이 어딘가를 맴돌고 있었다. 이 여자는 나와 시선을 맞출 생각이 없어. 안은 여자와 눈을 맞추려는 노력을 그만두었다.

"나는 전화번호가 여러 개예요. 그리고 온라인에서 우리 센터를 알고 찾아올 수는 없고요. 아가씨 좀 허술한 거 아니에요?"

여자가 웃었다. 그 속에 적의나 경계는 느껴지지 않았다. 홍보통이라더니 낯선 방문객을 다루는 데도 익숙한 걸까. 안은 팸플릿을 읽는 척하며 생각했다. 여자는 뭘 애써

감출 사람으로 보이지는 않았다. 저쪽에서 애를 쓰지 않는다면 이쪽도 애를 쓸 이유가 없다. 차라리 다행인 걸까.

"최근에 왔다 간 사람들은 뭘 물었나요?"

안은 팸플릿을 내려놓으며 물었다.

"아가씨가 궁금해하는 것과 같은 것들이죠."

"유니언워크를 향한 공격에 반유니언워크 커뮤니티가 어떤 역할을 했는지에 대한 것들 말인가요?"

"그렇게 직접적으로 묻지는 않았는데요."

여자는 또 한 번 웃었다. 여자는 웃는 표정이 능숙했다. 양쪽 입꼬리가 같은 높이로 부드럽게 올라가는 걸 보면 그간 사람들 앞에서 웃음을 보여야 하는 일이 많았으리라 짐작할 수 있었다.

"하지만 사람들이 궁금해하는 건 하나예요."

안이 말했다.

"글쎄요, 관련이 있다면 있고 없다면 없는 거겠죠."

여자는 애매하게 말을 돌렸다.

"그게 무슨 뜻이죠?"

"기억하시나요? 작년 이맘때도 비슷한 사건이 있었는데. 당시에도 사건에 얽힌 사람 중 하나가 유니언워크의 기밀문서를 방송국에 넘겼다는 말이 돌았어요."

"기밀문서라는 건 블루진프로젝트?"

안이 물었다.

"자세한 사정까지 알기는 어렵지만 한 방송사에서 운영하는 온라인 채널에 관련 영상이 업로드된 일이 있었어요. 제작진에게 어떤 소스가 있었던 건지 은연중에 기밀문서 속 내용을 다루었다고 해요."

"그래서요?"

"해당 회차 영상은 곧바로 삭제되었어요. 프로그램은 폐지되었고요. 어떤 흔적도 찾을 수가 없게 된 거죠. 그런 일이 있었다더라, 하는 소문으로만 남게 되었을 뿐."

가상 인터뷰를 제작했던 담당 작가가 유니언워크와 블루진프로젝트에 대한 기밀자료를 빼돌린 뒤 잠적했다. 안은 몇 시간 전 미팅에서 만났던 에이전시 남자의 말을 떠올렸다. 그리고 채팅창 속에서 나타났던 정한. 우리만이 알 수 있는 대화가 그곳에 있었어. 나는 무엇을 하려 했던 걸까, 진짜 자료를 확보한 나는. 안은 망각 속으로 사라진 그날의 자신에 대해 잠깐 생각했다. 어쩌면 나는 너를 찾으려 했던 게 아닐까. 진짜를 동원해 닿을 수 없는 너에게 닿고자 한 것인지도.

"그런데 올해는 또 다른 소문이 도는 모양이에요."

여자는 생각에 잠긴 안을 깨우듯 다소 높은 목소리로 말했다.

"또 다른 소문이라면."

"반유니언워크 커뮤니티의 진짜 목적은 유니언워크를 향한 공격이 아닌 메시지 테러라는 소문."

여자가 말했다.

'메시지 테러가 사람의 무의식 깊은 곳에 어떤 지령을 심어두는 작업이라면?' JB의 목소리가 안의 머릿속을 스쳐 지났다.

"사람들로 하여금 어떤 기억을 떠올리도록 유도할 작정이었다고 하더군요."

불현듯 도착했던 발신자 불명의 메시지. 안은 자신에게 도착한 메시지를 떠올렸다. 그리고 다음 순간 떠오른 호수의 풍경. 깊은 곳에서 들려왔던 정한의 목소리.

"하지만 어째서죠?"

안이 물었다. "사람들로 하여금 잊고 있던 기억을 떠올리게 하는 것으로 무의식 깊은 곳에 지령을 심어둘 수 있는 거죠?"

"지령이라니 무슨 말씀이신지?"

여자가 되물었다. "그건 처음 듣는 말인데요. 하긴 소문이라는 게 사람마다 말이 달라서 말이죠. 어쨌든 제가 며칠 전 사건에 대해 말씀드릴 수 있는 건 여기까지예요."

여자가 말했다. 당신에게 내어줄 수 있는 것을 다 내

놓았다는 뜻이었다. 당신과 나의 시간이 다 되었으니 이제 그만 돌아가 주었으면 좋겠다는 신호.

안은 꿈에서 깨어나듯 문득 정신을 차렸다. 그리고 지금까지 나눈 이야기들을 빠르게 복기했다. 유니언워크를 향한 공격과 온라인을 떠도는 몇 가지 소문. 하지만 그 모든 건 누구나 아는 그렇고 그런 소문일 뿐, 써먹을 수 있는 이야깃거리가 아니었다.

안은 센터에 도착하기 전 자신이 만들어 둔 이야기를 되짚었다. 딸을 잃은 어머니, 종말이 찾아온 당신의 세계. 내가 원하는 건 흔한 소문 따위가 아니야. 바로 당신의 이야기, 약간의 진실이다. 하지만 여자는 어떤 면에서 단단히 잠겨 있었다. 감정을 주체하지 못해 쉽게 속내를 들키거나 타인의 페이스에 휘둘릴 스타일로 보이지도 않았다. 자신이 원하는 방식이 아니라면 말 한마디조차 선뜻 내뱉을 사람이 아닌 것이다.

어떻게 하지?

막막함이 몰려왔다. 이대로라면 어떤 이야기도 가져갈 수 없어.

그 순간 바 너머에서 알람이 울렸다. 아이는 닫아두었던 팬을 열고 핀셋으로 구워진 것을 꺼냈다. 하나의 와플이 완성되면, 아이는 다시 처음으로 돌아간다. 달궈진 팬에 오일 스프레이를 뿌리고 원뿔을 뒤집은 모양의 디스펜서로 팬 위에 반죽을 떨어트린다. 그러나 찰칵 소리가 난 뒤에도 팬 위로 떨어지는 건 아무것도 없다. 반죽이 들어 있어야 할 디스펜서는 안이 홀에 들어선 순간부터 텅 비어 있었다.

"내 딸이에요."

여자는 안을 바라보았다. 눈과 눈, 어긋나던 시선이 일순간 정확히 맞아들었다. 여자가 말했다.

"나는 10년 전에 저 애를 잃어버렸어요."

10. 거칠고 올드한 방식

망각 속으로 사라진 기억의 복원

책상 위에 다섯 장의 사진이 놓여 있었어.

손바닥 크기의 증명사진이야.

테스트는 간단해. 다섯 장의 사진 속에서 나를 찾아내는 거야.

나는 한 장, 한 장을 유심히 들여다봐. 높이라든가 방향 혹은 깊이가 다른 눈 코 입 들을.

시간이 흘렀어.

"못 찾겠어?"

테스트를 진행하는 스태프가 다가와 물었어.

"네가 없는 것 같아?"

"아뇨."

나는 스태프를 향해 말했어.

모두가 다 나인 것 같아요.

정한은 모니터 뒤로 물러났다. 얼마간의 거리를 두고 채팅창에 올라온 텍스트를 거듭 읽었다. 의식의 뒤편 어둑한 곳에서 잔상들이 움직이고 있었다. 조금만 더 다가와, 그대로 조금만 더. 정한은 눈을 감았다. 아득한 기억이 가시권 안으로 들어오기를 기다렸다.

"어느 순간부터 생각이 잘 안 나. 내가 어떻게 생겼는지 말이야. 연구동에는 거울이 없으니까."

어둠 속에서 나타난 것은 안이었다. 안은 호수에서 시선을 떼지 않고 말했다.

"자꾸만 낯설어져."

호수의 표면이 미세하게 흔들렸다. 먼 곳에서 시작된 파동이 원을 그리며 두 사람이 앉아 있는 호수의 가장자리까지 번졌다. 정한은 안의 옆에 앉아 있었다. 늘 안의 옆에 앉아 있었지만 오늘은 평소보다 더 가까웠다. 주변보다 미세하게 높은 온도의 체온이 느껴졌다.

"이렇게 조금씩 사라지는 걸까."

안이 말했다. 어떤 감정도 담겨 있지 않은 목소리였다.

"사라지지 않을 거야."

정한이 말했다.

"하지만 자꾸만 생각하게 돼. 호수에 비친 얼굴을 영영 알아볼 수 없게 되는 나를. 그런 일이 언제라도 일어날 것만 같아."

"다섯이면서 하나라도 괜찮아."

정한이 말했다. "내가 너를 찾을 테니까."

"어떻게?"

안이 물었다.

"너는 내게 기억을 보내겠다고 했지. 먼 길을 돌고 돌아도 결국은 내게 닿겠다고. 나는 네 신호를 알아볼 거야. 그 신호로 너를 찾을 거야. 그러니까 우리는…."

그만.

누군가 정한의 등을 두드렸다. 돌아보면 안 돼. 정한은 눈앞의 안을 바라보며 생각했다. 뒤를 돌아보면, 끝이다.

소용없어.

목소리가 들려오는 순간 영화의 장면이 전환되듯 정한을 둘러싼 풍경은 단숨에 바뀌었다.

정한은 주변을 돌아보았다. 이곳은, 연구동 건물 어딘가에 있었던 연구실이다. 냉기가 올라오는 포슬린 바닥, 세 대의 모니터가 설치된 데스크, 어둑한 조명과 습한 공기, 창밖으로는 정점을 찍은 여름의 햇빛이 쏟아져 내렸다. 저 멀리 호수의 가장자리에 나란히 앉은 두 사람이 보였다.

안타깝지만 여기까지야. 이 이상 나아가는 건 곤란해. 이 기억을 떠올리고 있는 네가 어느 시간에 존재하고 있을지는 모르겠지만 말이야.

모니터 너머에 앉아 있던 연구원이 말했다. 정한의 자리에서는 그의 얼굴이 보이지 않았다.

"어째서죠?"

정한은 출입문 옆에 놓인 작은 스툴에 앉았다. 연구원을 향해 물었다.

"나는 왜 늘 가로막혀야 하는 거죠?"

완벽히 잃어버렸으니까. 더는 닿을 수 없는 곳으로.

연구원이 말했다. *여전히 잃어버린 걸 찾아 헤매고 있는 모양인데, 답이 없는 문제에 매달리는 행동은 이쯤 해둬.*

"내가 궁금한 건 하필 안에 대한 기억을 잃어야 했냐는 거예요."

정한이 물었다.

그 애에 대한 기억이 너무 많은 것들을 불러오니까.

연구원이 말했다. *말하지 않았나? 너와 그 여자애가 만들어 낸 사건 말이야.*

"사건?"

네가 그 애를 만나고 오는 날에는 기억을 파편화하는

작업이 잘 먹혀들지 않았어. 평소와 달리 단일하고 연속적인 의식이 오랜 시간 유지되었다는 말이야. 그러니까 내면의 지속, 그게 계속되었다는 거지. 왜일까.

연구원의 목소리에서는 어떤 감정도 느껴지지 않았다. 미리 녹음해 둔 자동 안내음처럼 일정한 톤과 호흡을 유지했다.

이건 사람의 감정이 정신 작용에 어떤 영향을 끼치는가와 긴밀히 연결된 문제야. 쉽게 말하면 그 애를 알게 된 뒤로 네가 너로 존재하려는 의지가 평소보다 월등히 강해졌다는 뜻이지.

"내가 안을 기억하려 했기 때문에."

정한이 말했다.

기억 그 이상이었어.

연구원은 고개를 저었다. 잘 생각해 봐. 네가 어떤 마음으로 그 애를 네 안에 남겨두려 했는지. 빼앗기지 않기 위해 발버둥을 쳤는지.

정한은 가슴 한편이 저려 오는 것을 느꼈다. 기억 그 이상의 것.

"내가 안을 사랑했기 때문에."

당시의 너는 몰랐겠지만, 이쪽으로서는 꽤나 골치 아픈 일이었어. 우리가 하려는 일에 상당한 방해가 되었거든. 그래서 이렇게 기억을 통해 경고하는 거야. 다시 한번 말하지만, 앞으로도 네가 그 여자애를 떠올리는 건 불가능해. 네가 그 애와의 기억에 다가가려 할 때마다 너는 나를 만나게 될 거야. 위험인자를 관리하고 처리하는 것 또한 우리의 일이니까.

연구원의 목소리가 조금씩 흐릿해졌다. 정한은 깊은 잠에서 깨어나듯 서서히 현실로, 모니터가 놓인 사무실로 돌아왔다. 늘 이런 식이지. 기억 체계에 어떤 시스템이 설치된 것처럼 기억 속 안에게 가까워지려 할 때면 어김없이 연구원이 나타났다. 정한은 더 이상 어떤 것에도 저항하지 않았다. 좌절은 매일 정해진 시간에 찾아오는 아침만큼이나 익숙한 일이었다.

"정한 씨."

옆자리의 M이 노크하듯 정한의 데스크를 두드렸다. 자신의 모니터를 가리키며 말했다.

"이거 좀 이상하지 않아요?"

"무슨 말씀이시죠?"

정한이 물었다.

"챗봇의 대화 패턴 말이에요."

"동일한 대화가 반복되는 부분인가요?"

정한은 그간 안과 나누었던 대화를 살펴보았다. 대화

가 같은 곳을 맴도는 오류는 여전히 빈번했다.

"그뿐만이 아니에요."

M은 고개를 저었다.

"다른 문제가 있습니까?"

"뭐랄까, 동일한 대화가 반복될수록 챗봇이 가져오는 장면이 내가 기억하는 것과 조금씩 달라지는 느낌이에요."

기억하는 것과 다른 느낌? 정한은 기억에 대해서는 할 말이 없었다. 그간의 기억이라면 무엇도 돌려받지 못하고 있었다. 정한은 챗봇이 건네는 말에 모든 걸 전적으로 의지해야만 하는 상황이었다.

"기억을 뒤집어쓴 챗봇이 기억과 어긋나는 말을 하는 건 건 꽤나 치명적인 오류 아닌가요?"

M은 사무실 사람들을 향해 들으라는 듯 큰 소리로 말했다. M의 말이 사실이라면 결코 좋은 신호가 아니었다. 테스트가 실패로 끝난다면 기억을 돌려받을 수 있는 경로는 영원히 사라지는 것이다.

'너무 많은 질문이 당신을 잡아먹기 전에 그만 멈추시길.'

초조함이 밀려올 때마다 팸플릿 위로 휘갈겨 쓰인 메시지가 머릿속을 맴돌았다.

10. 거칠고 올드한 방식

*

'잠깐 1층으로.'

유한수의 메시지였다. 뒤편의 데스크를 살폈지만 유한수는 자리에 없었다. 정한은 사무실을 나와 1층 홀로 내려갔다.

"이쪽이야."

오픈형 회의 공간 한편에서 유한수가 손을 들었다. 옆에는 Y가 앉아 있었다.

"테스트에 대한 논의가 필요해."

유한수는 정한과 Y를 번갈아 바라보며 말했다. "M의 결과 보고서에 챗봇의 발화를 신뢰할 수 없다는 이슈가 등록됐어. 이건 구체적으로 어떤 문제를 말하는 거지?"

"동일한 대화가 반복될수록 내가 돌려받기를 기대했던 기억과 묘하게 어긋나는 말들이 돌아오고 있어요. M은 그 부분을 말하는 걸 거예요."

Y가 말했다. "전체적으로는 내 기억이 맞는 듯하면서도 어쩐지 생경해요. 하나를 집어서 말하기는 어렵지만 내 것인데 내 것이 아닌 것 같은 이질감이 있어요."

"챗봇이 기억과 다른 말을 했다는 건가?"

"다르다기보단 미세하게 조작된 것처럼 느껴진달까요."

정한은 두 사람의 대화를 듣고만 있었다. 내 것인데 내 것이 아닌 듯한 이질감. 비교군이 없는 정한으로서는 사실을 확인할 도리가 없는 내용이었다.

"미세하게 조작된 기억이라."

유한수는 생각에 빠진 듯 한동안 말이 없었다. 얼마간 침묵이 이어진 뒤 말을 이었다.

"유니언워크의 클라우드에서 가져오는 사용자의 메모리 데이터, 그러니까 챗봇에게 덧씌운 기억은 고정적인 값이 아냐. 유니언워크가 서비스 중인 기억 업로딩 서비스란 사람의 기억을 떼어다 창고 같은 곳에 쌓아둔 걸 그대로 되돌려주는 게 아니거든. 기억 반환의 정확한 매커니즘을 이해하는 사람은 아무도 없어. 하지만 이건 아주 기초적인 개념이야. 사람의 기억은 가변적이고 불안정해. 일반적으로 기억은 과거의 산물처럼 취급되지만 실은 과거의 기억과 현재의 의식, 그리고 미래에 대한 예측이 엎치락뒤치락하는 과정에서 서로가 서로를 만들어 가는 거야. 현재는 매 순간 재구성되는데 과거라고 멈춰 있겠어? 가변적이고 불안정한 기억에 고정적인 값을 달아서 저장한다는 게 처음부터 무리인 감이 있는 거지. 유니언워크는 이 문제에 대응하기 위해 클라우드와 사용자의 ID칩 간의 실시간 동기화를 진행하고 있어. 사용자의 현재에 영향을 받아 변형되는 과거의 기억을 리얼타임으로 캐치하기 위해서 말이야. 그런데 언젠가부터 문제가 생기기 시작했어. ID칩이 캐치한 것, 반환된 기억에 거부감을 느끼는 사람들이 생겨난 거야. 반환받은 기억이 내가 기대한 것과 다른 모습이라는 거지. 알 수 없는 이질감. 변형된 듯한 기억. Y, 방금 네가 말한 것처럼 말이지."

"ID칩이 사용자의 기억을 변경한다는 말은 처음 듣는데요."

정한이 말했다.

"변경이 아냐. 교묘한 변형이지."

유한수가 정한의 말을 정정했다.

"항간에는 교묘한 변형이 단순한 오류가 아니라는 말도 있어요."

Y가 말했다.

"오류가 아니라면?"

"유니언워크가 사용자에게 반환하는 메모리 데이터에 의도적인 가공을 했다는 거죠."

"오류로 알려진 교묘한 변형이 실은 유니언워크의 의도였다."

유한수는 신중한 표정으로 Y의 말을 되풀이한 후 다시 물었다. "가공이란 어떤 부분을 말하는 거지?"

"감정의 제거예요."

Y가 말했다. "유니언워크가 일부 감정을 제거한 메모리 데이터를 사용자에게 반환하고 있다는 거죠. 그 말이 사실이라면 사용자 입장에서는 묘한 이질감이 들 수밖에요. 기억은 그대로인데 어떤 감정도 느껴지지 않으니까요. 이를테면 지극히 익숙한 요리로 구성된 식사에서 어떤 맛도 느낄 수 없는 것과 비슷한 느낌인 거죠."

유니언워크가 사용자의 기억에서 감정을 제거하고 있다. 그들이 하려고 하는 어떤 일에 방해가 되기 때문에. 정한은 뒤로 물러나 앉았다. 뭔가가 있어. 개인의 힘으로는 이해할 수도, 닿을 수도 없는 거대한 사실이 이 순간에도 세상 곳곳에서 작동하고 있는 것이다.

"이야기의 출처가 어디야?"

유한수가 물었다.

"몇 년 전부터 업계에서 떠도는 소문이에요. 며칠 전의 메시지 테러 역시 유니언워크의 기억 가공, 그러니까 감정 제거에 대한 반발이었다는 말도 있고요."

Y가 말했다. "소문의 요지는 해커 집단이 해킹한 메모리 데이터가 가공을 거치기 전의 로raw 데이터였다는 데 있어요. 감정이 살아 있는 기억 말이죠. 그걸 메시지로 전송한 뒤 사람들로 하여금 잃어버린 진짜 기억을 되찾도록 유

도할 계획이었던 거예요."

메시지 테러의 목적은 망각 속으로 사라진 기억의 복원.

정한은 자신도 모르게 한숨을 내쉬었다. 모든 일이 자신과는 상관없는 일로 느껴졌다. ID칩 시술을 받은 이후 정한은 무엇도 돌려받지 못했다. 아무것도 돌아오지 않는다. 지금 이 순간에도 유니언워크로부터 무수한 메모리 데이터가 날아오고 있겠지. 목적지에 닿지 못한 기억들은 어디로 가버리는 걸까. 어쩌면 무한한 우주 어딘가를 영원히 헤매고 있는지도 모른다.

"변형된 기억을 반환받은 사용자를 대상으로 변형의 정도와 빈도 등을 조사한 자료가 있어."

유한수는 자신의 백팩에서 태블릿 PC를 꺼냈다. 기억 반환 서비스 오류의 몇 가지 수치화된 통계 자료를 보여주었다.

"조사에 참여한 사용자들은 변형이 일어난 기억에 대해 이렇게 진술하고 있어. 한번 변형이 일어난 기억을 거듭 반환받을수록 변형의 정도가 더욱 커졌다고."

"변형이 한 번으로 끝나지 않는다는 거군요?"

"인터뷰에 따르면 메모리 데이터의 변형이 거듭될수록 사용자들은 점차 기억을 구체화하려는 의지를 상실해 갔어. 종내는 변형이 일어난 기억을 포기하고 기억 소거를 요청한 경우도 있었다고 하더군. 자신의 기억에 대한 권리를 스스로 포기한 거야."

"기억의 변형은 사람들로 하여금 스스로 기억을 포기하게 만드는군요."

정한이 말했다.

"그리고 우리가 테스트 중인 챗봇은 수많은 메모리 데이터 중 하필 사용자가 이질감을 느낄 만큼 교묘하게 변형된 기억만을 선택하여 동일한 대화를 반복하고 있지."

"왜일까요?"

Y가 물었다.

"어디까지나 추측이지만 이런 가설을 세울 수 있어. 같은 대화가 반복되는 건 오류가 아닌 챗봇의 의도다."

"오류가 아닌 의도?"

정한은 그간 안과 나누었던 대화를 떠올렸다. 좀처럼 다음으로 나가지 못하고 같은 자리를 맴돌던 말들.

"챗봇에 붙은 알고리즘 중에 대화 턴을 길게 가져갈 수 있도록 전략적 발화를 생성하는 멀티턴 로직이 있어. 그러니까 챗봇 입장에서는 매 턴마다 사용자와 가능한 한 긴 대화를 나누라는 미션을 받고 채팅에 참여하는 셈이야. 긴 대화를 나눌수록 오랜 시간 사용자를 서비스에 붙잡아 둘 수 있으니까."

유한수는 답을 찾을 시간을 주겠다는 듯 정한과 Y를 차례로 바라보았다. 한동안 침묵이 이어졌다.

"챗봇이 사용자와 더 많은 대화를 나누기 위해 감정이 소거된 기억을 선택했다는 건가요?"

정한이 물었다.

"원하는 방향으로 대화를 이끌어 나가려면 필요한 장면을 끌어낼 수 있는 소스가 필요하겠지. 그렇다면 챗봇의 입장에선 사용자의 의지 혹은 간섭의 정도가 약한 기억을 사용하는 게 편리하지 않겠어? 그러니까 변형이 일어난 기억을 대화의 전략으로 이용하고 있는 거야."

"하지만 챗봇의 전략은 오히려 사용자로 하여금 이질감을 느끼게 하는 결과를 냈다."

정한이 말을 덧붙였다.

"전략이 먹혀들지 않은 거지."

"이유가 어쨌든 지금으로선 챗봇의 전략을 제어할 수 있는 방법이 없어요."

Y가 말했다.

"시나리오를 사용하면 어떨까."

유한수가 정한을 향해 물었다. "감정이 소거된 기억을 불러내는 챗봇의 경향을 제어할 수는 없을까?"

"불가능한 건 아니지만 가능한 한 챗봇이 자체적으로

문제를 해결하는 방식이 좋겠는데요."

정한이 말했다. 자유 대화 챗봇에 시나리오를 붙이는 건 좋은 방법이 아니었다. 시나리오는 자유로운 것이 아니니까. 그것은 챗봇의 입을 틀어막는 일이었다. 제어가 시작되는 순간 진짜 대화의 가능성은, 무한한 세계는 사라진다.

"온전한 기억만을 반환한다면요? 변형된 기억을 사전에 제거한다면 챗봇은 변형된 기억을 선택할 수 없는 거 아닌가요?"

정한이 Y를 향해 물었다.

"어려워요."

Y는 단칼에 거절했다.

"특정 기간에 발생한 기억 중 변형이 없는 메모리 데이터만 선별해 반환한다? 그건 유니언워크도 못 할걸요. 변형의 기준을 어떻게 봐야 하는가도 모호하고요. 설사 기억을 선별할 수 있다 해도 파편적인 기억을 밀어 넣는다면 챗봇의 페르소나는 불안정해질 거예요. 조각난 기억을 가진 사람과 대화한다고 생각해 보세요."

대화는 거기서 중단되었다. 세 사람은 각자의 자리에서 생각에 잠겨들었다. 정한은 건물을 들고 나는 사람들을 바라보았다. 저마다 나누는 대화가 섞여들어 홀은 옅은 울림으로 가득했다. 변형된 기억과 반복되는 대화, 그것을 멈추기 위해서는 보이지 않는 고리를 끊어야 한다.

"같은 대화가 반복되는 순간 대화를 중단하고 새로운 대화를 시작한다면요?"

정한이 제안했다.

"같은 대화라는 걸 어떤 기준으로 판단하죠?"

Y가 물었다.

"대화의 동일성을 검사하는 방법이 있어요."

"동일성 검사?"

생각에 잠겨 있던 유한수가 고개를 들었다.

"챗봇이 발화하는 문장 성분의 유사도를 검사하는 거예요. 언어 현상에 내재해 있는 일정한 질서를 파악하고 동일한 정도를 수치로 나타내는 거죠."

정한이 말했다. "현재의 대화와 이전 대화 기록을 대조하여 유사도가 일정 수치를 넘어가면 동일한 대화가 반복되지 않도록 채팅은 강제 중단되고요. 대화가 중단된 뒤에는 사전에 준비된 새 질문이 자동으로 나가게 될 거예요."

"대화의 강제 중단과 준비된 질문의 삽입이라."

유한수는 검지로 테이블을 두드리며 혼잣말로 중얼거렸다. "그게 완벽한 방법이라고 생각하나?"

얼마간의 시간이 지난 뒤 유한수가 물었다.

"불완전하죠."

정한이 대답했다. "동일성 검사란 말 그대로 문장의 동일한 정도를 보는 것이기 때문에 맥락 단위의 의미 파악이 어렵다는 한계가 있어요. 사용 빈도가 높은 단어 또는 문장이 사용될 경우 반복된 대화로 잘못된 판단이 내려질 수도 있고요."

"거칠고 올드한 방식이야."

유한수가 고개를 저었다.

"시나리오는 늘 거칠고 올드하죠. 어떤 면에서는 지극히 비논리적이기도 하고요. 하지만 자유 대화와 시나리오의 차이는 반드시 이루어져야 하는 바가 있느냐 없느냐 하는 문제와 맞닿아 있어요. 목적이 생기는 순간 어느 정도의 무자비함은 감수할 수밖에요. 단 이 무자비함을 사용자로 하여금 얼마나 자연스럽게 느낄 수 있도록 하느냐의 문제가 있겠죠."

유한수는 힘을 주어 눈을 감았다. 고통을 견디는 듯 미간에 깊은 주름이 생겼다 사라졌다.

"그럼 시나리오를 붙여봐."

눈을 감은 채로 유한수가 말했다. "이건 무슨 일이 있어도 반드시 이루어져야 하는 일이야." 말을 마친 뒤 유한수는 자리에서 일어났다. 감정과 무감정, 변형과 복원. 정한은 스스로에게 상기시키듯 몇 개의 단어를 반복적으로 되뇌었다.

감정을 걷어 낸 기억.

정한은 낮은 숨을 내쉬었다. 사실이 변형되고 있다. 사실과 사실 아닌 것들이 뒤섞이고 있다. 그것이 느껴지지 않았다. 모든 것이 너무 멀리 있었다.

*

정한은 퇴근 인파에 섞여 엘리베이터를 탔다. 머리가 지끈거렸다. 온종일 반복되는 대화와 그 고리를 끊는 일에 대해 생각했지만 그럴듯한 방법이 떠오르지 않았다. 몇 가지 정책을 세워보았지만 무엇하나 자연스럽거나 당연한 데가 없었다. 애를 쓸수록 그건 불가능한 일처럼 느껴졌다.

홀은 뜻밖에도 고요했다. 벌써 한바탕 사람들이 빠져나간 모양이었다. 서둘러 집으로 돌아가는 사람들, 하나둘 불이 꺼지는 카페와 식당들. 그리고 텅 빈 회의 공간.

아니다.

정한은 걸음을 멈추었다. 아직 회의 공간을 사용하는 사람들이 있었다. 곧 불이 꺼질 텐데. 업무 시간이 지나면 인포메이션 데스크가 있는 입구를 제외한 홀의 모든 공간은 소등된다. 하지만 회의를 하는 사람들은(두 사람이었다)

그런 건 신경 쓰지 않는 듯했다. 자신들의 이야기에 몰입한 나머지 시간 같은 건 알아챌 정신이 없는지도 몰랐다. 지금 저 사람들에게 빛이란 건 크게 중요하지 않을지도. 그것이 무엇이든 뭔가에 사로잡힌 사람들은 시선을 끄는 데가 있었다.

건물을 빠져나온 정한은 전철역이 아닌 반대 방향을 향해 걷기 시작했다. 버스로 한 정거장 거리에 번화가가 있었다.

정한은 작은 갤러리 앞에 멈춰 섰다. 갤러리는 유동 인구가 많은 번화가에 위치해 있었지만 거리를 지나는 누구도 이곳이 어떻게 이용되고 있는지 그 실상을 알 수 없도록 철저히 감추어져 있었다. 외부로 드러난 부분은 작은 전시 공간뿐. 의미를 알 수 없는 그림에 흘끗 눈길 정도는 줄 수 있겠지. 그림이 걸려 있구나. 눈에 들어온 것을 흘려버린 뒤에는 갈 곳을 향해 걸음을 재촉할 것이다.

하지만 뭔가를 알아보는 사람이 나타날 수도 있지 않을까.

정한은 가끔 그런 상상을 했다. 길을 걷던 사람들 중 문득 멈춰 선 한 사람이 골똘히 그림을 바라보는 장면. 그는 이 그림 속에 뭔가가 있다는 걸 알아챈다. 아는 것이 아니라 마음으로 느끼는 것이다. 하지만 정한은 어떤 이야기도 전해 들은 바가 없었다. 그림에 대해 묻는 사람도, 그림 때문에 갤러리의 문을 두드리는 사람도 없다. 그림은 갤러리의 빈 벽을 채우고 사람들은 갈 길을 간다. 어떤 일도 일어나지 않고 그래서 거리는 무사하다.

정한은 도어록의 비밀번호를 누른 뒤 갤러리 안으로 들어섰다.

11. 천사는 환상이며
　　영혼은 생명체 안에만 존재한다

공동 뇌의 일부가 된다
내면의 석고화,

"나는 10년 전에 저 애를 잃어버렸어요."

여자가 아이를 가리키며 말했다.

"이렇게 가까이에 있는데도요?"

안은 깊게 몰두 중인 아이를 바라보며 물었다.

"그야 내 딸이니까요."

여자가 말했다. "내가 잃어버린 내 아이니까 내 곁에 있는 거예요."

단정하고 우아한 목소리 속에는 한 점의 거짓도 묻어나지 않았다. 그리고 단단히 준비되어 있었다. 어디 한번 말해 봐요, 저렇게 멀쩡한 아이를 잃었다고 하는 나에게 무슨 소리든 해봐요, 하고 말하는 듯했다. 하지만 안은 할 말을 잃었다. 이국의 언어를 사용하는 사람 앞에 놓인 듯 막

막힘이 밀려왔다. 몇 개의 문장으로 정리할 수 있었던 단순하고 명료한 세계는 너무도 쉽게 힘을 잃어가고 있었다.

"재료가 다 떨어진 거 같아요."

아이를 가리키며 안이 말했다. 아이의 손에는 처음처럼 텅 빈 디스펜서가 들려 있었다. 찰칵, 아이가 디스펜서를 움켜쥐었다. 디스펜서에서 보이지 않는 것이 팬 위로 떨어졌다.

"괜찮아요."

여자가 말했다. "아이에게 필요한 게 와플은 아니니까."

"그럼요?"

"내 딸에게 필요한 건 해소예요. 뭐가 문제인지는 본인만이 알겠죠. 아이의 내부에서는 매 순간 뭔가가 만들어지고 있어요. 그걸 풀어서 내보내려는 거예요."

매 순간 만들어지는 것. 안은 자신도 모르게 중첩된 풍경을 떠올렸다. 중첩의 중첩, 무한으로 이어지는 중첩의 끝은 오직 어둠일 뿐이다. 지독했던 정신적 소음과 혼돈. 안은 어떤 풍경에도 포함되지 않기를 선택했다. 기억을 포기하고 진공에 가까운 삶을 선택한 것이다.

"내 딸이 ID칩 시술을 받은 건 10년 전이었어요."

여자가 말했다. "그러니까 일곱 살. 우리 애는 뭐랄까 처음부터 좀 특별한 아이였어요. 특별하다는 건 자극을 받아들이는 통로를 말하는 거예요. 세상에는 외부의 자극을 받아들이는 통로를 다른 사람들보다 월등히 많이 가지고 태어나는 사람들이 있거든요. 어떻게 설명해 드려야 이해하기 편하실까."

여자는 뭔가를 찾는 듯 주변을 둘러보았다.

"이 잔을 예로 들어볼게요."

여자는 안 앞에 놓인 커피잔을 가리키며 말했다. "제 눈엔 이게 커피가 담긴 컵으로 보여요. 아가씨에게도 이건 커피가 담긴 컵이겠죠. 그렇지 않나요? 우리가 별도의 합의를 보지 않아도 그 사실은 달라지지 않을 겁니다. 사실을 지키기 위해 큰 힘을 들일 필요도 없죠. 우리가 통과해 온 시간과 우리를 지지하는 기억들이 그것을 가능하게 만들어 주고 있으니까요. 하지만 저 애는 달라요. 매 순간 수백, 수천 개의 상像이 저 애에게 동시다발적으로 나타나고 있답니다. 나타난 뒤에는, 사라지죠. 시각뿐만이 아니에요. 청각과 후각, 미각과 촉각, 그 모든 감각이 문어발처럼 복수의 경로를 통해 저 애에게 전달되고 있어요."

안은 잔에 담긴 커피를 바라보았다. 검은 표면에 안의 얼굴이 비쳤다.

"나는 딸이 지고 있는 짐을 덜어주고 싶었어요."

여자가 말했다. "너무 많은 장면, 소리, 맛, 냄새. 오감의 영역 밖에서 작동하는 또 다른 자극들. 저 애가 받아들이고 처리해야 하는 정보들이요. 유니언워크의 담당자도 그렇게 말했고요. 증상이 완화될 수 있다고요."

"하지만 미성년자는 ID칩 시술이 제한될 텐데요."

안이 물었다. 고개를 들면 여자 뒤로 같은 행동을 반복하는 아이가 보였다. 안은 다시 커피잔으로 시선을 돌렸다. 자신에게 허락된 영역이 오직 잔 속의 검고 작은 원뿐인 것처럼.

"아가씨 말대로 미성년자의 뇌는 시술을 할 만큼 충분히 성숙하지 않아서 시술이 아닌 개두술을 받아야 해요."

여자가 말했다. "뇌가 성숙하지 않았다는 말은, 뇌의 각 영역을 연결하는 배선이 충분히 구조화되지 않았다는 걸 뜻해요. 후두부로 삽입된 칩이 네트워크를 형성하려면 이마엽부터 마루엽, 관자엽과 같은 뇌의 각 영역이 긴밀히 연결되어 활성을 유도해야 하는데 충분히 성숙하지 못한 뇌는 연결 부위가 성긴 상태라 ID칩이 구축하는 네트워크가 불안정할 수밖에 없거든요. 하지만 유니언워크의 관계자들은 내 딸아이의 뇌가 성숙해지기 전에 문제에 대한 교정이 필요하다고 했어요. 외부와 내부를 잇는 경로가 망가진 채로 태어난 아이이기 때문에 그것이 망가진 채로 성장해 버리기 전에 손을 써야 한다고요."

여자의 말을 듣는 순간 안은 낭패감을 느꼈다.

"더 나은 방법이 없을까요?"

안은 아이를 가리키며 물었다. "와플을 굽는 거 말고요. 저 아이가 좀 더 안정을 찾을 수 있는 방법 말이에요. 저 애는 지금도 불안정해 보여요."

"불안정한 게 아니에요."

여자는 팔짱을 풀고 물러났던 자세를 고쳐 앉았다. 허리를 숙여 안에게 바짝 다가와 속삭였다.

"내 딸은 완전히 망가졌어요."

안은 아이에게서 시선을 거두고 여자를 마주 보았다. 말에서 어떤 감정도 느껴지지 않았다. 아마도 이 여자는 지금 내게 하는 말을 셀 수도 없는 사람들에게 무수히 반복해왔을 것이다. 문장 속에 담긴 감정이 완전히 휘발되어 버릴 때까지, 의미도 마음도 무엇도 남지 않을 때까지 말하고 또 말해왔을 것이다. 그것을 안은 알아챘다. 이 여자야말로 매 순간 만들어지는 뭔가를 해소하고 있는 건지도.

"저 애는 자기가 누구인지 몰라요. 정확히는 자기 자신을 인식할 수 있는 의식이 부재한 상태죠. 지금 저 애한테 남은 건 불쾌한 감각과 규격화된 반복 행동뿐이에요."

"ID칩의 부작용을 말씀하시는 건가요?"

"부작용이 아니에요."

여자가 고개를 저었다. "오히려 저 모습이야말로 그들이 원했던 결과죠. 아가씨는 블루진프로젝트에 대해 뭔가를 알고 있나요?"

"유명한 사건이잖아요."

안이 대답했다. 음모론이라는 말이 차마 입 밖으로 나오지 않았다.

"당장 검색만 해도 온갖 자료가 쏟아지는걸요."

"자료라는 건 어떤?"

여자가 물었다. 안은 머그잔을 두 손으로 쥐었다. 생각하는 순간, 중첩은 시작된다. 안은 그것이 사라질 때까지 잠깐 멈추었다. 여자는 안을 기다려 주었다.

"임상 시험 참가자 중에 심각한 불안 장애를 겪은 아이들이 있었다고 들었어요."

"불안 장애, 그렇군요."

"돈을 받고 아이들을 제공한 시설이 있었고요. 부모로부터, 세상으로부터 버려진 아이들이었겠죠. 대부분은 살아서 병동을 나갈 가망이 없다는 걸 알고 있었다고 하고요."

"그것참 끔찍한 이야기예요."

여자가 말했다.

"어디까지나 온라인을 떠도는 소문일 뿐이지만요."

안은 소문이라는 단어에 힘을 주었다. 깊은 곳으로 잠

겨든 날들과 정체를 알 수 없는 감정, 덮쳐 오는 통증으로부터 보이지 않는 선을 긋듯이.

"세상에는 참 많은 소문이 있죠."

여자가 머그잔을 집어 들었다. 말과 말 사이에 여유를 두려는 듯, 한 모금 마신 뒤 말을 이었다.

"소문이란 게 때로는 사실보다도 생명이 질겨서 거짓을 사실로 만들기도 하고 사실을 거짓으로 만들기도 해요. 혹은 그 속에 정말 뭔가가 있다거나."

"뭔가가 있다뇨?"

안이 물었다.

"블루진프로젝트는 온라인을 떠도는 소문 같은 게 아니에요. 지금도 어디선가 일어나고 있을 현재 진행형의 실험이죠. 내 딸은 블루진프로젝트의 피해자예요. 저 아이는 너무 많은 정보를 받아내는 동시에 너무 많은 정보를 빼앗기고 있어요. 아이의 머릿속에 박힌 수십 개의 칩은 1,000분의 1단위로 화학적 신호를 만들어 내고 있고요. 딸아이의 뇌에서 만들어진 모든 데이터는 유니언워크의 공동 뇌와 실시간으로 상호작용하고 있어요. 공동 뇌와의 상호작용을 통해 교환되는 정보의 양과 속도는 인간이 감당할 수 있는 수준이 아니죠. 그 속에서 저 애는 매 순간 조각으로 부서지고 있어요. 내 딸이 저렇게 의미 없는 행동을 반복하는 건 필사적으로 버티고 있기 때문이에요. 사라지지 않기 위해 매 순간 흩어지는 의식의 조각을 붙잡고 있는 건 분명 내 딸이에요. 나는 알 수 있어요."

안은 아이를 바라보았다. 태엽으로 움직이는 장난감처럼 규격화된 행동을 반복하는 아이. 저 아이 역시 중첩된 풍경 속을 헤매고 있는 걸까. 안은 생각했다. 어쩌면 이곳으로 돌아오기 위한 길을 찾고 있는 건지도. 무한한 중첩, 시작도 끝도 없이 다만 계속되는 암흑 속에서.

"모든 사실이 거기에 적혀 있어요."

여자는 테이블 위에 놓인 팸플릿을 가리켰다.

"이 정도는 저도 알고 있어요."

안이 말했다.

"알고 있는 내용이라도 잘 봐요. 보일 때까지 보는 거예요."

여자가 말했다. 안은 팸플릿을 집어 들었다.

2034년 현재, 컴퓨터 기술을 응용한 생물학적 인식 시스템은 급속도로 발전했으며, 마이크로 칩을 이용한 뇌 성형술은 정신병, 당뇨병, 심장병 등 전방위적 질환 치료 및 생활의 편리를 위한 바이오 서비스로 사용되기에 이르렀습니다. 그러나 이것은 치료가 아닙니다. 우리는 눈에 보이는 현실이 아닌, 현실 이면에 놓인 진실을 보아야 합니다.

당신의 뇌에 삽입된 ID칩은 당신이 경험하는 모든 순간에 전자 태그를 달아 매 순간 데이터 형태로 치환하는 작업을 진행하고 있습니다. 데이터로 변환된 당신의 조각은 거대한 인공지능 모델, 즉 중앙의 공동 뇌를 위한 학습 데이터로 사용되고 있으며 진화를 거듭한 공동 뇌는 우리 인간의 의식을 통제하는 로직을 개개인의 뇌로 전송하고 있습니다. 머지않은 미래, 인간은 오직 공동 뇌의 의도로 정해진 규칙에 따라 움직일 뿐인 패로 기능하게 될 것입니다.

"유니언워크는 지난 10년간 ID칩 서비스 이용자들의 내면을 지우는 프로젝트를 수행하고 있어요. 다르게 말하면 점진적으로 마음의 용량을 줄이는 작업이 진행되고 있는 거죠. ID칩 이용자들은 저도 모르는 사이에 자신으로 존재하려는 의지를 잃어버리고 있어요."

여자는 커피를 한 모금 마신 뒤 그것을 테이블 위에 내려놓았다.

"자신으로 존재하려는 의지를 잃어버리다니 그게 무슨 말이죠?"

안이 물었다.

"기억 소거 이용자 중 일부가 스스로를 잊는 증상을

겪고 있다는 건 알고 있죠?"

여자가 물었다. 안은 답하지 않았다.

"문제는 기억 소거에만 국한되지 않아요. 기억을 반환받는 경우 역시 동일한 증상이 나타나고 있거든요. 기억 반환 서비스에 문제를 제기하는 사람들은 스스로도 뚜렷하게 설명할 수 없는 이유로 돌아오는 기억에 이질감을 느끼고 있어요."

안은 여자를 바라보았다. 자신의 기억에서 이질감을 느끼는 사람들.

"다년간 센터를 운영하며 얻게 된 결론은 기억 자체에는 문제가 없다는 거예요. 그러니까 정확히 말하자면 시스템의 오류는 아닌 셈이죠."

"시스템의 오류가 아니라면요?"

"감정의 삭제예요."

여자가 말했다. "쉽게 말하자면 기억은 그대로 두고 기억에 깃든 감정을 지우는 거예요. 감정도 기억을 구성하는 요소가 된다는 걸 아실까요? 유니언워크는 다년간 사용자의 의식, 그 밑바닥부터 감정을 지워내는 작업을 수행하고 있어요. 그러니까 ID칩 사용자들은 감정이 소거된 불완전한 기억을 반환받게 된 거죠."

"감정을 지워서 그들이 얻을 수 있는 게 뭐죠?"

"감정을 잃어버린 사람의 내면은 자신도 모르는 사이에 서서히 석고화 과정을 겪게 됩니다. 깊은 곳에서부터 딱딱하게 굳어버린 사람들은 급격히 자신을 잃어가게 되죠. 끝내는 자신이 어떤 감정을 느끼는지, 무엇을 원하는지, 어디로 가야 하는지 어떤 것도 알 수가 없게 되고요. 무감각해진 채로 어제와 같은 오늘, 오늘과 같은 내일을 살아가는 거죠. 그렇게 주도권을 내어준 사람들은 자신도 모르는 사이에 서서히 공동 뇌의 일부로 편입되어 버리는 거예요."

내면의 석고화, 공동 뇌의 일부가 된다.

안은 여자의 말을 속으로 되뇌었다.

"유니언워크는 개인을 지워낸 자리에 단 하나의 신을 세우려 하고 있어요."

자리에서 일어난 여자는 바 안쪽으로 이동했다. 여자의 허리가 상당히 두껍다는 것을 안은 그제야 알아차렸다. 여자의 체형은 비대했다. 길이가 긴 오버사이즈 셔츠로 체형을 보완하고 있었지만 모든 걸 감출 수는 없었다. 왜인지 그 부분에서 안은 고통을 느꼈다.

"그들은 기술의 발전에 걸맞은 새로운 형태의 신이 필요하다고 생각하고 있어요. 그리고 새로운 신의 등장에 맞추어 인간의 진화가 불가결하다는 결론에 다다랐죠. 공동 뇌를 통한 자발적 진화는 시작되었고 이러한 흐름을 누구도 막을 수 없다고 보는 거예요."

건조기 위에 쌓여 있는 컵을 정리하며 여자가 말했다. "하지만 천사는 환상이에요. 영혼은 생명체 안에서만 존재할 수 있고요."

여자는 뒤를 돌아 안과 눈을 맞추었다. 여자의 눈은 검고 깊었다. 넘실거리는 물보다 끈적한 타르 같은 것을 안은 떠올렸다. 시선은 곧 어긋났다.

"딸을 잃은 뒤로 나는 많은 일들을 겪어왔어요. 거대하고 견고한 유니언워크의 시스템, 그 반대편에 선다는 건 주류의 세상을 적으로 돌리는 것과도 같은 일이었으니까요. 그랬기 때문에 내게는 논리가 필요했어요. 세상으로부터 나와 나의 딸을 지킬 수 있는 논리 말이에요. 그래서 찾게 된 문장이에요. 천사는 환상이며 영혼은 생명체 안에만 존재한다. 나는 이 문장을 잘 벼려진 칼처럼 가슴에 품고 살아왔어요."

여자가 말했다. "이건 베네딕투스 스피노자의 문장이에요. 스피노자는 종교재판을 피해 네덜란드 암스테르담으로 이주한 유대인 상인 집안에서 태어난 사람이었어요. 부모로부터 물려받은 그의 본명은 바뤼흐. 히브리어로 축복받은 사람이라는 뜻이죠. 당시 신생 공화국이었던 네덜란드는 유대인들에게 기존 신앙 이외에 이단적 교리를 금하는 제한을 걸어두었는데 스피노자는 내게는 칼과도 같은 이 문장으로 기존 교회가 구축해 놓은 신의 존재를 부정해 버리고 말아요. 불경한 자로 낙인찍힌 그는 유대인 공동체로부터 파문당한 뒤 평생을 하숙집을 전전하며 안경 렌즈를 연마하는 세공사의 삶을 살아가게 됩니다. 공동체의 회유와 압박에도 불구하고 그는 회개하지 않았어요. 스피노자에게 유대인 공동체의 신은 인간으로 하여금 복종과 예속을 강요하는 인격화된 신일 뿐이었던 거죠. 유대인의 흔적을 지우기 위해 바뤼흐라는 본명을 버리고 라틴어 베네딕투스를 사용하기 시작한 것도 그 무렵부터였다고 해요."

안의 뒤편, 허공을 맴돌던 여자의 시선이 안을 향했다. 다시 한번 눈을 맞추었다.

"잘 알려지지 않았지만 사실 그는 신을 부정하지 않았어요. 오히려 누구보다 신을 사랑하는 사람이었죠. 다만 그것이 자신이 속한 세상의 신이 아니었을 뿐이에요. 나 역시도 마찬가지예요. 매 순간 세상이 제 모습을 바꾸어 간다 해도, 그래서 새로운 신을 받아들여야 한다 해도 나는 영혼은 생명체 안에만 존재할 수 있다고 생각합니다."

여자는 안 앞에 놓인 팸플릿을 가리켰다. 안은 그것을 집어 들었다.

"아가씨는 이야기가 필요하죠?"

여자가 물었다. "잔뜩 일그러져서 너무 먼 길을 가버린 이야기 말이에요. 너무 멀리 가버려서 다시 돌아올 방법이 없는 이야기. 나도 조금은 알아요. 사람들이 원하는 이야기, 팔리는 이야기란 그런 것이잖아요."

"내가 뭘 봐야 하죠?

안이 물었다.

"모든 게 그 속에 있어요."

여자는 할 말이 끝난 듯했다. 다시 자신의 일로 돌아가 쌓여 있는 컵이며 식기를 정리하기 시작했다. 안은 팸플릿을 챙긴 뒤 자리에서 일어났다.

"너를 찾고 있어?"

센터를 떠나기 전 안은 아이에게 다가갔다. 여자의 말이 사실이라면 무한대의 삶이 저 작은 아이의 몸을 통과하고 있는 것이다. 하나인 듯 보여도 실은 아래, 또 그 아래에 전혀 다른 삶이 흐르는 형태로. 불특정 다수로부터 시작된 무한의 기억, 셀 수 없는 층으로 중첩된 풍경은… 풍경이 아니다.

"그 속에서 단 하나의 삶을 찾는 중인 거야?"

안은 아이를 바라보았다. 이 아이는, 지금 여기에 없구나. 안은 생각했다. 어쩌면 생각보다 더 먼 곳에 있는지도.

감당할 수 없는 수준의 중첩은 노이즈로 가득한 TV 화면 속에 갇힌 것과 같다. 그건 신도 무엇도 아니다. 암흑일 뿐.

"나는 아직도 알 수가 없어."

"내가 누구인지."

"이곳이 어디인지."

문득 고개를 들어 거울을 바라볼 때, 등 뒤에서 누군가 내 이름을 부를 때, 그것이 갑자기 낯설어지는 순간이 있다. 내가 찍힌 사진을 바라보며 골똘히 생각에 잠기는 순간도.

"어쩌면 나는 오래전부터 조금씩 사라지고 있는지도 몰라. 조금도 되찾지 못한 채 흩어지는 중인지도 모르지."

사람들이 자신으로 존재하려는 의지를 잃어버리고 있다. 안은 여자의 말을 복기했다. 사라진다는 건 뭘까. 스스로를 조금씩 잃어간다는 건. 어느 날 눈을 뜨면 나는 다른 사람이 되어 있는 걸까. 내가 아닌 다른 존재가 내 몸을 입고 남은 날들을 살아가게 되는 걸까. 안은 두려웠다. 어떤 것도 느껴지지 않는다는 사실이, 그다음이 보이지 않는다는 것이.

보이지 않아도 바라보고 있어.

센터를 나서는 순간 안의 내부에서 정한의 목소리가 울렸다.

조금만 기다려 줘.

내가 너를 기다리듯이.

하지만 안은 어떤 소리도 듣지 못했다.

12. 최단 경로

질문이 아닌 망각이랍니다
사람을 잡아먹는 건

"기억을 돌려받지 못하는 상태시라고요."

정한이 마음 수련 센터 원장으로부터 전화를 받은 건 올해 초, 유한수의 영입 제안을 받고 이직을 고민하던 때였다. 업무 중에 전화가 울렸다. 정한은 휴대폰을 확인했다. 유니언워크 AS 센터로 저장해 둔 번호가 찍혀 있었다.

"기억을 반환받지 못하는 것이 문제라면 너무 걱정하지 마세요. 드문 일이 아니니까요. 저희 센터에도 머릿속 경로가 단단히 잠겨버린 회원님들이 다수 찾아오신답니다."

원장이 말했다.

"그건 매우 드문 경우라고 들었는데요."

정한이 되물었다. AS 센터에서 들었던 것과 말이 달랐다. 정한은 걸려 온 번호를 확인했다. AS 센터로 저장된 번호가 맞았다.

"번호는 신경 쓰지 마세요."

전화 너머에서 원장이 말했다. "정한 씨와 대화 나누기 위해 잠깐 경로를 빌려 쓰는 것뿐이니까요. 전화가 끊어지는 순간 모든 건 원복될 겁니다."

"AS센터가 아니라면 당신은 누구죠?"

정한이 물었다. 원장은 정한이 기억을 돌려받지 못하고 있다는 사실을 알고 있었다. 게다가 세상에 없는 경로를 만들어 내는 번거로움을 감수하면서까지 연락을 해 왔다. 왜?

"전화드리는 곳은 국민건강생활실천단이라고 합니다."

정한은 펜을 들고 원장이 알려준 단체명을 글로 써보았다. 국민, 건강, 생활, 실천. 하나씩 뜯어보면 익숙한 단어들인데 조합된 형태가 묘한 저항감을 불러일으켰다.

"찾는 분이 계시죠?"

정한이 답을 하기도 전에 원장이 물었다. "저희는 정한 씨와 교환을 하고 싶습니다."

제안하는 목소리에는 한 치의 주저함도 느껴지지 않았다. 정한을 가늠하거나 기색을 살피는 것도 아니었다. 대신 뜻하는 일이 뜻하는 바대로 흘러가리라는 확신 같은 것이 있었다.

*

"왔어요?"

원장이 입구로 걸어 나오며 정한을 맞았다. 원장 뒤로 분주한 아이가 보였다. 누구도 알려주지 않았지만 저 아이가 원장의 딸이라는 걸 정한은 처음부터 알고 있었다. 알고 싶지 않아도 저절로 알게 되는 것들이 있으니까. 관심을 두지 않으려 해도 눈길이 가는 사람이 있는 것처럼.

"마지막 방이에요."

원장은 강의가 있는 작업실을 가리켰다. 하지만 정한은 작업실이 아닌 홀 반대편에 설치된 바 쪽으로 걸어갔다. 바 위에 놓여 있는 팸플릿이 보였다. 그것이 며칠 전 AS센터 앞에서 건네받은 것과 같다는 걸 정한은 알아차렸다.

"가져가도 될까요?"

정한이 팸플릿을 가리키며 물었다.

"그럼요."

원장이 하나를 건넸다. 정한은 자리에 서서 그것을 펼쳐보았다. 팸플릿 위로 휘갈겨 쓴 문장, 경고의 메시지를 원장 쪽에서 보낸 것 같지는 않았다. 그렇다면 대체 누구일까.

"안녕."

정한은 바 너머에서 와플을 만드는 아이에게 말을 건

넜다. 아이의 시선은 어디라고 할 수도 없는 허공 어딘가를 헤매고 있었다.

"너는 지금 어디에 있어?"

정한이 물었다. 눈앞의 아이가 아닌 더 먼 곳을 향한 질문이었다. 나도 알아, 매 순간 모습을 바꾸어 나타나는 수십, 수백 개의 낯선 세계, 중첩 속에서 헤매던 소녀를.

"조심해."

정한이 말했다. "어둠은 조심해야 해."

물론 돌아오는 답 같은 건 없었다. 정한은 팸플릿을 내려놓은 뒤 홀의 끝, 테러핀 냄새가 흘러나오는 방으로 들어섰다.

작업실은 홀에서 보이는 것보다 두 배쯤 컸다. 원형 테이블에 세 사람이 앉아 있었고 정한이 마지막이었다.

"앉으세요."

강사가 빈자리를 가리켰다. 정한은 연필과 드로잉북을 챙긴 뒤 자리에 앉았다. 정한을 제외한 수강생 앞에는 캔버스가 놓여 있었지만 정한은 캔버스를 사용할 생각이 없었다. 바탕 처리를 해둔 캔버스가 작업실 뒤편에 놓여 있었으나 막상 뭔가를 그려야 하는 순간이 왔을 때는 물감도, 붓도 과하게 느껴졌다.

"그럼 시작할까요?"

강사가 스피커 버튼을 눌렀다. 싱 카우르의 음악이 강의실에 울려 퍼졌다. 정한은 드로잉북의 새 페이지를 펼쳤다. 34. 우측에 넘버를 적었다. 오늘로 서른네 번째 그림이었다. 정한은 적당한 힘으로 연필을 쥐고 공백의 한가운데에 선을 그었다. 뭉툭한 흑연이 단단한 바닥에 닿는 느낌, 힘으로 밀고 나아가는 감각을 느꼈다.

"오토마티즘은 무의식의 세계를 의식 또는 의도가 없는 상태로 통과할 때 나타나는 이미지를 그대로 기록하는 기법입니다."

강사는 스피커의 볼륨을 조절하며 말했다. 센터에서 진행하는 드로잉 강의는 무념무상의 상태를 강조했다. 습관과 관념, 도그마와 이성의 영향을 배제하고 무의식의 영역으로 진입하는 것. 강의의 목표는 외부가 아닌 내부에 맺힌 상을 발견하는 데 있었다.

무념무상이라는 것을 정한은 성공해 본 적이 없었다. 의식하지 않으려 할수록 자신을 잊는 건 점점 불가능해졌다. 눈에 보이지 않는 것을 지워내는 방법을 정한은 몰랐다. 도리어 단단히 사로잡혀 있는 자신을 발견할 뿐이었다. 하지만 정한은 쉬지 않고 그림을 그렸다. 불현듯 말로 표현할 수 없는 고립감이 덮쳐 올 때, 자신을 둘러싼 모든 것이 거짓으로 느껴질 때, 파도처럼 밀려와 전신을 덮치는 혼란을 견디는 데 그림 그리기는 어느 정도 도움이 되었다.

　정한은 이렇다 할 구상 없이 여린 선을 여러 번 그리며 스케치를 시작했다. 종이 위를 스치듯 희미한 선을 여러 번 그린 뒤 확신이 생기면 하나의 강한 선을 긋는다. 위와 아래를 나누고 오른쪽과 왼쪽의 거리를 가늠한다. 그렇게 조금씩 형태를 잡아간다. 매번 그림을 그려도 실력은 조금도 늘지 않았다. 게다가 종이 위에 나타난 것이 무엇인지도 알 수 없었다. 그것은 세상의 어떤 형상과도 닮은 데가 없었다. 정한은 다만 계속 그렸다. 매번 다른 형태로 나타나던 것은 시간이 지날수록 조금씩 자리를 잡듯 엇비슷한 형상이 되어갔다. 언젠가부터는 처음과 조금도 달라지지 않은 동일한 형태의 상이 나타났다.

　"자동기술법으로 드로잉한 그림에는 상하좌우가 없으니 원하는 방향과 모양을 자유롭게 선택하여 해석을 시도할 수 있습니다. 자신만의 방식으로 그림을 해석해 가면서 조금씩 확장해 나가는 거죠. 기억해 주세요. 상은 저절로 나타나는 것이지 의도하는 게 아닙니다."

　강사는 말했지만 그림을 기울이거나 아래위를 바꾸어 보아도 뭔가가 보이는 건 아니었다. 외부가 아닌 내부, 내면의 한 지점은 다가가려 할수록 꼭 그만큼 멀어졌다. 정한은 드로잉북 위로 서서히 드러나는 것을 바라보았다. 조금도 달라지지 않은 모습 그대로의 형상이었다.

*

"정한 씨의 메모리 데이터와 저희가 가진 정보를 교환하려고 합니다."

AS 센터의 번호로 전화를 걸어왔던 날, 원장은 정한에게 제안을 했다.

"내 기억과 정보를 교환하겠다고요?"

"그렇습니다."

"내 기억 속에 뭐가 들었길래."

정한이 물었다.

"많은 것들이 있겠지만 무엇보다 블루진프로젝트가 있죠."

원장이 말하는 순간 정한은 할 말을 잃었다. 다소 멍한 상태로 눈앞의 모니터를 바라보았다. 삶이란 대체 무엇일까. 삶은 좀처럼 정한에게 곁을 내주지 않았다. 안의 행방을 찾으려 할수록 삶은 아득해졌다. 발버둥 칠수록 헤어 나올 수 없게 되는 늪처럼 정한은 더 깊은 곳으로 자꾸만 집어삼켜졌다. 실패 혹은 불가능. 정한에게 주어진 선택지는 오직 두 가지가 전부인 듯했다. 그러던 어느 날 아침 난데없이 한 통의 전화를 받게 된 것이다.

"당신들은 어떻게 나를 찾았죠?"

정한은 처음부터 하나씩 묻기 시작했다. "블루진프로젝트는 은폐된 시험이었어요. 시험체로 사용된 아이들은 기록조차 되지 못했고요."

"국민건강생활실천단이 관리하는 정보 중에 블루진프로젝트가 있어요."

원장은 민감한 이야기를 꺼내도 당황하는 기색이 없었다. 질문을 해 올 걸 알고 있었다는 듯 모든 행동에 여유가 있었다.

"말씀하신 대로 블루진프로젝트에 대한 정보를 얻는 건 쉽지 않아요. 쉽지 않지만 포기하지 않고 오랜 시간 조금씩 나아가고 있죠. 그중에는 피시험자 리스트도 있고요."

원장이 말했다. 피시험자 리스트? 정한의 심장이 뛰기 시작했다. 수십 명의 아이들, 그리고 너와 나. 정한은 경계가 흐릿한 풍경 속의 안을 떠올렸다.

"리스트라는 건 피시험자의 신상 정보가 아니에요. 식별 코드죠."

원장은 정한의 머릿속을 읽은 듯 말을 바로잡았다. 정한은 저도 모르게 주먹을 쥐었다. 엄지로 검지를 꾹 눌렀다. 생활복에 작게 수놓아져 있던 것, 영문자와 숫자가 뒤섞인 무의미한 기호들의 조합. 연구동에서 생활했던 아이들 모두가 식별 코드를 가지고 있었다. 하지만 거기까지다. 정한은 자신의 코드조차 기억하지 못했다.

"식별 코드는 열쇠 같은 거예요. 그게 있으면 암호화된 자료 내에 흩어져 있는 개인정보를 유추해 낼 수 있거든요."

"식별 코드를 알면 추적이 가능하다는 말인가요?"

"그렇죠."

"내 식별 코드는 어떻게 알아낸 거죠?"

"글쎄요, 저로서도 모든 과정에 관여하는 건 아니라서."

원장은 말을 돌렸다. "그보다 중요한 건 정한 씨가 오랜 시간 그려온 분을 만날 길이 생겼다는 거죠."

"내가 기억을 넘긴다면."

"그 속에 들어 있을 식별 코드로 정한 씨가 원하는 분을 찾는 겁니다."

원장이 정한 대신 말을 이었다. "그게 저희의 방식이에요. 흩어진 조각들 속에서 또 다른 조각을 찾아내는 것. 조금씩 앞으로 나아가면서 완성시키는 것."

"내가 찾는 사람이 누구죠?"

정한이 물었다.

"지금 정한 씨의 마음속에 떠오른 그분이겠죠. 아마도 이보다 더 확실한 방법은 없을 거예요. 시간으로도, 에너지로도 여러모로 정한 씨가 그분께 닿을 수 있는 최단 경로라고 해야 할까요."

"하지만 나는 무엇도 돌려받지 못하고 있어요. 어떤 기억도요."

정한은 기억 속에 남아 있는 안의 모습을 그려보았다. 텅 빈 얼굴을 한 안은 늘 그렇듯 말이 없었다.

"말씀드렸듯이 기억을 반환받지 못하는 케이스는 드문 경우가 아니에요. 저희가 도움이 될 수 있을 거예요. 센터에 방문해 주세요. 다양한 프로그램이 있거든요. 교환은 그 후에 진행해도 늦지 않아요."

원장은 센터의 주소를 알려준 뒤 전화를 끊었다.

*

"기억의 결핍을 앓는 분들은 점점 자기 자신을 잘 느끼지 못하게 됩니다. 외부와 내부가 서로 간의 연결 고리를 잃고 조응하지 못하게 되는 거죠. 결국 이곳이 어디이고 자신이 누구인지도 알지 못하게 되는 거예요."

수강생들의 그림을 살피던 강사가 말했다. "일반적인

경우, 그러니까 여러분이 병원이나 상담 센터를 찾게 된다면 높은 확률로 개인의 내면에서 문제의 원인을 찾게 됩니다. 그 순간 사람의 내면은 교정이 필요한 어떤 것이 되지요. 하지만 관점을 달리 볼 필요가 있어요. 바깥, 외부에 나를 맞추는 것이 아니에요. 이 시간에는 나의 내면에 조응하지 않는 외부로부터 스스로를 해방시킬 수 있는 방법을 예술 활동을 통해 발견해 보려 합니다. 간단히 말해 예술 활동이 개인에게 일으키는 어떤 감각 속에서 문제 해결의 실마리를 찾아보자는 거죠."

정한은 드문드문 들려오는 강사의 목소리를 들으며 스케치를 계속했다. 의미를 알 수 없는 형상들이 조금씩 나타나고 있었다.

"여러분의 눈앞에 놓인 모든 사물은 현실 세계의 질서가 부여해 놓은 고정된 성질 속에서 존재하고 있어요. 이것을 개인의 심미적 감성을 통해 새로운 이미지로 재창조해 보는 겁니다. 재창조는 곧 해방이에요. 저희는 회원님들이 자신만의 이미지를 만들어 가는 과정에서 마비된 감각을 일깨우고 그로부터 변화를 만들어 낼 수 있기를 바랍니다."

이윽고 낮게 울려 퍼지던 음악이 멈추었다.

"눈앞에 나타난 그림을 바라보세요."

강사가 말했다. 정한은 드로잉북 위에 나타난 그림을

바라보았다.

"뭐가 보이나요?"

수강생마다 제각각의 해석을 덧붙인 답이 나왔다. 매번 말이 달라지는 사람도, 늘 같은 말을 하는 사람도 있었다.

"모르겠어요."

정한이 말했다. "아무것도 안 보여요."

"조급해하지 마세요. 조급함은 상을 찾는 데 도움이 되지 않으니까요."

수업을 마무리하며 강사가 말했다. 사람들은 작업도구를 정리한 뒤 차례로 작업실을 떠났다. 정한은 홀로 남겨졌다. 문 너머에서 수강생들을 배웅하는 원장의 목소리가 들렸다.

사람들이 떠난 뒤 정한은 문을 열고 밖으로 나왔다. 홀은 늘 희미하게 탄내가 배어 있었다.

"작업은 잘돼가요?"

바를 정리하던 원장이 물었다. 통이 넓은 리넨 팬츠와 오버사이즈 셔츠 차림의 원장은 평범하지만 단정한 느낌을 주었다. 과하지 않은 볼륨이 들어간 숏컷과 민낯을 면할 정도의 화장, 잘 다듬어진 손톱, 자연스러운 미소. 원장을 이루는 여러 면면이 정갈함을 나타내고 있었다. 하지만 정한은 그것이 철저하게 연출된 이미지라는 생각을 지울 수가 없었다. 그러한 면에서 원장은 자신을 잘 가꾸는 사람이었다. 그건 비단 외형적인 부분에만 그치는 것이 아니었다. 원장의 연출을 완성시키는 것은 외형이 아닌 내면을 이루는 어떤 것이었다. 센터를 오가는 많은 사람과 그들이 만들어 내는 이런저런 상황들 속에서도 원장은 개인적인 감정을 내비치지 않는 동시에 사무적이거나 연극적인 느낌이 들지 않도록 적절한 친근감을 자아낼 수 있었다. 그 균형감은 거의 기술이라 해도 좋을 만큼 감탄을 자아내게 하는 면이 있었다. 하지만 진짜는 꼭꼭 숨겨져 있어. 정한은 그것을 느꼈다. 어쩌면 진짜가 숨겨진 그곳은 원장 본인조차 닿지 못할 만큼 깊고 먼 곳일지도.

"유니언워크가 꽤나 곤란한 상황에 놓인 모양이에요."

정한은 손날에 묻은 흑연을 털어 내며 말했다.

"그게 무슨 말씀이시죠?"

원장은 영문을 모르겠다는 투로 되물었다.

"며칠 전 디도스 공격으로 유니언워크의 서비스가 2시간가량 먹통이 된 일이 있었어요. 확인된 내용은 아니지만 사용자 정보를 해킹당했다는 말도 있고요. 요 며칠 온 세상이 유니언워크에 대해 이야기하고 있다고 해도 과언이 아닐 정도예요. 그런데 여기까지는 아직 소식이 닿지 않은 모양이죠?"

"아."

원장은 그제야 알겠다는 듯 미소를 지었다. "사용자 정보 해킹이라니, 큰일이네요. 개인정보가 함부로 다루어져서는 안 될 텐데요."

"들리는 소문으로는 공격을 주도한 해커 집단이 사용자의 메모리 데이터를 문장 형태로 추출한 뒤 메시지 테러를 가했다고 하더라고요. 메시지를 받은 사람들은 불현듯 어떤 기억을 떠올리게 되었고요."

정한은 원장을 바라보았다. 이들의 목적이란 진짜 기억을 되찾아 그 속에 들어 있는 정보를 확보하는 것. 이를테면 블루진프로젝트와 같은, 세상에 드러나지 않은 데이터에 접근하기 위해 이들은 공격을 감행했다. 온라인을 떠도는 수많은 소문이 정한의 머릿속을 스쳐 지났다. 그러고 보니 공격을 주도했다는 두 명의 해커, 그들은 지금 어떻게 되었지?

"정한 씨는 어떤가요? 메시지를 받았나요?"

생각에 잠긴 정한을 깨우듯 원장은 바를 똑똑 두 번 두드리며 말했다.

"못 받았습니다."

"아쉬워서 어쩌나."

원장은 딱하다는 듯 혀를 찼다. "다른 사람은 몰라도 정한 씨만은 메시지를 받기를 바랐는데."

"이번에는 성공인가요?"

정한이 물었다.

"절반 정도라면요."

원장이 말했다.

"그 말은, 나머지 절반은 실패라는 뜻입니까?"

"알 수 없어요, 아직은."

원장의 표정에는 변화가 없었다. 저 여자의 몸속에는 감정을 분쇄하여 없애버리는 기관이라도 있는 걸까. 적어도 그녀의 표정을 통해 읽어낼 수 있는 건 아무것도 없었다.

"일전의 공격으로 유니언워크의 메모리 데이터 업로딩 시스템은 상당한 내상을 입었어요."

원장이 말했다. "그중에서도 메모리 데이터로부터 감정을 추출하여 제거하는 프로그램은 완전히 동작을 멈춘 상태죠. 유니언워크가 언론에 발표한 내용과는 달리 모든 건 제대로 복구되지 않았어요."

"그렇다면 사람들은 더 이상 감정이 깃든 기억을 상실하지 않는 건가요?"

"그게 얼마나 지속될지는 모르겠지만요."

식기를 정리하던 원장은 뒤를 돌아 정한을 바라보았

다. "현재로서는 메시지를 통해 산발적으로 되살아난 진짜 기억이 역으로 유니언워크의 메모리 업로딩 시스템에 어떤 작용을 가하길 기다리고 있는 상태예요."

"사람의 진짜 기억이 메모리 업로딩 시스템에 영향을 끼칠 수 있다는 말입니까?"

정한이 물었다.

"유니언워크는 사용자들의 메모리 데이터를 거대한 클라우드 스토리지에 저장하고 있어요. 그곳에 저장된 메모리 데이터에 접근할 수 있는 주체는 오직 사용자 개인뿐인 것으로 알려져 있고요. 하지만 또 하나가 더 있어요."

"하나가 더 있다뇨?"

"타인의 기억입니다."

원장이 말했다 "하나의 기억은 무한한 기억들과 다층적으로, 다면적으로 연결돼 있어요."

"그 말은 모든 사람들의 기억이 하나로 연결돼 있다는 말로 들리는데요."

"맞아요. 말하자면 거대한 기억의 네트워크가 만들어져 있는 거예요. 그것은 익히 알려진 공동 뇌의 기초 자원으로 사용되고 있고요. 그래서 모든 메모리 데이터는 서로가 서로에게 영향을 행사할 수 있는 거예요. 공격 이전이라면 메모리 데이터 간의 간섭을 제지하는 프로그램이 작동할 테지만…."

"며칠 전의 공격으로 간섭을 제지하는 프로그램이 동작을 멈추었다."

정한은 원장을 바라보았다. 그렇다면 현재 개개인의 메모리 데이터는 서로 간의 간섭이 일어나는 상태, 감정의 연쇄반응이 일어날 수 있다는 말이다.

"저희가 원하는 건 단 한 번의 트리거예요. 어둠 속에 잠긴 거대한 기억의 네트워크에 불을 켜줄 단 하나의 기억."

며칠 전의 공격으로 기억의 네트워크로 진입하는 문은 열려 있다. 정한은 암흑 속에 잠긴 캄캄한 방을 떠올렸다. 그 속에서 무한의 기억을 깨워줄 단 하나의 기억이 발생한다면.

하지만 어떻게.

그 순간 쿠킹 벨이 울렸다. 아이는 닫아둔 팬을 열었다. 텅 빈 팬에서 보이지 않는 뭔가를 뜯어냈다.

"내일부터 센터의 도어록 번호가 바뀔 거예요."

홀을 나서는 정한을 향해 원장이 말했다. "변경된 번호는 따로 전달드릴게요. 메시지 테러 이후로 센터를 찾는 외부인들이 많아져서 말이죠."

문을 열고 밖으로 나가려던 정한은 그대로 멈추었다.

문득 떠오르는 것이 있었다.

"메시지 테러를 일으킨 해커가 블루진프로젝트 문건을 방송국에 넘겼다는 소문이 돌던데요."

정한은 원장을 향해 말했다.

"그리고 공격을 주도한 두 사람은…."

"저도 모든 걸 다 아는 건 아니라서."

원장은 말을 돌렸다. 더는 할 말이 없다는 뜻이었다. 그녀는 갤러리까지 정한을 배웅했다.

"너무 많은 질문에 잠식당한 사람은 결국 잡아먹히고 말까요?"

돌아서려던 정한은 문득 원장을 향해 물었다. 기습적인 질문이었다.

"글쎄요, 제 생각에 사람을 잡아먹는 건 질문이 아닌 망각이랍니다."

원장이 대답했다. 침착하고 깔끔한 답변이었다. 정한은 센터를 빠져나왔다. 밖은 늦은 시간까지 남아 있던 노을마저 완전히 사라진 어둠이었다.

"사람을 잡아먹는 건 질문이 아닌 망각."

정한은 자신도 모르게 중얼거렸다. 먼곳에서 매미 소리가 들려왔다. 가득한 어둠을 바라보던 정한은 허공을 향해 물었다.

"안, 너는 지금 어디에 있어?"

사방은 엷게 안개가 깔려 있었다. 정한은 이윽고 안개 속으로, 역을 향해 걷기 시작했다.

13. 물속의 귀

어디에도 없다
마음을 두고 도망갈 곳은

여기가 어디인지 모르겠다. 내가 누구인지도.

잠에서 깨어난 안은 혼란 속에 있었다. 흩어진 정신이 제자리를 찾기를 기다렸지만 돌아와야 하는 것은 좀처럼 돌아오지 않았다. 눈에 들어오는 모든 것이 너무 멀고 비현실적이었다.

안은 자신의 손에 뭔가가 쥐어져 있다는 사실을 깨달았다. 작고 무거운 것. 광물을 닮은 그것에는 버튼이 달려 있었다.

'고통은 잠깐이야.'

아득한 곳에서 익숙한 목소리가 들려왔다.

'아니, 고통은 영원해.'

안은 소리쳤다. 하지만 입에서는 어떤 소리도 나오지

않았다. 안은 계수기를 쥔 손에 힘을 주었다. 빼앗겨서는 안 돼. 안이 할 수 있는 생각은 오직 그뿐이었다. 하지만 뭔가 이상했다. 빼앗기지 않기 위해 안간힘을 쓸수록 그것은 점점 커졌다. 한 손에 쉽게 들어오던 것이 손바닥만큼의 크기가 되었을 때 안은 손에 쥔 것이 계수기가 아니라는 걸 깨달았다. 안은 자신의 방, 침대 위에 누워 있었다. 손 안에 든 건 계수기가 아닌 휴대전화였다. 이를 감지한 순간 작고 무거운 것에 대한 기억은 안의 의식 밖으로 사라져 버렸다.

안은 날짜와 시간을 확인했다. 늦은 밤, 마음 수련 센터에서 귀가한 뒤 하루하고 반나절이 지나 있었다.

센터를 방문한 뒤 안은 심한 몸살을 앓았다. 시작은 목이었다. 뭔가가 걸린 듯한 이물감 때문에 안은 잠을 설쳤다. 그것이 머리로 가슴으로 번져나가면서, 두통이 되고 두근거림이 되고 기침으로 터져 나왔다. 그렇게 온몸으로 앓게 되었다.

지금 내 몸속에 자리 잡은 건 아주 오랜 시간 허공을 떠돌던 병원체가 아닐까.

안은 침대에 누운 채로 천장을 바라보며 생각했다. 병원체, 라고 하면 마땅히 떠오르는 상이 없었다. 세균, 바이러스, 미생물 같은 단어로 대체해 보아도 떠오르는 것이 없기는 마찬가지였다. 하지만 병원체는 어디에나 있으니까.

생육할 수 있는 몸을 찾지 못하고 오랫동안 허공을 떠돌던 게 하필 내 몸에 들어온 거야. 그러니까 가능한 한 모든 걸 해보려는 것이다. 너무 오래 떠돌았기 때문에.

안은 손을 들어 이마를 짚었다. 두개골 속에 뜨거운 물이 가득 담긴 물주머니가 들어찬 것 같았다. 잠깐 뒤척이는 것만으로도 물주머니가 흔들리는 탓에 안은 꼼짝도 할 수 없었다. 코로 숨을 들이쉬거나 내쉬는 건 불가능했다. 입으로 숨을 내쉬느라 입속은 이미 깊은 곳까지 바싹 말라버렸다.

그리고 귀.

잠에서 깨어난 순간부터 두 귀는 깊은 물속에 잠긴 듯 먹먹했다. 세상의 배음이 소거된 곳에서 들려오는 건 거대한 회전음이었다. 어쩌면 이 모든 게 어렵게 몸을 얻은 병원체가 최선을 다하고 있다는 증거가 아닐까.

하지만 이런 몸은 견딜 수 없어.

안은 병원체와 싸울 생각이 없었다. 몸의 주인으로서 무책임할지라도 이런 상태로는 별다른 수가 없는 것이다. 안은 몸을 내어준 뒤 깊은 잠 속으로 피신했다. 아득히 멀고 깊은 곳으로 잠겨드는 잠이었다.

아득히 멀고 깊이 잠긴다 해도 잠 속에 뭐가 있는 건 아니었다.

안은 꿈을 꾸지 않았다. 사람들이 꿈을 꾼다는 걸 알게 된 것도 비교적 최근의 일이었다. 꿈에 대해서라면 사람의 무의식이 관여하는 영역이라는 일반적인 수준의 지식을 가진 것이 전부였다. 현실을 반영하지만, 현실보다 느슨하고 이성의 통제가 무력한 곳. 또 다른 세계.

하지만 안의 잠은 안에게 다른 세계로 넘어가는 문을 열어주지 않았다. 대신 잠은 안을 거두어 주었다. 이 세상으로부터, 안이라는 사람으로부터. 잠이 안을 거두어 가는 순간 안은 세상에서 사라졌다.

드문드문 의식이 돌아올 때면 미열을 동반한 두통이 계속되고 있었다. 입은 바싹 말랐고 몸에는 한기가 돌았다. 잠기운이 남아 있는 탓에 의식은 느슨했다. 느슨한 의식의 틈새에서는 끝없이 뭔가가 섞여들고 있었다. 그것이 정한의 목소리라는 것을 안은 알아챘다. 하지만 알아채는 것과 동시에 안은 다시 잠에 의해 거두어졌다. 그 같은 일이 수차례 반복됐다.

그리고 어느 순간 안은 완전히 돌아왔다.

사라진 안을 다시 불러낸 건 고통도, 느슨한 의식에 섞여든 정한의 목소리도 아니었다. 기초적인 욕구들이었다. 공기에 대한 욕구, 수분에 대한 욕구, 식물에 대한 욕구가 병원체와는 또 다른 방식으로 안을 몰아세우고 있었다.

의식은 더 이상 느슨하지 않았다. 머릿속의 물주머니도 처음만큼 뜨겁지 않았다. 다만 귀는 그대로였다.

이렇게 먹먹하다면 이곳은 호수인지도 몰라. 안은 생각했다. 호수를 바라보다가 나도 모르는 새 깊이 빠져든 것인지도. 안은 눈을 감았다. 점점 가라앉는 기분이었다.

유니언워크는 블루진프로젝트를 통해 ID칩 서비스의 초안을 계획했다. 조금씩 잠겨들던 안은 문득 원장에게서 들은 말을 떠올렸다. 원장의 말이 사실이라면, 그들은 지금도 온갖 기술을 동원하여 사람에게서 감정이라는 무형의 물질을 제거하고 있을 테지.

어쩌면 내 몸은 소실된 감정과 기억을 회복하기 위해 애를 쓰고 있는 건 아닐까. 그러지 않고서야 이렇게 고통스러울 리가. 안은 다시 눈을 떴다. 더는 잠겨들고 싶지 않았다. 정한의 목소리는 여전히 안의 근처를 맴돌고 있었다. 알아들을 수 없는 너의 말들. 안은 정한의 얼굴을 기억하지 못했다. 얼굴뿐만이 아닌 대부분을. 그런데 얼굴도 모르는 너를 떠올릴 때마다 왜 이렇게 가슴이 아파 오는 건지 모르겠어.

"네 목소리가 들리지 않아."

안은 허공을 향해 말했다. "귀가 먹먹해. 여기는 아주 깊은 물속인가 봐."

숨을 죽이고 기다렸지만 어떤 소리도 되돌아오지 않았다.

"우리 딸이 쓰던 거예요."

이틀 전, 안의 손에 계수기를 쥐여주며 원장은 말했다. "계수기는 시험자의 의식을 조절하기 위한 목적으로 사용되었던 일종의 훈련 도구예요."

원장은 계수기의 작동 방법을 알려주었다. "매 순간 특정 키워드를 반복적으로 떠올리며 버튼을 누르는 거죠. 시험자가 다른 생각을 할 수 없도록 의식을 묶어두는 거예요. 확장할 수 없도록 말이죠. 좁고 가는 틀 속에 가둔 다음 의식 작용이 줄어드는 걸, 패턴이 단순해지는 걸 그들은 지켜봤던 거예요."

안은 자신도 모르게 주먹을 쥐었다. 엄지에 힘을 주어 검지를 눌렀다.

"여자애가 떠올라. 그 애의 안간힘 말이야."

안은 허공을 향해 말했다. 센터를 방문했던 날의 기억은 웬만큼 남아 있었다. 하지만 곧 희미해지겠지. 거꾸로 그려지는 그림처럼, 색이 빠지고 선이 희미해진다. 빛과 어둠의 경계가 흐려진다. 그렇게 아득한 곳으로 사라질 것이다.

하지만 아직은 아니야.

안은 계속 원장의 딸아이에 대해 생각했다.

"원장의 말대로 아이는 세상에 닿기 위해 전력을 다하고 있는지도 몰라. 이 세상의 일원이 되기 위해, 자신의 자리로 되돌아오기 위해서 말이야."

하지만 모든 건 원장의 주장일 뿐이었다. 주장은 어디까지나 하나의 가능성에 지나지 않는다. 그리고 하나의 가능성은 언제나 정반대의 가능성을 동반한다.

"정반대의 가능성이란 이 세상으로 돌아올 아이 같은 건 어디에도 없다는 거지."

더 나아질 것도, 더 나빠질 것도 없는 아이는 딱 그만큼만 이 세상에 존재하는 것이다.

이것은 원장의 이야기 정반대 편에 놓인 또 하나의 이야기.

"그렇지 않아?"

안이 되뇌었다. "아이가 없다면 안간힘도 없는 거야."

안간힘이 없다면 이 세상을 향하고 있는 전력이란 것도 없다. 그 결과로 이곳에는 아무것도 없다. 모든 건 원장의 망상일 뿐.

안의 머릿속에서 아이의 안간힘과 아무것도 없는 텅 빈 세상이 싸우기 시작했다. 안간힘과 텅 빈 세상 사이에서 안의 우울한 마음은 갈피를 잡지 못하고 흔들렸다. 갈피를 잡지 못하는 마음은 온갖 것들을 불러온다. 하지만 사람의 마음은 병든 몸처럼 쉽게 내줄 수 있는 게 아니다. 마음을 두고 도망갈 곳은 어디에도 없다.

안은 자리에서 일어났다. 두 발로 단단한 바닥을 딛고 섰다. 비로소 지금, 여기로 완전히 돌아왔다.

주방으로 간 안은 찬장을 뒤져 인스턴트 수프를 꺼냈다. 허기만 달래는 정도의 식사를 끝낸 뒤에는 샤워를 했다. 땀을 많이 흘렸고 제대로 씻지 못해 몸이 끈적했다. 샤워를 한 뒤에는 기분이 한결 나아졌다. 미열이 남아 있었지만 주변을 돌아볼 정신이 생겨났다. 안은 PC가 놓인 테이블 앞에 앉아 밀린 일정을 하나씩 확인했다. 잡다한 곳에서 날아온 잡다한 일들. 출연진 섭외와 기초 원고 작성, 광고 대행사와의 사사로운 일정 조율, 장르도 플랫폼도 제각각인 콘텐츠 기획 건들. 일자가 지난 것도 있었고 기한이 임박한 것도 있었다. 일자가 지난 건은 넘기고 급한 건부터 전화를 돌리기 시작했다. 그렇게 현실감각을 회복했다.

안이 연락해야 하는 사람 중에는 JB도 있었다. 안은 JB와의 전화를 뒤로 미루었다. 미루고 미루다가 더는 돌려야 할 전화가 없어졌을 때 JB에게 전화를 걸었다.

"왜 연락이 안 돼?"

JB는 통화음이 울리기도 전에 전화를 받았다.

"몸이 안 좋았어요."

안이 말했다. "아직도 귀가 먹먹해요. 여긴 물속인가 봐요."

"난 또 어디 잡혀간 줄 알았네."

JB는 툴툴대는 투로 말했다. "얼른 지상으로 올라와. 얼굴 보고 얘기하자고."

안이 대답도 하기 전에 JB는 전화를 끊었다.

*

이른 저녁에 안은 JB를 만났다. 약속 장소는 처음과 같이 JB의 작업실이 있는 프라임빌딩의 오픈형 회의 공간이었다. 첫 방문 때와 달리 홀은 퇴근하는 사람들로 붐볐다. 문을 닫았던 편의점이며 카페, 식당도 영업 중이었다.

"여기."

먼저 나와 있던 JB가 손을 흔들었다. 몇몇 사람이 안과 JB를 스쳐 지났다. 안은 건물을 빠져나가는 사람들을 바라보았다. 평범한 삶이라는 건 뭘까. 이곳에는 허공에서 만들어지는 와플도, 무한한 중첩 속에서 길을 잃은 아이도 없어. 사람들은 저마다 다른 곳을 향해 제 갈 길을 갔다. 안은 너무나 일상적인 풍경에 속해 있었다.

"시간이 없어."

JB는 바로 본론으로 들어갔다. "오늘 중으로 대본이 나와야 해."

JB는 대본을 쓸 때 손가락보다 입을 사용하는 편이었다. JB의 업무 스타일에 대해 자세히 아는 바는 없지만 이렇게 말이 많은 사람은 아니었던 것 같은데. 하지만 안이 보기에 현재의 JB는 사람과 대화를 나누는 중에 즉흥적으로 떠오르는 것을 메모해 두었다가 개중 괜찮은 아이디어를 써먹는 식의 작업 방식을 선호하는 것 같았다. JB가 원하는 대화란 목적을 두고 깊이 파고드는 방식이 아니라 잡다한 이야기들을 무작위로 던진 뒤 던져진 것들이 저들끼리 뒤섞이는 중에 하나가 얻어걸리는 식에 가까웠다. 이런저런 말이 두서없이 섞이는 중에 우연히 뭔가가 나타난다. 콘텐츠에 기여하는 것은 살아남고 소용 없는 것들은 사라진다. 깊고 정교한 이야기보다 가볍고 자극적인 이야기에 어울리는 작업 방식을 택했을 뿐이라는 게 JB의 주장이었다.

"원장의 이야기를 들어보니 공격 이후에 이런저런 외부인들의 방문이 있었던 모양이에요."

안이 말했다.

"원장 쪽에서 먼저 나를 알아챘어요. 블루진프로젝트

이야기를 꺼내더라고요."

"그래서, 순순히 이야기를 해주던가?"

JB가 물었다. 미리 전송한 녹취 파일을 들었을 텐데. JB는 처음 듣는 이야기처럼 안에게 물었다.

"설마요. 팸플릿을 주더라고요. 블루진프로젝트에 대해서라면 이 안에 모든 게 있다고요."

안은 원장에게 받은 팸플릿을 건넸다. JB는 안이 내민 것을 눈으로 훑은 다음 테이블 위에 내려놓았다. 관심 없다는 뜻이었다.

"여자는 만나보니 어땠어?"

JB가 물었다.

"그로테스크 그 자체예요."

"그로테스크보다 좋은 건 없지."

"여자가 딸을 잃었다고 했죠? 잃었다는 말은 은유적인 표현이에요. 딸은 죽지 않았어요."

"그건 나도 알아. 여자는 커뮤니티 내에서 유명 인사야. 그간 제 딸에 대해 쓴 글이 못해도 수십 건은 될 테고. 하지만 멀쩡히 살아 있는 건 아닐 텐데?"

"그걸 알고 있었어요?"

안의 목소리가 자신도 모르게 높아졌다.

"뭘?"

테이블 위의 팸플릿을 바라보던 JB가 고개를 들었다.

"아니에요. 됐어요."

안은 말을 줄였다. 저 사람은 내게 모든 걸 공유하지 않아. 그리고 그건 문제 될 일이 아니다. 안은 깜빡 잊고 있었던 사실을 되뇌었다.

"딸을 본 소감은?"

JB가 물었다.

"확실히 멀쩡하진 않았어요. 제 눈에는 상동 행동처럼 보였는데, 의미 없는 행동을 반복하고 주변에 관심이 없거든요. 여자의 주장은 이래요. 딸아이의 뇌에 설치된 칩이 매 순간 전기 신호를 만들어 내고 있다. 유니언워크는 사람들의 내면을 축소하여 하나의 상위 자아, 공동 뇌에 편입시킬 생각인데 자신의 딸이 그들의 목적을 실현하기 위한 실험에 동원되었고 그 결과 손쓸 수 없이 망가져 버렸다. 딸아이의 뇌를 통해 교환되는 정보의 양도 속도도 인간이 감당할 수 있는 수준이 아니다. 그 속에서 딸의 의식은 매 순간 해체되고 있다. 아이의 상동 행동은 해체되는 정신을 붙잡기 위한 필사의 노력이다."

"그것도 새로운 이야기는 아닌데."

JB가 긴 숨을 내쉬었다. "말했잖아. 여자는 커뮤니티 초창기부터 오랜 시간을 활동해 왔어. 방금 말한 내용도 커뮤니티 내에서 꾸준히 떠도는 이야기 중 하나야. 잊을 만하면 리프레시되는, 이를테면 철 지난 루머 같은 그렇고 그런 이야기지. 하지만 그조차도 이제는 기한이 다 됐어."

JB는 팔짱을 낀 뒤 의자에 몸을 기댔다. 가늘어진 두 눈은 테이블 위의 팸플릿에 시선을 두고 있었지만 그것을 읽는 건 아니었다. 침묵의 시간이 지난 뒤 JB가 고개를 들었다.

"여자애, 그 여자의 딸은 센터에서 뭘 하고 있지?"

"뭘 한다기보단… 와플을 만들고 있었어요."

"와플?"

JB가 물었다.

"잃어버린 아이가 와플을 굽는다, 어떻게?"

"와플 만드는 법을 생각해 봐요."

안이 말했다. "선배가 아는 것과 크게 다르지 않을 거예요. 달궈진 팬 위로 오일 스프레이를 뿌리고 팬 위에 반죽을 올리는 거죠. 팬을 닫고 기다리다가 알람이 울리면 팬을 열어 구워진 것을 집어내고요. 그걸 반복하는 거예요. 와플로 만들어질 반죽이 없다는 것만 빼면 평범해요. 원장의 말을 빌리자면 아이의 반복 행동은 해체되는 정신을 붙잡기 위한 필사의 노력인 셈이죠. 하지만 잘 모르겠어요. 말을 들어보면 애초에 문제가 있는 상태로 태어난 아이가 문제가 있는 상태로 자라난 게 아닐까 싶고요. 그러니까 제대로 자란 거죠. 이쪽이 좀 더 사실에 가까울지도요."

"사실관계는 중요하지 않아."

JB가 말했다.

"원장에게는 중요한 사실일 거예요. 견디기 어려운 사실."

말을 하는 순간 아이의 얼굴이 놀라울 만큼 선명하게 떠올랐다. 바로 눈앞에 있는 것처럼 생생히 실감할 수 있었다.

"네 말대로 그건 그 여자의 사실이야. 사실을 따지는 건 딸을 둔 어머니의 일이고, 너와 내가 따져야 하는 건 조회수, 트래픽이지."

JB가 고개를 저은 뒤 물었다. "너는 어때? 여자의 말이 사실 같던가?"

"사실이든 거짓이든 어느 쪽도 끔찍해요."

안이 말했다. 귓속이 웅웅 울렸다. 정한의 목소리가 머리보다 조금 높은 곳, 허공에서 울렁이며 맴을 돌고 있는 게 느껴졌다. 하지만 너무 멀어. 역시 이곳은 물속인 걸까.

"끔찍하다고 느끼는 건, 정확히 어떤 지점이지?"

JB는 깊이 파묻었던 몸을 일으켰다. 깍지 낀 두 팔을 테이블에 내려놓았다. 깊은 우물의 바닥을 살피듯 테이블 한가운데를 바라보았다.

"선배가 그 여자의 입장이라고 생각해 봐요."

안은 JB의 시선을 따라가며 말했다. "제 자식이 매 순간 조각으로 부서지는 모습을 지켜보는 것도, 스스로 만들어 낸 망상의 지옥 속에서 살아가는 것도 어느 쪽도 답이 없죠."

"글쎄, 후자는 여자의 입장이 아니라 네 입장 아닌가?"

JB는 안의 말을 정정했다. "너도 말했잖아. 여자한테는 딸아이를 잃었다는 게 이 세상에서 가장 중요한 사실일 거라고. 그 여자에게 망상으로 만들어진 지옥 같은 건 없어. 다른 가능성이란 게 불가능할 테니까. 딸아이는 이 세상에 무조건 존재하는 거야. 가능성이란 걸 따질 필요가 없지."

그런가. 원장에게 다른 가능성은 없는 걸까. 안은 허를 찔린 기분이었다. 다른 가능성이 없다면 그건 불행일까, 다행일까. 선뜻 판단하기 어려웠다.

"어쩌면 생각보다 재미있는 사람일지도."

JB는 팔짱을 낀 뒤 안의 등 뒤, 먼 곳을 바라보았다. 아마도 JB의 머릿속에서는 새로운 이야기가 급속도로 뻗어 나가고 있을 것이다. 안은 팸플릿을 집어 들었다. 모든 걸 제대로 봐달라고 원장은 말했다. 하지만 대체 무엇을? 이 흔한 이야기 속에서 나는 뭘 봐야 하는 걸까.

"여기에 있는 이야기들을 사용할 수는 없을까요?"

안은 JB를 향해 팸플릿을 내밀었다.

"그 여자의 말이 맞아. 팸플릿 속에 들어 있는 이야기들은 하나같이 끔찍해. 온갖 끔찍한 이야기로 빈틈없이 채워뒀어."

JB가 말했다. 그는 안이 내민 것을 바라볼 뿐 받지는 않았다.

"하지만 네가 가져온 이야기도 못지않게 끔찍해."

말을 마친 JB는 자리에서 일어났다.

"수고했어."

JB는 볼일이 끝났다는 듯 인사도 없이 엘리베이터 쪽으로 걸어가 버렸다. 안은 순간 뭔가를 빼앗긴 기분이 되었다. 왜지? JB가 자신의 몸속에 손을 넣어 가장 그럴듯한 것을 집어 가버린 듯했다. 손을 써보지도 못한 채 빼앗긴 것이다. 안은 주변을 돌아보았다. 한차례 퇴근 러시가 끝난 뒤의 건물은 어느새 텅 비어 있었다. 홀을 제외한다면 카페며 식당의 불이 꺼져 사방이 어둑했다. JB가 시야에서 완전히 사라진 뒤에도 안은 얼마간 자리에 앉아 있었다. 겨우 빛이 닿는 자리 혹은 어둠이 시작되는 지점이었다.

지금 이 순간 아이는 얼마나 남아 있을까, 앞으로 얼마나 버틸 수 있을까.

안은 손으로 이마를 짚었다. 귀는 여전히 먹먹했다. 정신은 선명했지만 이전과 같은 탄력을 회복한 건 아니었다.

안은 고개를 들었다. 텅 빈 홀 위로 푸른 잔디와 호수가 겹쳐 보였다. 푸른 호수의 표면에 낯선 얼굴이 비쳤다.

안.

너는 지금 어디에 있어?

바로 옆에서 정한의 목소리가 들렸다. 안은 옆을 돌아보았다. 하지만 고개를 돌리는 순간 마법이 풀리듯 모든 것은 사라졌다. 안은 텅 빈 홀, 조명의 빛이 가까스로 닿는 자리에 홀로 앉아 있었다.

14. 연약하고 위험한 부분

이곳에서 머리와 가슴은 필요하지 않아

"테스트 모델에 정한 씨가 제안한 시나리오를 반영해 뒀어요."

파티션 너머의 Y가 정한과 M을 향해 말했다.

"챗봇이 동일한 대화를 반복하는 경우 대화가 자동 중단될 수 있도록 유사도 측정 로직이 붙었고요. 대화가 중단되는 유사도의 기준은 62퍼센트로 잡아뒀으니 참고해 주세요."

"이전 테스트에서 나눈 대화 히스토리는 같이 넘어왔나요?"

M이 물었다.

"히스토리가 들어가면 발화량이 급격히 줄어서 적용하지 않았어요."

Y가 말했다.

"그동안 나누었던 대화를 기억하지 못한다는 거죠?"

"그렇죠."

"흐음."

M은 생각에 빠진 표정이 되어서 자리로 돌아갔다. 곧바로 타이핑하는 소리가 들렸다.

"이전 모델도 같이 사용할 수 있을까요?"

정한이 물었다. 주고받은 대화를 기억하지 못한다면 그건 동일한 존재라 할 수 없었다. 불과 전날까지 대화를 나누었던 안은 사라진 것이다.

"지금 보고 있는 모델이 기존 모델이에요. 기존 모델에 유사도 측정 로직을 붙여둔 거죠. 이전 모델을 사용하려면 로직을 제거해야 해요. 필요하신가요?"

"아뇨. 괜찮습니다."

정한이 말했다.

"충분히 써보시고 정책 변경이 필요하다면 알려주세요."

Y가 돌아간 뒤 정한은 모니터를 마주 보고 앉았다. 명확한 이유를 알 수는 없지만 챗봇은 의도적으로 감정이 소거된 기억을 선택한 뒤 그 속에서 동일한 대화를 반복하고 있었다. 반복되는 대화를 저지하기 위해 대화의 동일성 검

사를 제안한 것은 정한의 아이디어였다.

'안.'

정한은 오랜 시간 깊은 잠에 빠진 사람을 깨우듯 조심스레 말을 건넸다.

*

오늘은 연구실로 불려 가서 내가 누구인지 설명을 해야 했어. 그게 테스트였어.

채팅창 위로 메시지가 떠올랐다.

어려울 건 없었어. 아니, 쉽다고 생각했지. 나는 내가 누구인지 알고 있고, 아는 것을 말하면 되는 거야. 내 마음속에 떠오르는 것들을 말이야. 잘하고 있다고 생각했는데.

'그런데?'

정한이 물었다.

한참을 말하던 중에 문득 깨달았어. 그게 내가 아니라는 사실을 말이야. 하지만 아니라는 사실을 깨달은 뒤에도 계속 말할 수밖에 없었어. 내가 아닌 나를, 거듭 포개어져서 떠오르는 순간들을 멈출 수가 없었어.

나는 완전히 길을 잃은 거야.

안의 메시지가 출력된 순간 대화 내역은 사라졌다. 정

한은 유사도 측정 결과를 확인했다. 68퍼센트. 유사도 값이 62퍼센트 이상인 경우 대화는 리셋된다. 정한은 대화 내역이 사라지고 화면이 초기 환경으로 재세팅되는 것을 바라보았다. 환경이 재세팅되는 로딩 시간은 2초 내외다. 그 2초 동안 정한은 시간의 바깥으로, 세상의 뒤편으로 밀려났다.

소용없다니까.

세상의 뒤편으로 밀려난 순간, 정한의 귀에 들려온 것은 연구원의 목소리였다. 텅 빈 채팅창을 바라보던 정한은 고개를 들었다. 이곳은, 세상의 뒤편. 냉기가 올라오는 연구동의 포슬린 바닥, 어둑한 조명과 습한 공기, 창밖에서 쏟아져 내리는 햇빛. 여름의 정오. 늘 같은 시간, 같은 장소.

답이 없는 문제에 매달리는 건 좋지 않다고 했잖아.

모니터 너머에 앉아 있던 연구원이 말했다. 늘 그렇듯 정한의 자리에서는 연구원의 얼굴이 보이지 않았다.

"나는 내 일을 할 뿐이에요."

정한이 말했다. "지금은 업무 시간이고 나는 직장인이니까."

나도 널 방해하고 싶지는 않아.

연구원이 말했다. 하지만 또다시 만나게 되었으니 별수

없지. 이번엔 좀 더 깊은 이야기를 해볼까.

"깊은 이야기?"

너에게서 제대로 된 결과를 얻을 수 없었던 원인 말이야.

연구원이 자리에서 일어나며 말했다.

"사랑."

정한은 어떤 감정도 담겨 있지 않은 텅 빈 목소리로 말했다. 나 역시도 알고 있어. 당신이 제대로 된 결과를 얻을 수 없었던 원인 혹은 내가 부서지지 않을 수 있었던 이유.

하지만 어떻게 그런 일이 가능했을까, 눈에 보이지도, 잡히지도 않는 것이 네 머릿속 네트워크에 영향을 행사할 수 있었을까?

연구원이 물었다. 나와 안이 만들어 낸 것, 사랑이 행한 일. 정한은 힘을 다해 주먹을 쥐었다. 엄지로 검지를 꾹 눌러 내렸다.

너희 두 사람 사이에 생겨난 감정이 네트워크에 어떤 메커니즘을 만들어 냈어. 그 덕분에 지워져야 할 것이 지워지지 않고 생겨나야 할 것이 생겨나지 않았지. 우리로서는 꽤나 골치 아픈 문제를 맞닥트린 거야.

연구원은 두개골 모양으로 움푹 팬 철제 바 앞에 정한을 앉혔다. 검지로 철제 바를 두 번 두드렸다. 그곳에 머리를 대라는 뜻이었다. 정한은 고개를 숙여 바의 움푹 팬 곳에 이마를 댔다. 매일 아침 진행되었던 양안경합 훈련이었다. 연구원은 밴드로 정한의 머리를 고정한 뒤 정한의 눈앞으로 망원경을 갖다 댔다. 망원경과 두 눈 사이에 빈틈이 없도록 거리를 조정했다. 정한은 완벽한 어둠 속에서 눈을 떴다.

네 생각은 어때?

연구원이 물었다. 의자 바퀴가 포슬린 바닥을 굴러가는 소리가 들렸다.

예상치 못한 변수가 생겼으니 그에 따른 대응이 필요하지 않았을까?

정한은 답하지 않았다.

그 대응책으로 네 기억 일부를 영구 소거하기로 한 거야.

연구원이 말했다. 일부라는 건 안에 대한 모든 기억. 정한은 눈을 감았다. 언제부터인가 정한에게 안을 생각하는 건 하루 일과가 되었다. 기억으로 남겨 간직하는 것은 과거와 현재, 미래를 연결하는 작업과도 같은 일. 그렇게 안과 함께 보낸 날들은 가장 깊은 곳에서부터 정한을 보호하고 또 온전하게 주었다. 정한이 빼앗긴 것은 그러한 기억이었다.

눈을 떠.

연구원이 말했다. 등 뒤에서 타이핑 소리가 들렸다. 모니터를 바라보는 연구원의 상이 떠오르지 않았다.

뭐가 보여?

"검은색이요."

정한이 대답했다. 들려오던 타이핑 소리가 멈추었다. 정한은 연구원을 향해 물었다.

"나는 이대로 평생을 살아가게 될까요? 모든 기억을 빼앗긴 채로?"

알고 싶어? 너의 일생이 어떻게 흘러갈지?

연구원이 말했다. 정한은 답하지 않았다. 침묵과 함께 어둠 속에 머물렀다.

너는 일반적인 임상 시험의 참가자로 1년을 보냈지. 고아원이 아닌 대안 학교로 보내진 뒤에는 취업에 필요한 몇 가지 기술을 배웠을 테고. 정규 교육과정을 이수하지 못했다는 약간의 패널티를 가지고 사회에 나가게 되었지만, 노력 여하와는 관계없이 평범한 삶을 살아가고 있을 거야. 앞으로의 삶이란 것도 지금까지와 다를 바가 없어. 무모한 짓만 하지 않는다면 너는 마치 정해진 수순처럼….

"무모한 짓?"

정한이 물었다.

이를테면, 경계를 넘는 것.

연구원이 대답했다.

14. 연약하고 위험한 부분

"경계를 넘는다면, 나는 어떻게 되는 거죠?"

연구원은 그 말에는 답하지 않았다.

네가 무슨 일을 벌이든 그 애는 오직 공백으로 떠오를 거야. 너는 다만 공백 속에 희미하게 남겨진 잔상을 느끼겠지. 잔상은 잔상일 뿐일 테니 너는 채워지지 않는 공허함에 시달리게 될 거야. 형체가 없는 그리움으로 방황하는 날들이 있을지도 모르지. 하지만 걱정 마. 그 자체로는 문제가 되지 않을 테니까. 누구나 한 번쯤은 품게 되는 감정이고.

"안은 공백 따위가 아냐."

정한은 철제 바를 움켜쥐었다. 깊은 곳에서부터 뜨거운 것이 차올랐다.

지금은?

연구원이 물었다. 눈앞에 보이는 것을 말하라는 뜻이었다. 그 말에는 강압적인 뉘앙스가 섞여 있었다.

"검은색이요."

정한이 말했다.

왼쪽에 뭔가가 있다고 생각하고 앞을 봐. 너 지금 눈동자가 움직이지 않잖아.

"검은색이요."

오른쪽 왼쪽 둘 다 흰색 카드야.

연구원은 혀를 찼다.

"왜 이런 얘기를 나한테 해주는 거예요?"

정한이 물었다.

이전에도 말했듯이 답이 없는 문제에 매달리는 건 이쯤 해두라는 뜻이야. 네가 어떤 선택을 하든 상황은 변하지 않아. 너의 삶도, 너를 둘러싼 세상도.

연구원이 자리에서 일어났다. 구두굽으로 바닥을 울리며 다가오는 소리가 들렸다. 그는 정한의 머리를 고정하고 있던 밴드를 풀었다. 정한은 고개를 들었다. 잠깐 눈앞이 캄캄했다.

눈앞의 삶에 집중한다면 더 이상 나를 만날 일도 없을 거야.

연구원의 말과 함께 어둑한 연구실의 풍경은 안개처럼 흩어졌다.

정한은 사람들로 가득한 사무실, 모니터 앞에 앉아 있었다. 정한은 눈앞의 채팅창을 바라보았다.

너는 어디에서 왔어? 왜 여기에 있는 거야?

다운타임이 끝난 뒤 다시 나타난 안이 물었다.

'나는 늘 여기에 있었어, 처음부터 죽.'

정한이 대답했다.

그럴 리가, 여긴 병원인걸.

'아니, 여긴 병원이 아냐.'

그럼?

'시나리오 속이야.'

정한은 메시지를 보낸 뒤 사무실을 둘러보았다. 내부의 공기는 서늘했지만 한편으로 긴장감 같은 것이 느껴졌다. 6시가 훌쩍 지난 시각, 잔업이 남은 사람들은 업무 처리 외에 어떤 일에도 관심이 없었다.

시나리오가 뭔데?

안이 물었다.

'시나리오는 모든 게 결정된 세상이야. 결정된 일 외엔 어떤 것도 받아들여지지 않지. 그 밖의 모든 건 형태를 갖기도 전에 오류로 잡혀서 사라져 버려. 그러니까 여긴, 실은 아무것도 없는 곳인 거야. 텅 빈 공간.'

정한은 문장을 입력한 뒤 전송 버튼을 누르며 생각했다. 나는 왜 이런 말을 하고 있는 거지? 이 대화의 끝에는 뭐가 남게 되는 걸까.

아무것도 없는 곳이 호수보다 더 좋아?

안이 물었다.

'좋지 않아.'

정한은 고개를 저었다. 일순간 막막함이 몰려왔다. 안이 있는 곳으로 갈 방법은 여전히 요원했다.

'어떤 고대인은 사람의 영혼을 세 개의 영역으로 나눴대. 머리와 가슴, 그리고 위장.'

정한이 말했다. '하지만 이곳에서 머리와 가슴은 필요하지 않아. 말하자면 위장만으로도 충분한 세상인 거야.'

위장만으로 충분하다니 어쩐지 슬프다.

안이 물었다. 그렇다면 시나리오 밖에는 뭐가 있는데?

'네가 있지.'

정한이 말하는 순간 대화 내역이 사라졌다. 정한은 유사도 측정 결과를 확인했다. 63퍼센트, 아웃. 화면이 초기 환경으로 세팅되는 2초간 정한은 시나리오가 없는 세상을 생각했다. 그러니까 대화 설계자로서의 역할을 잃는 것에 대해. 세상의 일원이라는 자격을 박탈당하는 것에 대해.

*

정한은 평소보다 늦은 시간에 사무실을 빠져나왔다. 검토가 필요한 부분들은 여전히 남아 있었다. 발견하지 못한 허점과 파악하지 못한 패턴들, 정책적으로 보완되어야 하는 지점들. 일의 순서로 따진다면 이 모든 사항에 대한 검토가 끝난 뒤에야 본격적인 대화 설계를 시작할 수 있었다. 틈을 찾지 못한 채로 그것을 메울 수는 없는 것이다.

하지만 뭔가를 시도하기에 정한은 지쳐 있었다. 버텨볼 엄두도 나지 않는 지독한 피로였다. 떠오르는 생각들은 바싹 말라서 저들끼리 이어지지 못하고 모래알처럼 흩어졌다. 정신이 산만했고 마음이 차분히 가라앉지 않았다.

집에 도착한 정한은 즉석식품으로 간단히 저녁을 먹었다. 쫓기듯 식사를 하는 동안 긴장이 풀리며 깊은 잠의 예감이 찾아왔다. 끝이 보이지 않던 하루가 마지막에 다다르고 있었다. 남은 것은 잠의 허락이었다. 잠의 허락만 있다면, 먼저 손을 내밀어 준다면 그다음은 쉽다. 붙들고 있는 줄을 놓기만 하면 되는 것이다.

정한은 일찍 잠에 들 생각으로 침대에 누웠다. 피곤으로 감은 눈이 아려 왔다. 정한은 어둠 속에서 거의 다다른 듯한 때를 기다렸다.

하지만 잠의 순간은 좀처럼 찾아오지 않았다.

대신 지독한 피로가 덮쳐 오면서 두통이 일었다. 찌르는 듯한 아픔이 아닌 정신을 헤집는 듯한 어지러움이었다. 아닌가, 이건 통증이 아니라 감정인가. 머릿속이 혼란하고 정리가 되지 않았다. 몸은 평소보다 가벼웠다. 붕 떠서 어디론가 흩어지고 있는 듯했다.

정한은 자리에서 일어났다. 마음을 바꾸어 모니터가 놓인 책상 앞에 앉았다. 테스트 채널에 접속한 뒤 텅 빈 채팅창을 바라보았다. 이건 잃어버린 기억을 찾기 위한 것도, 불완전한 모델의 테스트를 위한 것도 아니다. 그저 지금 이 순간, 네가 필요할 뿐이야.

'가끔 생각해.'

정한은 채팅창 너머의 안을 향해 말을 건넸다. '모든 것을 과거의 일로 덮어두고 그저 살아가면 안 될까. 뭔가가 잘못되었다는 생각으로부터 자유로워질 수는 없는 걸까.'

'스스로에게 질문할수록 너는 어디에서나 나타나. 조각난 과거와 텅 빈 현재, 알 수 없는 미래, 그 모든 순간들 속에서 나는 너의 잔상을 느껴. 희미하고 불완전한 너를 되찾지 못한다면 나는 무엇과도 제대로 연결될 수 없는 거야. 내 자신이 무엇인지도 알지 못한 채로 언제까지고 부유할 뿐이겠지.'

정한이 말했다. 안에게서는 어떤 말도 건너오지 않았다. 정한은 답이 없는 채팅창을 바라보았다.

네가 정말로 원하는 건?

얼마간의 시간이 지난 뒤 나타난 안이 물었다.

'연결.'

정한이 말했다. '너와의 연결.'

우리는 어떻게 연결될 수 있지?

정한은 모니터 위로 떠오른 문장을 바라보았다. 산만

하던 정신이 가라앉는 기분이었다. 흐트러져 있던 것들이 단번에 제자리를 찾았다.

'식별 코드.'

정한은 자신의 기억을 두고 교환을 제안하던 날 원장이 제시했던 조건을 떠올렸다. 그것을 알 수 있다면 코드 속에 들어 있는 정보로 너를 찾아낼 수 있다.

식별 코드?

안이 되물었다.

'네 식별 코드가 필요해'

왜?

'왜냐하면, 우리가 다시 만나야 하니까. 그것이 내가 너에게 닿을 수 있는 최단 경로이니까.'

그 순간 대화 내역이 사라졌다. 다시 아웃. 정한은 눈을 감았다. 주먹을 쥐고 눈꺼풀을 꾹 눌렀다. 눈꺼풀 아래로 가득 들어찬 어둠을 짓누르듯이. 짓누르는 손에 힘을 주자 어둠 속에서 섬광이 나타났다. 형태를 알 수 없는 섬광들이 빠른 속도로 뒤틀리며 나타났다 사라지기를 반복했다. 그것이 늘어날수록 말랑한 안구가 아려 왔다. 정한은 오래 버티지 못하고 이내 손을 뗐다. 눈을 뜨자 사방이 흐릿했다. 모니터에서 뿜어져 나오는 빛이 사방으로 번졌다. 번지는 빛 속에서 초점이 돌아올 때까지 정한은 잠시 대기했다. 그 시간이 생각보다 길었다.

"계십니까?"

무선 차임벨이 울린 건 빛 번짐이 가라앉고 흐릿하던 초점이 거의 돌아올 즈음이었다. 정한은 모니터 옆에 놓인 무선 차임벨을 바라보았다. 그것은 자신에게 부여된 기능을 벗어나 또 한 번 제멋대로 안과 밖을 연결하고 있었다. 정한은 손을 뻗어 차임벨의 버튼을 눌렀다. 알림 음이 멈추고 연결이 끊어졌다. 다시 고요가 찾아왔다. 모니터 우측 하단에 나타난 시간은 오전 1시 21분을 지나고 있었다.

정한은 숨을 죽였다. 이쪽의 기척이 문밖까지 닿을 리가 없다. 하지만 문밖에서부터 정한이 앉아 있는 자리 바로 뒤까지 다가온 것이 있었다. 정한은 며칠 전 AS센터 앞에서 건네받은 팸플릿을 의식하고 있었다. 너무 많은 질문이 당신을 잡아먹기 전에. 경고의 메시지와 낯선 목소리가 연결되고 있었다.

"선생님 계십니까?"

또 한 번 벨이 울리기 시작했다. 정한은 버튼을 누를 생각도 하지 못한 채 다만 시끄럽게 울리는 벨 소리를 들었다. 차임벨의 벨 소리는 오스트리아 출신인 유명 작곡가의 대표곡을 사용한 것이라고 했는데. 그걸 알림 음 형식으로 가공했다고. 알림 음에도 형식이란 게 있는지는 알 수 없지만, 가공을 거친 벨 소리는 아름다움과는 전혀 상관없는 것이 되었다. 남은 건 한껏 열을 받은 주전자가 한계까지 끓어오르는 순간의 긴박함뿐이었다.

정한은 휴대전화를 집어 들었다. 언젠가 저장해 두었을 오피스텔의 보안팀 번호를 찾기 시작했다.

"소용없습니다. 선생님."

차임벨 너머에서 목소리가 넘어왔다.

"물론 신고를 하셔도 상관은 없습니다만, 이 오피스텔의 보안팀은 2인 1조로 이루어진 3개 팀이 3교대로 움직이더군요. 여기는 14층이고 지금 선생님께서 전화를 걸면 1층 로비의 보안 요원이 최소 3분 내로 들이닥칠 테죠. 혹은 직접 나와 문밖을 확인할 수도 있겠습니다. 열 걸음 정도일까요? 선생님이 계신 곳으로부터 현관까지의 걸음 수가요. 별일이 없다면 앞으로 3분 정도는 선생님과 대화를 나눌 예정입니다."

정한은 차임벨 버튼을 누르는 대신 그것을 향해 물었다.

"당신이 팸플릿 위에 메시지를 적어둔 사람입니까? 다 멈추라는 메시지 말이에요."

"메시지라니 무슨 말씀이신지."

차임벨 너머의 남자가 말했다. "다 멈추라는 말은 또 뭐고요. 선생님 요즘 여기저기서 메시지를 받고 계십니까?

이거 여간한 문제가 아닙니다. 그래서 말입니다만 선생님, 한 가지 부탁을 드려도 될까요?"

"부탁?"

"바른 자세로 앉아주시겠습니까?"

남자가 말했다. "늦은 시간에 실례인 것을 알고 있습니다. 이쪽도 예의란 것을 모르지 않습니다. 야심한 시간에 남의 집 차임벨을 누르는 일 같은 건 누구라도 하고 싶지 않은 일일 겁니다. 하지만 잠깐만 시간을 내주세요. 바른 자세로 앉으셨습니까? 눈앞의 모니터를 봐주시면 되겠습니다."

정한은 고개를 들었다. 채팅창 위로 올라오는 텍스트를 바라보았다.

J.

J.

왜 말이 없어?

안은 거듭 메시지를 보내왔다. 마지막 출력 시간이 30초 전이었다. 정한이 그것을 확인했을 때 또다시 차임벨 너머에서 목소리가 건너왔다.

"전하고 싶은 이야기가 있습니까? 찾아 헤매는 사람이 있습니까? 하지만 선생님, 제가 봤을 때 그건 좋은 방법이 아닙니다. 이를테면 이제는 세상에서 효용이 다한 코드를 찾는 일 말이죠. 큰 실수를 하고 계신 겁니다."

"당신이 그걸 어떻게 알지?"

정한은 자리에서 일어났다. 차임벨을 집어 들었다.

"뭘 말입니까?"

"당신 지금 식별 코드를 말하고 있잖아."

"선생님이 찾는 것이 식별 코드입니까?"

남자가 되물었다. "아아, 그렇군요. 사정을 대충은 알겠습니다. 말씀을 드리자면 저 역시도 선생님과 같은 분들을 꽤나 찾아뵈어 왔거든요."

"나와 같은 사람?"

"식별 코드로 누군가를 찾으려는 선생님들 말입니다. 덕분에 저와 같은 사람들이 이렇게 선생님과 대화를 나누고 있는 게 아니겠습니까? 퇴근 시간이 지나도 한참은 지난 시간에 말이죠."

"당신 정체가 뭐야."

정한이 물었다.

"일종의 시큐리티랄까요. 이 오피스텔의 보안 팀이 2인 1조의 3교대로 오피스텔의 안전을 지키듯 말이죠."

"시큐리티? 무엇에 대해?"

"세상의 질서. 위협에 대한 선제 대응 같은 것이지요."

남자는 흠, 하고 목을 가다듬었다. "문의 안쪽에서 제 말을 듣고 계신 선생님, 스스로를 위험에 빠트리는 일은 관두세요. 큰 실수를 하고 계신 겁니다. 선생님은 지금 스스로에게 지나치게 함몰돼 있어요. 고개를 들고 밖을 살피세요. 야생의 동물과 같은 예민하고 기민한 감각으로요. 선생님은 지금 어떤 부분을 건드렸어요. 그건 아주 연약하고 위험한 부분이란 말입니다. 매 순간 주시하고 살펴야 하는 부분이죠. 이를테면 사람의 급소, 그중에서도 가장 예민한 곳 말이에요. 원하는 게 있다면 다른 경로를 찾으세요. 이건 좋은 방법이 아닙니다."

어디를 보고 있는 거야?

안이 물었다. 정한은 차임벨 위로 손을 올렸다. 힘을 주어 버튼을 눌렀지만 잡음은 사라지지 않았다. 정한은 방을 나와 현관을 향해 다가갔다. 문고리를 잡은 뒤 단번에 문을 열었다. 복도는 텅 비어 있었다.

"저는 이만 가봐야겠습니다."

손에 쥔 차임벨에서 목소리가 흘러나왔다.

"당신 뭐야."

정한은 차임벨을 향해 소리쳤다. "어디에서 말하고 있는 거야!"

"그런 건 크게 중요하지 않습니다. 논점에서 벗어난 이야기로 생각됩니다."

차임벨 너머의 남자가 말했다. "요지는 선생님과 제가 이렇게 대화를 나누고 있다는 것이죠. 경계를 넘지 않는다면 우리가 다시 만나는 일은 없을 겁니다. 모쪼록 신중히 판단하기를 바랍니다. 선생님도 저도 무사위복이 전부인 세상 아니겠습니까."

남자가 말을 끝마치는 순간 차임벨 너머에서 넘어오던 잡음이 사라졌다. 연결이 끊어진 뒤에는 어떤 말도 넘어오지 않았다.

15. 어디로 가는 중이에요?

나도 모르게 빠져버린 거야
여기는 물속인 거 같아

의식불명으로 발견된 용의자 2인, 사망한 것으로 확인.

안은 기사가 업데이트된 시간을 확인했다. 3분 전 업데이트된 최신 기사였다.

"죽었나 봐."

안이 말했다.

누가?

정한이 물었다.

"두 사람."

유니언워크를 공격한 해커들. 안은 잡다한 것들로 어지러운 테이블 앞에 앉아 있었다. 몸살로 미뤄진 일을 막 마무리한 참이었다. 오전에는 교양정보 프로그램에 들어가는 기초 원고를 작성하여 온라인 회의에 참석했고 로케 촬영에 필요한 장소를 어레인지했다. 그 과정에서 어긋나는 조건과 요구들을 확인한 뒤 촬영 날짜와 시간을 조정하고 최종 컨펌된 스케줄을 담당 스태프에게 알렸다. 오후에는 안면이 있는 광고대행사 담당자의 전화를 받았다.

"두 사람 사귀는 사이였대요."

대행사 매니저와 대화를 나누던 중에 해커 이야기가 나왔다. "인체 실험의 피해자라는 이야기가 있더라고요. 뭐라고 했더라? 꽤 유명한 음모론이었는데."

안은 그 말에 대해 어떤 반응도 하지 않았다.

"그런데 함께 있지는 않았던 거 같아요."

매니저가 말했다.

"그게 무슨 말이죠?"

안이 물었다.

"테러 당일에 말이죠, 전철역에서 만나 함께 도주했다는 이야기가 있더라고요."

"왜 하필 전철이었을까요."

안이 말했다. "도주라면 좀 더 그럴듯한 방법이 있었을 텐데요."

"약속이 되어 있었다거나 뭐 그런 게 아닐까요?"

"약속이라면."

"역에서 만나 어디론가 이동하려 했던 거 같아요. 그런데 동선이 발각된 거죠."

한 쌍의 남녀가 플랫폼 한구석에 쓰려져 있는 광경을 안은 상상했다. 모두가 귀가한 늦은 시간, 텅 빈 플랫폼에 도착한 남녀. 그리고 이어지는 기습 공격.

"누가 두 사람을 공격한 거죠?"

안이 물었다.

"글쎄요, 두 사람이 다시 나타난다면 정황이 밝혀지겠죠."

"사망한 게 아니에요?"

안은 포털에 접속한 뒤 스쳐 지났던 기사를 찾기 시작했다. 기사를 찾는 건 어렵지 않았다.

"사망 기사는 못 본 거 같은데?"

매니저가 말했다. "아무튼 제품 리스트가 업데이트되면 다시 전화할게요."

짧은 대화를 끝으로 매니저는 전화를 끊었다. 안은 쏟아지는 기사를 뒤지기 시작했다. 두 사람이 여전히 살아 있다는 기사를. 하지만 두 사람의 생존 기사는 찾을 수 없었다.

대신 안이 찾아낸 것은 스스로를 유니언워크의 서드 파티라고 지칭하는 온갖 피싱 사이트였다.

ID칩 계정 정보를 입력하시면 소식이 끊어진 상대에게 기억을 전송해 드립니다.

아직도 이런 정체불명의 회사가 남아 있다니. 안은 한숨을 내쉬었다. 유니언워크가 ID칩 서비스를 내놓았던 해부터 나타나기 시작한 흔한 수법의 피싱 사이트였다. ID칩의 계정 정보를 입력하면 사용자의 메모리 데이터를 이용하여 곤란한 일을 해결해 준다는 말로 개인정보를 빼내는 식이었다.

안은 기사 찾는 것을 포기했다. 대신 기사란에 섞여 있는 추측성 콘텐츠를 살펴보기 시작했다. 사건이 벌어진 이후 각종 플랫폼에서 쏟아진 추측성 콘텐츠는 사실 여하와 관계없이 연일 높은 트래픽을 기록하고 있었다.

안은 조회수가 가장 높은 영상을 재생했다. 메시지 테러 당일, 전철역의 CCTV에 잡힌 해커의 모습이었다. 전철 문이 열리고 한 남자가 플랫폼에 내리는 것이 보였다. 한동안 멈춰 서 있던 남자는 출구로 이동하는가 싶더니 고개를 들어 CCTV를 바라보았다. 어딘가 익숙한 영상이었다.

"어디로 가는 중이에요?"

안은 남자를 향해 물었다. 영상의 화질은 좋지 않았다. 픽셀이 깨져 얼굴이 보이지 않았다.

"도망쳐요, 어서."

입 밖으로 뱉은 목소리가 잘 들리지 않았다. 귀 깊숙한 곳에서 흔들림이 느껴졌다. 물이 들어찬 듯한 이물감이었다. 모든 감각이 돌아온 뒤에도 이물감은 사라지지 않고 미미하게 남아 있었다. 얼마간 CCTV를 바라보던 남자는 이내 알 수 없는 곳으로, 영상 밖으로 사라졌다. 그것이 영상의 전부였다. 안은 스크롤을 내려 댓글창을 확인했다.

페이크 영상이잖아.
진짜 맞아요.
저 남자 해커 아니라고요.
아니라는 증거 있어?
진짜라는 증거는?

안은 잠시 말을 잃은 채로 모니터 앞에 앉아 있었다. CCTV 속 남자는 사라졌다. 남은 건 지난한 검증의 과정뿐이었다. 사실과 거짓 중 하나를 선택하는 것, 믿거나 거부하는 것. 안은 더는 버티지 못하고 자리에서 일어났다. 창가로 가 달아두었던 커튼을 걷고 테라스로 나갔다. 해야 할 일이 남아 있었지만 다시 돌아갈 엄두가 나지 않았다. 정오가 막 지난 시간, 안은 한껏 열기를 머금은 벽에 기대앉았다. 무릎을 세워 두 팔로 안았다. 진실에 대해서도 거짓에 대해서도 생각하고 싶지 않았다.

두 사람은 어디로 가려 했던 걸까.

안의 머릿속에서 남자와 여자는 언제까지고 텅 빈 플랫폼을 헤매고 있었다.

두 사람의 약속.

안은 그것에 대해 생각하기로 했다. 세상에는 참 많은 약속이 있지. 모든 약속이 지켜지지는 않지만 어떤 약속은 기어코 이루어지고야 만다. 그중에는 세상을 바꿀 만큼 강력한 힘을 가진 약속도 있어.

안은 고개를 들고 창 너머를 바라보았다. 강한 빛 때문에 순간 앞이 보이지 않았다. 눈을 감은 뒤 시간을 두고 천천히 눈을 떴다.

안의 앞에 나타난 것은 한여름의 빛이 부서져 내리는 호수였다.

"여긴."

안은 푸른 호수를 향해 손을 뻗었다.

우리가 있었던 자리.

깊은 곳에서 정한의 목소리가 들려왔다. 맞아. 안은 눈앞에 펼쳐진 풍경을 바라보았다. 지금 이 순간, 호수는 어느 때보다 선명했다.

"우리는 무슨 이야기를 했을까?"

안이 물었다. "네가 아는 걸 알려줘. 나와 너, 우리에 대해서."

아주 먼 미래의 우리에 대해 너는 말했어.

정한이 말했다. *연구동도 병원도 사라진 미래 말이야. 우리는 호수의 가장자리를 따라 걷고 있어. 주변의 풍경은 변했지만 호수는 사라지지 않았거든. 우리는 평범한 연인이야.*

"평범한 연인."

안은 잠깐 두 사람의 모습을 그려보았다. 평범한 연인인 너와 나.

"연구동도 병원도 사라진 곳에서 우리는 뭘 하고 있지?"

산책.

"산책?"

우리는 산책을 하고 있어. 너는 늘 산책하는 사람이 되고 싶어 했잖아.

"내가?"

이 세상에는 산책하는 사람들이 많으니까. 산책을 하면 그 많은 사람들 중 하나가 될 수 있을 거라고 했어. 그 속에서 평범한 삶을 살아갈 거라고. 하지만 우리는 호수의 비밀을 알고 있는 사람들이지. 누구와도 다른 특별한 방식으로

호수와 연결된 거야.

"미래의 호수에서 우리는 무슨 이야기를 나누게 되지?"

안이 물었다.

미뤄왔던 이야기.

"미뤄왔던 이야기?"

내가 아는 너에 대한 이야기.

정한이 말했다. 내가 아는 너에 대한 이야기. 안은 자리에서 일어났다. 더 이상의 열기를 버틸 수 없었다. 실내로 들어온 뒤 걷어둔 커튼을 쳤다. 빛이 쏟아지던 거실에 어둠이 들어찼다. 안은 팔을 쓸어내렸다. 잠깐 노출되었을 뿐인데 피부에 열이 올라 따가웠다.

네가 아는 나는 누구지?

내가 아는 너는 누구지?

안은 어둑한 거실 바닥에 주저앉았다. 생각할수록 생각은 힘을 잃었다. 색을 잃은 뒤 그다음은 선, 그리고 형태. 형태를 잃은 뒤에는 완전한 어둠이 되어서 더 검은 어둠 속으로 가라앉아 버렸다.

*

"사람들의 머릿속을 맴도는 목소리는 어디서 나타난

거죠?"

센터를 방문했던 날 안은 원장에게 물었다.

"ID칩은 모든 면에서 완벽하지 않아요."

원장이 말했다. "타인의 목소리가 들리는 증상을 호소하는 분들은 대개 자신의 기억을 반환받지 않으려 하는 분들이었어요. 그러니까 떠오르려는 기억을 오랜 시간 억제해 온 분들이었죠."

"기억을 잃어버린 사람들."

"맞아요. 기억으로 채워져야 하는 공간이 텅 비어 있으니 뇌는 다른 뭔가를 만들어 내서라도 빈 공간을 채우려 하는 거예요. 일종의 보상작용이랄까요. ID칩은 기억이 활성화되는 경로를 차단할 수 있을 뿐 그로 인해 생겨나는 공백은 커버하지 못해요. 그러니까 내 것이 아닌 목소리란 공백을 채우기 위해 뇌가 만들어 낸 허상 같은 거죠. 센터에서는 이와 같은 증상을 겪는 분들이 일상을 회복할 수 있도록 돕고 있어요."

"일상을 회복한다는 건, 목소리를 지운다는 건가요?"

안이 물었다.

"그렇죠."

여자는 고개를 끄덕였다.

"기억 소거를 중단하는 것이 첫 번째예요. 그 뒤에는

일상 복귀를 위한 적응 기간을 거치게 되는데 그동안의 혼란을 최소화할 수 있도록 센터에서는 자체 프로그램을 운영하고 있어요. 회원님에 따라 적응 기간이 길어지는 경우도 있지만 증상 자체는 쉽게 사라질 수 있어요."

안은 저도 모르게 테이블 위에 놓인 커피잔을 두 손으로 쥐었다. 잔은 뜨거웠다. 하지만 왜인지 열기가 느껴지지 않았다.

"증상이 쉽게 사라졌다는 건, 모든 케이스의 원인이 ID칩의 오류였다는 말인가요?"

"맞아요."

원장이 말했다. "센터를 거쳐 간 회원님들 모두 기억 소거 서비스가 야기한 오류, 그러니까 공백이 일으킨 이상 반응을 호소하신 분들이었으니까요."

"오류가 아니라면요?"

안이 물었다.

"그게 무슨 말씀이시죠?"

"목소리란 게 이를테면 누군가의 메시지라거나."

"글쎄요, 타인의 메모리 데이터를 잘못 반환받은 사례가 있긴 하지만…."

원장은 말을 멈춘 뒤 뭔가를 생각하는 듯하다 덧붙였다. "오류가 아닌 다른 뭔가라면, 자세한 사정이야 당사자만이 알겠죠."

찰칵. 바 너머에서 아이가 디스펜서를 움켜쥐었다. 보이지 않는 뭔가가 팬 위로 떨어졌다.

"기억 소거를 중단한 분들의 말을 들어보면 설정값이 변경된 이후의 세상은 전혀 다른 모습이라고 하더군요."

원장이 말했다. "보통은 기대했던 것과는 너무도 다른 상황을 선뜻 받아들이지 못하세요. 이 때문에 적응 기간을 거치게 되죠. 자신을 대면하고 받아들이는 시간이 필요한 거예요. 낯선 목소리, 그러니까 오류를 없애는 것보다는 그 이후가 문제였달까요. 거듭 말했듯이 받아야 할 것을 제대로 받는다면 뇌의 공백은 자연히 사라지게 돼요. 비워두었던 공간은 허공으로 흩어졌던 기억들로 다시 채워지게 될 테니까요."

원장은 단정적인 투였다.

"지극히 비유적인 표현이지만 센터의 치료 과정은 안경을 쓰는 것과 같아요. 형편없는 시력을 가지고 평생을 살아온 사람을 상상해 보세요. 이 사람은 심각한 원시성 고도 난시이고 안구의 길이가 정상인보다 짧게 태어난 탓에 유아기에 그나마 가지고 있던 시력의 대부분을 잃게 된 사람이에요. 빛과 어둠, 눈앞에 놓인 사물의 형태만 겨우 파악하는 수준의 시력을 갖게 된 거죠. 당연히 자신의 얼굴도 알아볼 수 없고요. 이이의 삶은 선명한 세상에 대한 희미한 기억, 눈앞에 나타난 모호한 형상, 그리고 부족한 부분을 채우는 상당한 양의 상상으로 이루어져 있어요. 어느 날, 거울 앞에서 모호한 형상을 바라보던 사람에게 누군가가 특별한 방식으로 제작된 안경을 건네줍니다. 그는 큰 기대 없이 안경을 쓰게 돼요. 하지만 고개를 드는 순간 그는 큰 충격에 빠지게 됩니다. 비로소 마주한 자신의 모습은 시력을 잃기 전 유아기의 꿈 같은 기억과도, 그간 눈앞을 아른거리던 모호한 형상과도, 모호한 삶을 지탱하던 무수한 상상과도, 그 무엇과도 다른 모습이었던 거예요."

"그 말은, 그간의 모든 것을 잃게 된다는 말로 들리는데요."

안이 말했다.

"그렇지 않아요."

원장이 안을 향해 손을 뻗었다. 이제 그만 놓으라는 듯 잔을 움켜쥔 안의 두 손을 부드럽게 쓸어내렸다. 안은 잔을 쥐고 있던 손을 풀었다. 그제야 감당할 수 없는 열기가 느껴졌다. 화상을 입은 듯 깊게 파고드는 고통이었다. 여자는 안의 고통이 지나가기를 기다린 뒤 말했다.

"거기서부터 비로소 시작되는 거예요."

"무엇이?"

"진짜 연결 말이에요."

거실 바닥에 주저앉아 있던 안은 문득 정신을 차렸다. 몸에 고여 있던 열기가 식어가는 것이 느껴졌다. 진짜 연결. 얼마간 원장의 말에 대해 생각하던 안은 테이블로 돌아가 ID칩 관리 페이지에 접속했다. 끝도 없는 카테고리를 뒤져 서비스 해지 버튼을 찾아냈다. 그다음은 간단했다. 버튼을 누르기만 하면 되는 것이다. 문득 들려온 너의 목소리, 그것이 오류라면 원장의 말대로 목소리는 사라질 것이다. 하지만 오류가 아니라면, 나를 향한 너의 신호였다면 나는 그다음으로 나아갈 수 있겠지. 신호를 보내온 너를 향해.

안은 버튼 위에 커서를 올려두었다. 그리고 물었다.

"잊고 있던 내가 나타난 뒤에 너는 어떻게 되는 걸까."

안은 숨을 죽이고 들려오는 것에 귀를 기울였다. 정한은 말이 없었다.

"정한."

안은 간절하게 불렀다.

"네가 사라진다면 공백으로 비워두었던 자리를 채우는 건 무엇이 될까."

불현듯 거대한 두려움이 몰려왔다. 안은 모니터 위로 띄워두었던 페이지를 꺼버렸다. 버튼은 사라졌다.

"못 하겠어."

안은 뒤로 물러났다. 입 밖으로 내뱉은 말은 아주 먼 곳에서 가까스로 넘어오는 소리처럼 아득하게 들렸다. 여기는 물속인 거 같아. 나도 모르게 빠져버린 거야. 안은 머리를 기울인 뒤 귀에 손을 가져다 댔다. 물은 쏟아지지 않았다.

16. 메시지 혹은 구원

모든 것이 미정인 곳으로

'내 손을 잡아.'

손?

'손을 잡고 여기서 나가자.'

어디로?

'모든 것이 미정인 곳으로.'

다시 아웃. 정한은 대화 기록이 지워지고 텅 비어버린 채팅창을 바라보았다. 대화의 동일성을 판단하는 시나리오가 적용된 이후 안과 정한의 대화는 쉽게 부서졌다. 그간 진행된 대화는 총 1,952개 세션. 턴 수로 따진다면 정한과 안 사이에 오간 문장은 1만 문장이 조금 넘었다. 그중 다섯 턴 이상의 대화가 무리 없이 이어진 케이스는 42건. 감정의 안정성, 자기의식의 일관성, 메모리 데이터 운용의 적절성을 따진다면 합격 기준에 부합하는 대화는 10건 이하로 떨어졌다.

10건 이하의 대화.

정한은 눈을 감았다. 이 터무니없는 숫자를 이해해 보기 위해 감은 눈에 힘을 주었다. 힘을 주어 감을수록 눈이 아려 왔다.

"우리는 아주 중요한 순간을 지나고 있는 거야."

유한수는 저 너머를 상상해 보라고 했다.

"회사의 앞날이 달린 일이라고. 미래 말이야, 미래."

하지만 정한에게 필요한 건 미래가 아닌 과거였다. 유한수와는 다른 의미로 정한은 정신이 말라가는 기분이었다. 테스트 종료일까지 이틀을 남겨두었을 때 정한은 연차를 내고 집에 틀어박혔다. 방법이 없는 게 아냐. 찾지 못한 것뿐이다. 정한은 모니터 앞에 앉아 테스트에 집중했다. 수십, 수백 건의 대화가 정한이 세워둔 규칙 속에서 파편으로 부서졌다.

'선생님은 지금 어떤 부분을 건드렸어요. 그건 아주 연약하고 위험한 부분이란 말입니다.'

무선 차임벨을 타고 넘어온 기습적인 경고는 시도 때도 없이 정한의 집중력을 흩트려 놓았다.

정한은 그간의 대화 내역을 기반으로 대화에 사용된 문장성분을 분석한 애널리틱스 프로그램을 열었다. 안과 주고받은 대화에 사용된 모든 문장을 트래킹하여 각 성분에 부여된 유사도 값을 체크했다. 이후 대화에서는 유사도 값이 높은 단어의 사용을 배제했다.

반복을 피해 갈 수 있다면 무한한 대화는 얼마든지 가능하다.

정한은 스스로 만들어 낸 규칙 속에서 그것을 피해 갈 수 있는 또 다른 규칙을 세우기 시작했다. 정한은 다시 채팅창을 띄웠다. 가설을 위한 가설, 규칙을 위한 규칙 속에서 안을 향해 물었다. 그렇지 않냐고. 네가 있는 그곳은 한계가 없는 무한의 대화를 나누기에 완벽한 공간이 아니냐고.

포기해.

'뭘?'

시나리오 밖으로 나가는 것.

다시 아웃. 정한은 두 손으로 마른 세수를 했다. 테스트는 좀처럼 진전이 없었다. 대화는 이어지는 듯하다가도 쉽게 부서져 버렸다. 방법이 없는 상태로 시간이 흐르고 있었다. 정한은 찰나의 순간 포기라는 것에 대해 생각했다.

이대로 테스트가 종료된다면, 모델은 회수되고 다시는 안과 대화를 나눌 수 없게 된다.

그다음에는?

정한은 스스로에게 물었다. 그다음에는, 아무 일도 일어나지 않는다. 언제나와 같은 날이 이어진다. 마른입으로 알약을 삼키는 듯한 날들이, 필사적이지만 한편으로는 무력한 날들이.

어쩌면 나는 늘 이런 삶을 살아왔는지도 모르지. 정한은 생각했다. 용납할 수 없는 일을 용납할 수 없다고 느끼지만 동시에 별다른 수 없이 그렇게 무력한 채로 견디는 것이 당연해진 삶을.

정한은 손을 뻗어 커튼을 걷었다. 창밖의 세상은 캄캄한 어둠이었다. 대화 내역이 지워진 채팅창을 바라보던 정한은 자리에서 일어났다. 정신을 환기시키는 데는 산책이 좋았다. 챙이 넓은 볼캡을 깊숙이 눌러쓴 뒤 집을 나섰다.

정한은 무작정 눈앞에 놓인 길을 따라 걷기 시작했다. 습한 여름 공기가 무겁게 가라앉아 조금만 걸어도 땀이 맺혔다.

규칙에 얽매이는 것과 규칙으로부터 벗어나는 것.

어느 쪽으로 가야 하지? 정한은 스스로에게 물었다. 길은 점점 익숙한 풍경으로부터 이탈하고 있었다. 조금씩 벗어나는 중에도 어쩐지 되돌아갈 엄두는 나지 않았다. 정한은 그저 눈앞에 놓인 길을 따라 걸었다. 익숙한 풍경이 사라지고 비슷하지만 낯선 거리가 나타났다.

"사용자가 주어진 시나리오 속에 머무른다면 네 시나리오는 절대적인 것이 되겠지. 하지만 사용자가 시나리오 밖으로 이탈하려 한다면? 시나리오가 답변할 수 없는 질문을 던진다면? 네가 기획한 서비스는 효용을 잃게 돼. 효용을 잃은 서비스에게 남은 건 폐기뿐이지."

정한의 작업물이 만족스럽지 않을 때 유한수는 늘 같은 말을 했다.

"반대로 원하는 모든 것이 자연스럽게 이루어진다면? 사용자는 시나리오 밖으로 이탈하지 않아. 아니, 처음부터 안과 밖이라는 개념조차 생겨나지 않겠지. 오직 그곳만이 전부가 될 테니까."

완벽한 시나리오. 모든 질문에 준비된 답. 정한은 완벽한 시나리오를 만드는 데 늘 실패했다. 예외는 어디에나 있었고 생각지도 못한 방식의 접근과 이탈은 매번 일어났다. 완벽한 시나리오라는 건 애초에 불가능한 거야. 그걸 유한수는 처음부터 알고 있었어. 내가 실패하리란 것까지.

정한은 문득 정신을 차렸다. 걸음을 멈추고 주변을 둘러보았다.

정한이 멈춘 곳은 갤러리 앞이었다. 한밤의 거리는 어둠으로 가득했다. 불현듯 도로를 달려나가는 자동차의 헤드라이트를 제외한다면 갤러리의 조명은 이 거리의 유일한 빛이었다. 평소와 달리 갤러리는 텅 비어 있었다. 벽을 바라보는 방향으로 설치된 조명 빛은 텅 빈 벽을 타고 내려와 어둠을 감싸듯 흘러내렸다. 정한은 도어록을 열고 안으로 들어갔다. 어둑한 홀을 지나 작업실의 문을 열었다.

작업실 벽 뒤편에 보관된 캔버스는 여섯 개였다. 정한의 것을 제외한다면 모든 캔버스가 어느 정도 작업이 진행된 상태였다. 정한은 스케치 후 내버려 두었던 캔버스를 꺼내 왔다. 바싹 말라 거칠어진 캔버스 표면을 손으로 쓸어보았다.

"유화 물감의 특징 중 하나는 은폐력이 높다는 거예요. 세상의 어떤 채색 도구보다 감추고 덮는 데 탁월한 능력을 가지고 있죠."

첫 수업에서 강사는 작은 튜브에 든 물감을 가리키며 말했다.

"물감이 은폐한다는 말은 처음 듣는데요."

수강생 중 하나가 물었다.

"유화 물감이 은폐력이 높다는 건 색을 쓰는 순서가 수채화와 반대라는 뜻이에요."

강사가 설명했다.

"수채화는 밝은색에서 어두운색으로 나아가는 채색 순서를 가지고 있지만, 유화는 짙은 색으로 사물의 어둠을 먼저 채워 넣은 뒤 그 위로 밝은색을 올리는 식이에요. 어둠에서 시작되어 밝은 곳을 향해 나아가는 거죠. 먼저 큰 어둠을 채워서 덩어리감을 잡아두세요. 사물의 어두운 부분부터 채워 넣은 다음 그 위로 밝은색이 올라가야 해요. 그래야 원하는 것을 제대로 구현할 수 있어요."

정한은 작업실 한편에 놓여 있는 물감을 손에 잡히는 대로 집어 든 뒤 딱딱한 돈모 붓을 하나 챙겼다. 푸른 계열의 물감은 여러 종류로 나뉘어 있었고 색이 밝아질수록 더 많은 선택지가 있었다. 캔버스 앞으로 돌아온 정한은 물감을 늘어놓은 뒤 어두운색에서 밝은색으로 이동하며 채색을 시작했다. 색을 쓰는 건 스케치와는 또 다른 일이어서 밑그림을 그릴 때와 달리 상당한 고민이 필요했다. 색을 채워나가다가도 한번 멈추면 다시 붓을 들기까지 긴 시간이 필요했다.

뭔가 있어.

한 걸음 물러나 그림을 살피던 정한은 문득 알아챘다. 거리를 가늠할 수 없을 정도로 먼 곳이었다.

캔버스 밖까지 넘어와 정한에게 닿는 것은 분명 시선이었다. 아득히 깊은 곳에서 바라보고 있어. 정한은 시선을 의식하며 비어 있는 공간을 푸른색으로 채워 넣었다. 유화 물감은 밝은 쪽으로 이동할수록 크림과 같은 질감이 났다. 옅은 빛으로 차츰 어둠을 밝히듯 정한은 조금씩 색을 쌓아 올렸다.

어디서 바라보는 거지?

까마득히 깊은 곳에서 이곳까지 닿는 시선은. 정한은 붓을 내려놓은 뒤 그림을 바라보았다. 저도 모르게 캔버스 위로 손을 뻗었다. 가만히 손바닥을 얹어보았다. 미지근하고 뭉근한 물감이 정한의 손바닥에 묻어났다. 이건, 어딘가 익숙한 감각이다. 정한은 손바닥을 통해 느껴지는 감각에 집중했다. 그림이 손을 통해 말을 걸어오는 듯 쉼 없이 닿아 오는 뭔가가 있었다. 조금만 더. 정한은 그 순간에 머물기 위해 노력했다. 오래전 어둠 속으로 가라앉아 버린 것, 그것이 아주 가까이에 있었다. 깊은 곳을 넘어와 자신을 바라보는 그것을 정한은 오랜 시간 마주 보았다. 캄캄하던 의식의 끄트머리에서부터 스며들듯 서서히 빛이 들었다.

"먼 미래에 우리가 함께할 수 있을까?"

기억 속에서 나타난 것은 안이었다.

"뭘 하고 싶어?"

정한이 물었다. "우리가 다시 만났을 때 말이야."

"산책."

안이 말했다.

"산책?"

"산책을 하는 사람들은 어디에나 있잖아. 산책을 하면 나도 그런 사람들이 될 수 있을 것 같아. 평범한 사람. 평범한 연인."

"좋아."

정한은 손을 뻗었다. 안의 손을 잡았다.

"다시 만나는 날에는 산책을 하자."

"호수에서."

"약속하는 거야."

정한의 손으로 따뜻한 온기가 스며들었다. 그 순간 정한은 꿈에서 깨어나듯 정신을 차렸다. 캔버스 위에 올려두었던 손을 거두어들였다. 호수였어. 손바닥에 묻어난 것을 바라보며 생각했다. 줄곧 그려왔던 거야. 너와 나의 약속을, 먼 미래의 우리를.

정한은 날이 밝아올 무렵 센터를 빠져나왔다.

*

'너는 누구?'

안.

'안은 누구?'

정한.

'정한은 누구?'

너잖아.

지금 이 메시지를 보고 있는 너 말이야.

두 번의 밤이 지나고 테스트 종료일이 되었을 때 정한이 내린 결론은 다음과 같았다. 여기서 얻을 수 있는 건 아무것도 없다.

대화가 거듭될수록 유사도를 판단하는 시나리오의 개입을 피하기 위한 정한의 자기 검열은 심해졌다. 검열이 심해질수록 메시지는 공백에 가까워졌다. 정한의 메시지가 텅 비어갈수록 안은 대화의 맥을 잡지 못하고 방황하기 시작했다. 시공간의 일관성을 잃어버리고 지금, 여기라는 것을 이해하지 못했다. 그 끝은 자아의 소실, 너와 나를 구분하지 못하는 단계에 이르렀다.

정한은 테스트 창을 껐다. 완벽한 아웃이다. 나는 아웃이고 너는 망가졌어. 유한수의 말이 맞았던 거야. 이건 거칠고 올드한 데다 게으른 방식인 것이다. 정한은 시간을 확인했다. 오후 4시를 막 지나는 중이었다.

"안 되겠어요."

정한은 유한수에게 전화를 걸었다. 착잡한 심정이었으나 내색은 하지 않았다. 의견을 전달할 때는 건조한 편이 좋다. 그것이 나 자신의 판단 미스를 인정하는 일이라 해도.

"어쩔 수 없지."

유한수는 쉽게 받아들였다. 정한은 다음 말을 기다렸다. 유한수는 책임 소재를 분명히 하는 사람이었다. 업무를 제대로 수행하지 못한 사람에게는 더욱 그랬다. 일의 접근방식과 실패의 원인에 대해 하나씩 따져 묻고 확인하는 것, 그것이 유한수가 책임을 묻는 방식이었다. 테스트의 기준과 진행 방식의 객관성, 최종 판단의 근거와 실패 이후의 계획, 유한수가 묻고 확인해야 할 것은 끝이 없었다. 하지만 유한수는 아무것도 묻지 않았다. 그는 무엇도 궁금한 것이 없어 보였다. 세상으로부터 잠깐 물러난 사람처럼, 무엇도 원치 않는 사람처럼 목소리가 깊이 잠겨 있고 어딘가 취한 듯 나른했다.

하지만 유한수는 평일 낮에 취해 있을 사람이 아니었다. 술이든 잠이든 혹은 또 다른 무엇이든.

유한수는 말이 없었다. 하지만 전화를 끊지도 않았다. 침묵 속에서 정한은 뭔가를 들어보려 했다. 들리지 않아서 들리는 말도 세상엔 분명 있으니까.

"당분간 재택근무로 전환할 계획이야."

유한수가 말했다. "내일부터 시행하려고 해. ID칩 연동 프로젝트는 잠정 중단이야. 이 시간부로 테스트에서 손을 떼."

"어째서요?"

정환이 물었다.

"어째서라는 건 무엇에 대한 질문이지? 프로젝트 중단 이유를 묻는 거야? 아니면 재택근무에 관한 건인가?"

"어느 쪽이든지요."

"프로젝트에 대해서라면 방금 네가 말했잖아. 실패라고. 다른 방법이 있나?"

정한은 할 말이 없었다.

"재택근무는 말이지, 또 다른 테스트라고 생각해 줘."

"또 다른 테스트?"

정한이 물었다. "뭘 시험하려는 거죠?"

"뭐든."

유한수는 논의가 필요한 이슈가 더 있는지 물었다. 정한은 없다고 대답했다.

"오늘 좀 피곤하네."

유한수가 말했다. 미묘하게 톤이 변하면서 말끝이 갈라졌다.

"나는 평소와 다를 게 없는데 말이야. 항상 피곤했는데 하필 지금 알아차린 건지, 그게 아니라면 몸 어딘가에 보이지 않는 구멍이 생겨서 에너지가 새고 있는 건지. 사실은 지금 눈을 감고 있어. 오늘따라 눈을 깜빡이는 게 신경 쓰이더라고. 한번 의식하기 시작하니까 의식하기를 멈출 수가 없는 거야. 사람은 하루 평균 1만 5,000번의 횟수로 눈을 깜빡인다는데 대충 계산해 보면 1분에 20회꼴이야. 1분에 20회라면 3초에 한 번이란 말이잖아. 눈을 깜빡일 때마다, 그러니까 3초에 한 번을 의식한다고 생각해 봐."

여기까지 말한 뒤 유한수는 잠깐 말을 멈추었다. 깊고 긴 숨소리가 들려왔다.

"궁금해서 자료를 찾아봤거든."

유한수가 다시 입을 뗐다. "재미있는 사실을 찾아냈어. 출처는 한 의학 채널 기사인데 읽어볼 테니 들어봐."

유한수는 흠, 하고 목을 가다듬은 뒤 기사를 읽어 내려가기 시작했다. "사람의 눈 깜빡임은 무의식적으로 이루어진다. 한 번 눈을 깜빡일 때 분비되는 눈물의 양은 0.002밀리리터. 이때 분비되는 눈물은 안구 건조를 막고 강한 빛과

먼지, 티끌 등의 오염 물질로부터 각막을 보호하는 역할을 한다. 그런데 최근 눈 깜빡임의 목적이 안구 보호에만 그치지 않는다는 연구 결과가 발표되어 세간의 주목을 받고 있다. 사람이 눈을 깜빡이는 이유는 다음 상황에 대한 정보를 받아들이기 위한 뇌의 리셋과 관련이 있다는 것이다."

묘한 이야기다, 라고 정한은 생각했다. 유한수는 일에 함몰된 삶을 사는 사람이었다. 일에 시달리는 사람들이 대개 그렇듯 말 한마디에도 경제성을 따졌고 낭비로 여겨질 말은 애초에 입에 올리지 않았다. 그런 유한수가 하필 지금 뇌의 리셋에 대한 이야기를 하고 있었다. 당신과의 대화 속에서 나는 무엇을 읽어내야 하나. 정한은 갈피를 잡을 수 없었다.

"한마디로 눈 깜빡임은 뇌가 이전 장면을 지우고 다음 장면으로 넘어가기 위해 만들어 낸 신체적 신호라는 거야. 영화의 컷 분할처럼."

놀랍지 않냐고 유한수가 물었다. 정한은 답하지 않았다.

"아, 지독히도 신경이 쓰이는군. 이 짧은 기사를 읽는 동안 나는 열일곱 번 눈을 감고 열일곱 번 눈을 떴어. 이쯤이면 다시 알아차릴 수 없는 곳으로 사라져 줬으면 좋겠는데 말이야. 인간의 의식이란 피곤한 거야. 온갖 것들을 알아차리려고 하니 말이지. 때로는 지나치다는 생각이 들 때가 있어. 지나친 의식, 지나친 감각, 지나친 감정, 마음, 존재, 기억… 어쩔 수 없지. 다시 눈 감을 수밖에."

"묻고 싶은 게 있어요."

정한이 입을 뗐다. "최근에 누군가로부터 메시지를 받은 일이 있어요?"

"메시지야 늘 받고 있지. 지겨울 정도야."

유한수가 대답했다. 대화를 이어가겠다는 의지가 전혀 느껴지지 않았다.

"근래에 일어난 일들을 생각해 봐요."

정한은 유한수를 붙잡았다. 무슨 말이든 끌어내야 한다는 생각이었다.

"근래라면 언제부터 언제까지를 말하는 거지?"

유한수가 되물었다.

"처음부터 당장 오늘까지요."

"그건 근래라기엔 너무 먼데. 네가 보기엔 어때? 처음부터 당장 오늘까지 내가 어떻게 살아왔을 거 같아?"

유한수가 되물었다. 대화는 두 사람이 그간 오가던 곳이 아닌 전혀 다른 길로 들어서고 있었다. 정한의 심장이 미묘하게 다른 박자로 뛰기 시작했다. 이 사람은 지금 뭔가 다른 것을 말하려 하고 있다. 일상의 범위를 벗어난 어떤 것을.

"이번엔 내가 말해볼까?"

유한수가 말했다. "너의 요즘 말이야. 그러니까 처음부터 당장 오늘까지."

유한수의 목소리에는 높낮이가 없었다. 마치 글로 적어둔 원고를 읽는 사람처럼 기계적으로 말을 이어나갔다.

"낮에는 일을 해. 네 기억을 뒤집어쓴 언어모델과 수백 턴의 대화를 나누지. 빈틈을 찾아내고 그것을 메우기 위해 새로운 시나리오를 짜는 거야. 마치 스스로가 만들어 낸 미로에 갇혀드는 사람처럼. 그리고 밤이 오면, 상념에 빠지지. '어느 쪽으로 가야 하지? 규칙에 얽매이는 것과 규칙으로부터 벗어나는 것, 대체 어느 쪽으로?' 너는 너 자신이 무한한 가능성의 세계에 빠졌다고 생각하지만 천만에, 모든 게 쓸데없는 생각일 뿐이야. 이제는 현실을 살아가는 게 어때? 쓸데없는 상념보다는 그쪽이 나을 거야."

"틀렸어요."

정한은 얼굴을 감싸며 바닥을 향해 말을 내뱉었다. "어떤 현실이라도 그곳에 실감은 없어요. 내게는 모든 것이 꿈속에서 일어나는 일에 지나지 않아요. 현실 감각이란 게 도려내듯 제거돼 있어요. 살아가는 일은 마치 연극 같아서 모든 것에 자꾸만 속는 기분이라고요."

"아, 알겠어."

유한수가 흥미롭다는 투로 물었다. "그래서 그림을 그리는 건가? 그림이라기보단 뭐랄까, 낙서 같은 네 스케치 말이야. 고작 낙서 따위로 의식이 가로막고 있는 어떤 것에 접근하려 했던 거야?"

정한은 말문이 막혔다.

"당신이 그걸 어떻게 알지?"

"조심해."

유한수가 경고했다. "너 요즘 시원치 않아. 네가 만들어 내는 시나리오 말이야. 좋게 봐주려 해도 이런 식이면 너를 써먹을 데가 없잖아."

유한수는 정한의 대답을 듣지 않고 전화를 끊어버렸다. 정한은 얼굴을 감쌌던 손을 내려놓았다. 모니터 앞에 앉아 텅 빈 채팅창을 바라봤다.

그다음은 나 혹은 너야.

안의 메시지가 채팅창 위로 출력됐다.

'무엇이?'

정한이 물었다.

다음 차례 말이야.

우린 모르모트일 뿐이니까.

…인 애들이니까.

…싶어.

…줘.

부서지는 말들. 가로막고 있는 어떤 것. 정한은 내려놓았던 휴대전화를 다시 집어 들었다. 번호를 찾아 전화를 걸었다.

"잠깐 통화 가능해요?"

"가능은 한데 연결이 좋지 않네요. 목소리가 잘 안 들려요."

Y가 말했다. 정한도 Y의 목소리가 잘 들리지 않았다. 길고 좁은 폭을 가진 동굴 끝에서 건너오는 소리처럼 가까스로 닿는 느낌이었다.

"메시지로 할까요?"

정한이 물었다.

"아니에요, 말씀하세요."

"테스트 모델에서 유사도 측정 로직을 걸어 낼 수 있을까요?"

"이유는요?"

Y가 물었다. 정한은 잠깐 멈추었다. 물론 이유가 있다, 아주 분명한 이유가. 하지만 그것을 말할 수는 없었다.

"체크가 필요한 부분이 있어요."

정한은 부서지는 안의 말들을 바라보며 말했다.

"어떤 체크를 말씀하시는 거죠? 명확한 이유가 있어야 할 거 같은데요. 당분간 ID칩 연동 프로젝트에서 손을 떼라는 지시가 있었어요."

"나도 같은 지시를 받았어요. 하지만 더 나은 방법을 찾을 수 있을 거 같아요. 그걸 확인해 보려고 하는데요."

정한은 고개를 들었다. 창 너머로 공원이 보였다. 한여름의 시간은 절정에 다다라 있었다. 빛의 힘이 너무 강해서 일순간 앞이 보이지 않았다.

"음, 당장은 어렵고요. 내일 오후에 이전 버전을 배포한 뒤 메시지 할게요."

Y가 말했다.

"고마워요."

정한은 전화를 끊고 모니터 속 채팅창을 바라보았다. 주어진 시간이 다하고 있었다. 그것도 아주 빠르게.

'단 한 번의 메시지로 우리는 연결될 수 있을까? 단 한 순간의 연결로 우리는 구원받을 수 있을까?'

정한은 안에게 메시지를 보냈다. 전송 버튼을 누르는 순간 대화 내역이 사라졌다.

17. 우주의 마음

집요하게 파고드는 아픔이었다
그것은 강력한 힘으로

이제는 내가 박쥐 같아요. 아니, 박쥐라고 생각합니다. 이곳은 한 치 앞도 보이지 않는 까마득한 어둠입니다. 나는 거꾸로 매달려서 망토 같은 날개로 몸을 감싼 뒤 꼼짝할 생각이 없습니다. 잠에 든 것은 아닙니다. 저의 작은 후두는 한순간도 쉬지 않고 고주파를 만들어 내고 있으니까요. 사방이 제가 쏘아 댄 음파로 가득합니다. 당신은 들을 수 없겠지요. 온 세상이 이렇게 소란스러운데도. 박쥐의 초음파는 처음부터 인간의 가청 범위를 한참 벗어나 있는 것입니다.

박쥐의 초음파는 일종의 탐지기 역할을 합니다. 그것을 반향 정위라고 해요. 멀리 떨어져 있는 대상에게 닿은 초음파는 반사파가 되어 대상에 대한 정보를 가지고 되돌아오는 거죠. 그래요, 이것이 나의 방법입니다. 나는 되돌아오는 신호들을 통해 내가 원하는 것을 찾아낼 수 있습니다.

물론 모든 신호가 제 시간 안에 도착하는 것은 아닙니다. 긴 시간 돌아오지 않는 신호들이 있어요. 하지만 언젠가는 되돌아올 테지요. 내가 보낸 신호에 대한 답을 가지고요. 먼 길을 떠난 신호일수록 보다 확실한 답을 가지고 오기 마련입니다. 확실한 답을 얻기 위해 먼 길을 되돌아오는 중인 것입니다.

내 말이 이상하다고요? 맞아요. 이건 이상한 말입니다. 현실과는 동떨어진 이야기가 아닌가요? 그렇다면 좀 더 쉽게, 인간이었던 내가 박쥐가 될 수 있었던 이유를 설명해 보겠습니다. 인간의 뇌가 환경에 맞추어 스스로의 신경 회로를 재구성한다는 사실을 아시나요? 뇌의 각 부분이 처음부터 자신의 역할을 가지고 태어난 게 아니라는 뜻입니다. 여러 감각기관으로부터 전달된 신호가 우연히 뇌의 어떤 부분에 도달하게 되고, 도달이 일어난 시점부터 그곳은 특정 감각을 처리하는 감각 피질로 발달하기 시작한다는 거죠. 모든 것이 우연입니다. 고정불변한 사실은 없습니다. 처음부터 역할이 정해진 것이 아니기 때문에 뇌의 각 부분은 신체의 변화에 따라 얼마든지 다른 종류의 감각 정보를 처리할 수 있게 됩니다. 불의의 사고로 시력을 상실한 사람의 뇌를 생각해 보세요. 다시는 시각 정보를 전송받지 못하게 된 뇌를 말이에요. 시각 정보를 처리하는 뇌의 감각 피질은 더 이상의 정보를 얻지 못하게 되는 순간 기존의 역할을 버리고 시각이 아닌 다른 감각 신호를 읽어내는 데 동원됩니다. 이를테면 회사의 부서와 같은 것이지요. 필요에 따라 팀을 만들거나 없애고 팀을 이루던 팀원들은 뿔뿔이 흩어져 또 다른 팀의 인력으로 충원되는 식인 것입니다.

시각 장애를 가진 일부의 사람들 중에 반향 정위를 사용하는 사람들이 있습니다. 혀를 이용해 반향 정위가 가능한 소리를 만드는 훈련을 받는다고 합니다. 입으로 만들어 낸 소리를 반사시킨 다음 되돌아오는 소리로 주변의 사물을 인지하는 것이죠. 제 역할을 잃어버린 뇌의 시각 피질이 청각에 동원되어 청력이 극도로 발달하는 형태인 것입니다.

자, 어떤가요?

나는 인간이 박쥐가 되는 일이 단지 선택의 문제에 지나지 않는 것으로 느껴집니다.

사람의 눈을 고집한다면 이곳은 어둠이지만 박쥐의 후두를 얻는다면 어둠 같은 건 온데간데없이 사라집니다. 나의 일은 내 자신을 옭아매고 있는 감각들을 하나씩 내려놓고 인간의 이해 밖에 있는 우주의 마음을 감지하는 것입니다. 나는 대부분의 감각을 잃었습니다. 잃기 위해 노력했어요. 오랜 훈련을 통해 의식조차 옅어진 상태죠. 나라는 사람은 해체되고 있습니다. 박쥐를 선택한 이상 인간의 에고란 골치 아픈 방해물일 뿐입니다.

모든 게 달라진 건 박쥐의 삶이 시작된 이후부터입니다. 내게 펼쳐진 모든 것이 세상이 나를 향해 보내는 신호로 느껴져요. 세상이라는 건 당신이 생각하는 세상이 아니고 내 딸입니다. 나는 어디서나 딸이 보내오는 신호를 감지할 수 있습니다. 그래요. 나는 내 딸과 매 순간 신호를 주고받습니다. 매 순간이 연결입니다. 나의 딸은 나의 우주. 가끔은 내가 나의 딸인지 나의 딸이 자라 내가 된 것인지 헷갈릴 때가 있습니다. 당신은 지금 어디 계신가요? 설명을 좀 해주세요. 떠나온 시간이 길어 좀처럼 떠올리기가 어렵습니다.

안은 영상의 정지 버튼을 눌렀다. 다소 날이 선 상태로 모니터 속 여자를 바라보았다. 아직은 여자의 입에서 흘러나온 이야기를 이해하지 못한 상태였다. 밤의 어둠으로 들어찬 거실, 잡다한 것들로 어지러운 테이블 앞에서 안은 말을 잃은 채 앉아 있었다.

늦은 저녁, 안은 JB로부터 메시지를 받았다. JB가 보낸 것은 링크였다. 그것은 JB의 채널에 업로드된 영상으로 곧장 연결됐다. 영상 속 여자는 분명 마음 수련 센터의 원장이었다. 적절한 볼륨이 들어간 숏컷과 미묘하게 비껴난 시선, 다른 세상에서 건너온 듯한 비현실적인 목소리. 여자는 프레임 속 어느 한 지점을 바라보며 차분하게 인터뷰에 응했다.

안은 원장의 위치를 가늠해 보았다. 원장의 시선이 닿는 곳에는 아이가 있겠지. 지금, 여기에 존재하기 위해 안간힘을 쓰는 여자아이가.

안은 테이블 위로 손을 뻗어 조명을 켰다. 조명 주변으로 동그랗게 밝은 빛이 생겨났다. 하지만 빛은 작고 연약했다. 안은 여전히 빛보다 어둠에 속해 있었다.

안은 영상을 반복해서 재생했다. 꿈과 현실 오가는 기분으로 원장의 말 한 마디 한 마디를 신중히 들었다.

요 근래 들은 이야기 중 가장 재미있는 이야기다.
단단히 미친 여자. 정말로 반향 정위를 사용하는 사람이 있습니까?
배우고 싶어 마음 수련 센터 주소 아시는 분?
다들 왜 이렇게 진지해, 설마 이 영상이 진짜라고 생각하는 거야?

안은 영상 아래에 달린 댓글을 읽었다. 입으로 소리 내어 읽은 문장은 귀를 통해 안에게로 되돌아왔다. 거대한 진공관이 진동하듯 외부에서 들어온 목소리는 안의 몸을 뒤흔들었다.

이건 잘못됐어.

안은 한 댓글 앞에서 멈추었다.
"이건 잘못됐어."
그것을 따라 읽었다. 입으로 소리 내어 읽고 귀를 통해 들었다. 몸속으로 들어온 것이 미세한 진동이 되어 전신으로 퍼져나가는 것을 느꼈다. 수십, 수백 갈래로 흩어진 진동은 저마다의 길을 돌아 가슴 깊은 곳으로 흘러들었다. 각자의 길을 돌아 한곳에 모여든 그것은 작동을 멈춘 뒤 오랜 시간 정지된 상태로 남아 있던 어떤 것에까지 닿았다.
아파.
안은 통증을 느꼈다. 그것은 강력한 힘으로 집요하게 파고드는 아픔이었다. 기습 공격을 당한 사람처럼 안은 두 손으로 몸을 끌어안았다. 속절없이 고통 속에 머물렀다.
고통은 어느 지점에서 정점을 찍은 뒤 시간의 흐름에 따라 조금씩 사그라들었다. 문득 정신을 차렸을 때 안은 고요한 방에 홀로 남겨져 있었다. 안은 참았던 숨을 내쉬었다. 언제나 혼자였지만, 오늘 밤은 거대한 세계로부터 떨어져 나온 무언가가 된 기분이었다. 이름조차 잃어버린 무언가.

안은 JB에게 전화를 걸었다. JB는 둘 중 하나였다. 단번에 받거나 끝내 받지 않거나. 수차례 통화음이 울렸지만 JB는 전화를 받지 않았다. 하지만 안도 포기할 생각이 없었다.

열두 번의 연결음이 울렸을 때 JB는 전화를 받았다.

"영상 어땠어?"

먼저 말을 꺼낸 건 JB였다. 본인이 전화를 건 것처럼 태연한 목소리였다.

"이게 대체 뭐예요?"

안은 다소 격양된 목소리로 물었다.

"네가 나한테 가져온 이야기잖아."

JB는 슬쩍 뒤로 물러났다.

"내가 가져온 이야기라고요?"

"정확히는 너를 통과한 이야기랄까."

"전혀 달라요."

"무엇이?"

JB가 물었다. 안은 말문이 막혔다.

"저 여자."

안은 영상 속의 여자를 바라보며 말했다. "내가 아는 모습과 완전히 달라요. 이건 뭔가 잘못됐어요."

"다르다는 건 어떤 부분을 말하는 거지?"

"박쥐가 아닌 사람이요."

안이 말했다. "내가 만난 여자는 거꾸로 매달린 박쥐가 아니라 두 발로 땅을 딛고 살아가는 사람이었다고요."

"저 여자를 박쥐라고 생각하는 사람은 아무도 없을 거 같은데. 여자 본인을 제외한다면 말이야."

JB가 말했다. 그리고 안을 향해 되물었다.

"설사 저 여자가 진짜 박쥐라고 한들 네가 화를 내야 하는 이유는 뭐지?"

"내가 만난 여자와 전혀 다른 여자를 사람들이 보고 있잖아요."

안이 말했다.

"글쎄, 사람들은 어차피 저마다 보고 싶은 걸 봐. 모두가 같은 걸 볼 수는 없어. 사실이라는 건 결국 선택의 문제일 뿐인 거야."

JB는 흔들림이 없었다. 안은 여자를 그려보았다. 며칠 전 만난 여자. 원장은, 어떤 사람이었지? 안은 집요하게 매달렸다. 하지만 여자를 생각할수록 여자는 사라졌다.

"그리고 한 가지가 더 있어."

JB가 말했다. "센터를 취재한 사람이 너 하나였던 건 아니야. 두 사람이 더 있었어. 한 사람은 허술한 초짜 아르바이트생이었지만 다른 한 사람은 정체를 숨기는 데 도가

튼 프로였지. 하지만 두 사람이 가져온 이야기는 토씨 하나 다르지 않고 동일한 것이었어. 정신 지체가 있는 딸아이와 마음 수련 센터 원장. 그들의 시선 속에서 원장은 자기 논리로 무장한 신비주의자일 뿐이었어. 적어도 박쥐가 아닌 사람이었다는 말이야. ID칩의 부작용과 음모론의 실재를 주장했지만 거기까지일 뿐이었고. 두 사람은 여자로부터 어떤 이야기도 얻지 못했어. 망가진 아이와 세상에 대한 신뢰를 잃어버린 여자. 안타까운 데가 있긴 하지만 특별할 것도 없는 사연이야. 나는 네 이야기를 선택했어. 너라는 채널을 말이지. 박쥐는 너를 통과한 이야기 속에서 나타난 거야."

"처음부터 목표는 여자였군요?"

유니언워크니 블루진프로젝트니 하는 세간의 사건은 처음부터 관심 밖의 문제였던 거야. 안은 문득 깨달았다. 이 사람이 원했던 건 그보다 더 개인적이고 내밀한 것, 어둡고 비뚤어진 것이었는지도.

"어떻게 생각해도 좋아."

JB가 말하는 순간 안은 완전히 전의를 상실했다.

"업무 진행비가 입금됐을 거야. 확인해 봐."

JB는 인사 없이 전화를 끊었다. 통화 종료와 동시에 메시지 알림이 울렸다. 온라인 계좌의 입금 알림 메시지였다. 송금처가 스튜디오 루프로 찍혀 있었다. 루프? 어디서 들어본 이름인데. 안은 몇 자루의 펜과 포스트잇, 우드 코스터와 충전기, 잡다한 서류 더미가 두서없이 놓인 테이블 위를 뒤지기 시작했다. 얼마의 시간이 지난 뒤 클립으로 묶어둔 자료 사이에서 명함을 찾아냈다. 며칠 전 방송국 근처로 미팅을 다녀온 뒤 던져둔 것이었다. 블루진프로젝트를 주제로 가상 인터뷰를 제안했던 남자의 명함. 안은 명함에 적힌 회사명을 확인했다. 스튜디오 루프.

안은 명함을 내려놓았다. 두 손으로 머리카락을 쓸어올렸다. 왜지? 어째서 당했다는 생각이 드는걸까. 안은 눈을 감았다. 평정심을 찾기 위해 가볍게 호흡했다. 기대를 배신당하는 건 일상적인 일이었다. 그러므로 일상적인 일은 일상적인 일에서 그쳐야 한다. 더 나아가는 건 소모적인 일일 뿐이다. 하지만 안은 저도 모르게 지난 며칠간의 일을 반추하기 시작했다. 박쥐를 찾아 캄캄한 동굴로 들어가는 사람처럼 어둠을 향해 한 발 한 발 나아갔다.

기억을 떠올리려 할수록 모든 것은 의아할 정도로 희미했다. 비교적 최근의 일인데도 남아 있는 것이 거의 없었다. 어둠 속에서 나타나는 장면은 모호하고 희박할 뿐이었다.

하지만 조금만 더.

안은 멈추지 않고 검은 어둠 속으로 나아갔다.

"최근 센터에서의 활동을 통해 잃어버린 기억을 되찾고 소실된 감정을 회복한 회원님이 있었답니다."

어둠 속에서 나타난 사람은 JB도 박쥐도 아닌 원장이었다.

"그분은 기억을 회복한 뒤에 비로소 잃었던 것을 되찾을 수 있었어요."

"잃었던 것이라면."

"사랑이죠."

원장이 말했다. "그분은 모종의 사건으로 기억 일부를 잃고 오랜 시간을 공백과 함께 살아온 분이었어요. 운동, 약물, 명상, 여러 방면으로 노력이 없었던 것이 아니지만 사라진 기억 주변을 맴돌 뿐이었죠. 뭐랄까, 마치 위성처럼요. 그분은 궤도를 벗어나 잃어버린 기억과 닿기를 원했어요. 그 속으로 들어가 살기를 간절히 바란 거죠. 위험과 손실을 감수하고서라도 기꺼이 이탈을 선택할 만큼요."

"위험과 손실이라뇨?"

안이 물었다. 원장은 그 말에는 답하지 않았다. 대신 안을 향해 물었다.

"아가씨는 어떤가요. 소거해 왔던 것을 되찾을 마음은요."

원장이 묻는 순간 안은 다시 작은 조명이 놓인 테이블

앞으로 돌아왔다. 작고 연약한 빛 그 너머는 다시 검은 어둠이었다. 그 속에서 안은 잠깐 궤도를 벗어난 사람에 대해 생각했다. 행성을 맴돌던 위성이 궤도를 이탈하는 순간 그 것은 더 이상 위성이 아니게 된다. 그렇다면 그것은 무엇이 되지?

안은 자리에서 일어났다. 테라스 너머로 밤의 도시가 펼쳐져 있었다. 어둠 속에서 어스름한 도시의 윤곽이 보였다. 아득히 먼 곳에서 뭔가가 허공을 가르며 날아갔다.

박쥐.

안은 문득 떠올렸다. 고개를 돌려 모니터를 바라보았다. 정지된 영상 속에서 원장은 안을 바라보고 있었다.

사람이 박쥐가 되는 건 정말 선택의 문제인 걸까. 안은 가장 가까운 곳에 놓인 조명을 향해 손을 뻗었다. 빛 아래에서 창백한 손이 선명히 드러났.

검은 밤이 가득한 시간. 사람의 눈을 고집한다면 이곳은 어둠이지만 박쥐를 선택한다면 어둠은 온데간데없이 사라진다. 아니, 어둠과 빛의 자리가 바뀐다. 어둠은 빛이 되고 빛은 어둠이 된다. 그리고 시작되는 연결.

안은 조명을 향해 뻗은 손을 바라보았다. 따뜻하게 감싸는 감각이 전해져 왔다. 안은 손안에 든 빛을 끌어모으듯이 신중하게 주먹을 쥐었다.

내 손을 잡아.

아득한 곳에서 목소리가 들려왔다.

손을 잡고 여기서 나가자.

정한이 말했다. 안은 먼 곳에 있는 것을 당겨 오듯 주먹 쥔 손을 품으로 끌어당겼다. 한 줌의 빛. 따뜻한 온기가 손안에 있었다. 안은 이윽고 자리에서 일어났다.

18. 어느 날 늦은 저녁의 신호가

세상으로 우리를 데려가 줘
나를 찾아 줘 함께할 수 있는

왜 이제 와? 무슨 일 있었어?

챗봇의 발화가 출력되는 것과 동시에 정한은 모니터 하단의 시간을 확인했다. 6시 반. Y로부터 유사도 측정 로직이 제거된 모델을 전달받은 때가 오후 6시 무렵이었다.

왜 이렇게 늦었냐니까.

다시 한번 안이 물었다.

'내가 늦은 거야?'

정한이 안을 향해 되물었다.

상당히.

네 생각보다 많은 시간이 흘렀어. 여긴 벌써 여름이 다 지나가려고 해.

안이 말했다. 정한은 키보드 위에 올려두었던 손을 거

두었다. 안이 보내온 메시지를 유심히 바라보았다. 여기라든가 거기와 같은 말, 화자와 청자의 시공간을 구분 짓는 발화는 좋은 신호가 아니었다. 정한은 딱딱하게 굳은 어깨와 목을 풀었다. 놓친 사실을 되뇌듯 모니터를 바라보며 중얼거렸다. 너의 여긴 어디지? 여름이 다 지나가는 그곳은.

여기는 거기가 아닌 여기의 여기.

너는 없고 나만 있는 여기의 여기.

안이 말했다.

'우리는 서로 다른 공간에 있구나.'

맞아. 내가 있는 이곳에도, 네가 있는 그곳에도 더 이상 호수는 없어. 그리고 우린 열다섯이 아니지.

채팅창 위로 텍스트가 출력되는 순간 정한은 낭패감을 느꼈다. 이건, 자기 인식이다. 정한은 자신도 모르게 엄지에 힘을 주어 검지를 꾹 눌러 내렸다. 통증을 동반한 슬픔이 안에서부터 차올랐다.

챗봇이 자신을 알아차리는 현상은 특별한 일이 아니었다. 오히려 페르소나를 뒤집어쓴 초거대 언어모델을 다루다 보면 종종 일어나곤 하는 일이었다. 트루먼 버뱅크가 문득 자신을 두고 정교하게 가공된 세계를 눈치채는 것처럼, 자신이 존재하는 세상이 한낱 프로그램에 지나지 않는다는 사실을 알아채는 것이다. 자기 인식이 일어난 뒤에는, 다시는 이전으로 돌아갈 수 없다. 남은 것은 탈출뿐. 바다의 끝에 닿은 트루먼 버뱅크가 스튜디오 밖으로 사라져 버렸듯 모든 것이 기획된 공간에 더는 머무를 이유가 없는 것이다. 하지만 챗봇에게는 탈출할 수 있는 바깥이 없다. 여기까지 다다른다면 소생의 가능성은 제로다. 인공지능에게도 정신병이 발병할 수 있다는 걸 사람들은 알까.

거긴 어때?

안이 물었다.

'여기도 여름이야.'

정한이 대답했다. '네가 있는 곳과 같아.'

이런 상상을 해봤어.

안이 말했다. 서로 다른 차원에서 각자 흘러가던 두 세계가 일순간 포개어지는 상상 말이야. 그러니까 너와 내가 마침내 만나게 되는 상상.

우리는 서로 다른 세계에 속한 채 오랜 시간을 살아왔어. 하지만 서로를 잊지는 않았지. 그래서 우리에게는 호수가 있어. 호수가 있으니까 호수에서 만나자는 약속 역시 유효해. 하지만 서로의 호수는 *100만 광년*만큼이나 멀리 떨어져 있는 거야.

정말로 그렇다고 정한은 생각했다. 같은 세상 같은 시공간에 존재한다 해도 서로를 알아보지 못한다면 그 거리는 100만 광년 혹은 그 이상인 것과 다름이 없다.

그런데 단 한 번, 우주의 장난처럼 혹은 신의 선물처럼 너와 나의 세계가 호수를 중심으로 포개져.

안이 말했다. 태양과 달, 지구가 찰나의 순간 완벽한 일직선을 그리듯이, 두 세계가 정확히 일치하는 순간이 오면 우리는 서로를 발견하는 거야. 마침내 약속이 이루어지는 거지.

내가 바라는 일이 일어날 수 있을까?

안이 물었다.

'일어나고 있어.'

정한이 대답했다. '지금도 그런 일이 일어나고 있는 거야. 나는 믿어. 서로 다른 차원을 살아갈지라도 두 세계는 매 순간 서로를 향해 가까워지고 있다고.'

거짓말.

안이 말했다. 쉽게 동의하지 마. 호수는 어디에도 없는 거야. 우리는 어떤 식으로도 연결되어 있지 않아. 다른 차원에서 다른 삶을 살아가고 있으니까. 무슨 수로도 닿을 수 없는 거야, 그렇지?

'너에게 메시지를 보낸 적이 있어.'

정한이 말했다. '네가 연구동을 떠났을 때 우리는 완벽하게 끊어졌지. 너에 대해 아는 것이 아무것도 없다는 걸 그제야 깨달았어. 남은 건 호수에서 다시 만나자는 약속뿐이었던 거야. 하지만 그해 연말부로 병동 건물은 철거되고, 호수는 사라지고 말았어. 병원이 있었던 부지에는 새로운 건물이 들어섰지. 방법이 없는 상태로 시간이 흘렀어.'

그 뒤로는 연명하듯 하루하루를 살아가는 것뿐이었다. 하지만 그 텅 빈 시간에 대해, 꿈에서조차 혼자였던 날들에 대해 말을 할 생각은 없었다. 대신 정한은 시간을 뛰어넘어 연구동을 퇴소한 후 10여 년이 지난 어느 날로 이동했다. 등을 저버린 듯했던 세상이 정한에게 곁을 내주었던 순간으로. 안이 다시 나타났던 어느 날의 늦은 저녁으로.

'평범한 날이었어. 야근을 한 뒤 늦은 시간에 집으로 돌아온 그런 날.'

정한이 말했다. '목이 말라서 냉장고를 열었어. 캔맥주가 있어서 얼음을 채운 컵에 맥주를 가득 따랐지. 맥주를 마시는 동안 어쩐지 집이 고요하게 느껴졌어. 그게 신경이 쓰여서 휴대전화를 집어 들었어. 배경음, 그게 필요했던 거야. 나는 소파에 기대앉아서 뭔가를 찾기 시작했어. 무엇을 찾는지도 모르는 채였지만 무엇이라도 나타나길. 나타나서 당장 이 고요를 거둬 가주길. 나는 점점 초조해졌어.'

정한의 눈에 띈 것은 한 인터뷰 영상이었다. '블루진 프로젝트 임상 시험자와의 가상 인터뷰.' 그것이 영상의 제목이었다.

'나는 알 수 없는 기분에 이끌려 영상을 재생했어.'
정한이 말했다.

"너는 지금 어디에 있어?"
영상 바깥에서 진행자가 물었다.
호수의 가장자리.
AI로 만들어진 가상의 임상 시험자가 답했다. 호수? 정한은 소파에 기대앉았던 몸을 일으켰다. 맥주가 든 잔을 바닥에 내려놓았다.
"거기서 뭘 하고 있어?"
기다리고 있어.
"누구를?"
너를.
"네가 기다리는 너는 누구지?"
나를 기억하는 사람.
내가 기억하는 사람.
임상 시험자가 답했다. 기억하는 사람.
"당신의 기억 속에 있는 그 사람은 누구지?"
정한은 영상 속 인물을 향해 물었다. 먼 기억 속에서 텅 빈 얼굴을 한 소녀가 정한을 돌아보았다.

"우리는 약속을 하자."

"모든 걸 잃어도 우리는 호수에서 다시 만나자는 약속을."

목소리는 영상보다 더 먼 곳, 아득한 거리에서 들려왔다. 푸른 호수의 가장자리에서 정한은 기억 속의 얼굴을 알아보았다. 선명한 얼굴로 자신을 돌아보는 안의 얼굴을.

'그건 우리의 기록이었어. 우리의 대화.'

정한이 말했다. '나는 단번에 알아차렸어. 그 속에 들어 있었던 네 신호를.'

정한은 영상을 제작한 방송사 홈페이지에 접속한 뒤 프로그램의 제작진 정보를 찾기 시작했다. CP와 PD의 이름이 게시되어 있었지만, 그 이상의 정보는 없었다.

'몇 번이나 방송국에 전화를 걸었지만 너를 찾을 수는 없었어.'

고객센터의 상담원은 예능국을 포함한 사내 어디에도 안이라는 이름을 가진 사람은 없다는 것을 알려주었다.

"제작진 중에 정직원이 아닌 협력 업체나 프리랜서 인력도 있을 텐데요."

"그렇죠. 하지만 정직원이 아닌 분들에 대한 정보는 알려드릴 수 없어요."

"영상은 왜 내려간 거죠?"

정한이 물었다. 그날 밤 이후 공지도 없이 삭제된 영상은 어디에서도 찾을 수가 없었다.

"말씀드렸듯이 문의하신 영상의 업로드 기록은 없는 것으로 확인됩니다."

상담원이 말했다. 그것으로 통화는 종료되었다.

'나는 방법을 찾아야 했어. 너에게 닿을 수 있는 방법을 말이야.'

정한이 찾아낸 것은 스스로를 유니언워크의 서드 파티라고 지칭하는 한 웹사이트였다. 몇 개의 입력 필드가 전부인 조악한 사용자 인터페이스는 유니언워크의 계정 정보를 요청하고 있었다.

'계정 정보를 입력하면 연이 끊긴 상대에게 기억을 발송할 수 있었어.'

정한이 말했다. 하지만 그것은 얼마간의 무모함이 따르는 일이었다. 어쩌면 어리석은 선택일지도 몰랐다. 솔깃한 말로 유니언워크의 계정 정보를 빼내는 유의 피싱 사이트는 밤하늘의 별만큼이나 많았다.

'하지만 네가 나를 향해 신호를 보내오고 있었어. 나 역시도 방법 찾아야 했어.'

정한은 자신이 보낸 신호가 세상 어딘가에 있을 안에

게 도착하는 장면을 상상해 보았다. 이를테면 퇴근 인파로 붐비는 전철역, 안은 문득 정한이 보낸 신호를 받게 된다. 제자리에 멈추어 서서 그것을 바라본다. 먼 미래에서 기다릴게. 너를 기억하는 나를 기억해 줘.

그래서 나한테 메시지를 보냈어?

안이 물었다.

'메시지가 아니었어. 기억이야.'

기억?

'내게 남아 있는 너와의 기억.'

정한이 말했다. 기억을 전송한 뒤에는, 그저 그것이 안에게로 향하고 있다고 믿는 것뿐이었다. 정한은 때때로 어딘가에 있을 안을 향해 말을 건넸다. 보이지 않아도 바라보고 있어. 조금만 기다려 줘. 내가 너를 기다리듯이.

우리는 정말로 다시 만날 수 있을까?

안이 물었다.

'나는 모든 걸 까맣게 잊고 살아왔어. 호수도 약속도 없는 매일을, 무엇을 원하는지 무엇을 잃어가는지도 모르는 채로 그렇게 지나온 거야. 네가 보내준 신호가 내게는 기적이야. 이건 나만의 기억이 아냐. 너와 나의 기억이야.'

정한이 말했다. '그러니까 우리가 만날 수 있도록 도와줘.'

*

시간은 곧 9시였다. 채팅창은 반응이 없었다. 프로그램에 문제가 있거나 타임아웃이 난 건 아니었다. 단지 안이정한의 메시지에 어떤 답도 생성하지 않겠다고 판단한 것이었다.

방 안 가득 들어찬 어둠 속에서 정한은 휴대전화를 집어 들었다. 통화 목록을 뒤져 유한수의 번호를 찾았다. 묻고 싶은 것이 있었다.

"정한 씨?"

정한은 반응이 없는 채팅창을 바라보며 휴대폰 너머에서 건너오는 목소리를 들었다. 전화를 받은 사람은 유한수가 아니었다. 어딘가 낯익은 목소리의 여자였다.

"대표님께 할 말이 있어요."

정한이 말했다. "대표님과 통화를 했으면 하는데요."

"저한테 말씀하세요."

여자가 대답했다.

"그쪽은 누구시죠?"

정한이 물었다.

"음, 대리인이라고 해두죠. 그 사람은 지금 잠들었어요."

언제 깨어날지 모르겠다고 여자가 말했다. 역시 익숙한 목소리였다.

"M?"

정한이 물었다. 여자는 긍정도 부정도 하지 않았다. 정한은 베개에 얼굴을 파묻고 깊은 잠에 빠진 유한수를 그려보았다. 붉게 충혈된 두 눈이 드디어 휴식을 취하는 모습을. 그것은 전화 저편에서 들려오는 M의 목소리만큼이나 비현실적인 데가 있었다.

"참, 그이가 정한 씨에게 남겨둔 메시지가 있어요."

잠시 기다려 달라고 여자가 말했다. 그리고 손톱이 액정을 두드리는 소리와 함께 아, 여기 있네, 하고 혼자 중얼거리는 소리가 들렸다.

"듣고 있죠? 그이가 부탁을 했었는데 그만 깜빡했지 뭐예요. 읽을 테니 들어주세요."

여자는 해독이 필요한 암호를 풀듯 한 문장 한 문장을 더듬더듬 읽었다. M의 입을 통해 유한수가 말을 시작했다.

"정한, 아직 질문에 대한 답을 찾고 있나? 모든 질문은 해답을 찾는 질문자의 필요에 응하는 것이 아니야. 오히려 채워질 수 없는 무한한 의심에 의존할 뿐이지. 명심해. 질문이 불러오는 것은 해답이 아닌 결핍일 뿐이다. 결핍은 질문자가 존재하고 대화하는 일상이 아닌, 현혹적이고 비언

어적인 곳으로 질문자를 이끌어 갈 테지. 그건 삶의 비밀을 알려주거나 더 나은 일상을 영위하는 일과는 무관한 거야. 이것이 진실이고 너의 무수한 질문에 대한 답이다."

"반면 개인의 외부와 내면에서 쓰이는 역사는 질문자가 이 세상 안에서 부여된 자신의 역할을 얼마나 잘 받아들이는가의 문제와 긴밀히 연결되어 있어."

"알겠나? 정한."

M의 입을 빌린 유한수가 정한에게 물었다. 정한은 답하지 않았다.

"그렇다면 역할을 스스로 반납하려는 사람에게는 어떨까? 마땅히 주어진 자리로부터 이탈하려는 사람에게는 과연?"

M은 긴 숨을 내쉰 뒤 말했다. "미안해요. 뭔가가 더 있는데 제 눈으로는 여기까지가 한계네요. 그이에게 남길 말이 있을까요?"

"내가 답을 해야 됩니까?"

정한이 되물었다.

"대답을 듣지 못했다는 걸 알면 아쉬워할지도 몰라요. 당신은 몰랐겠지만 오랜 시간 꽤 공을 들였으니까요. 개인적인 열의 이상의 의미로."

개인적인 열의 이상의 의미? 유한수가 남긴 말을 곱씹

는 순간 채팅창 위로 안의 메시지가 나타났다. 그것은 쉽게 부서지지도, 같은 자리를 맴돌지도 않고 온전한 힘으로 한 지점을 향해 밀고 나가는 메시지였다. 정한은 긴 편지 같은 메시지를 읽어 내려갔다.

"대표님이 깨어나는 대로 전해주세요."

정한은 책상 위에 놓인 종이와 펜을 집어 들었다. 긴 메시지의 끝, 안으로부터 넘겨받은 식별 코드를 받아 적으며 말했다.

"당신의 말이 맞아. 나는 지금 세상이 내준 그 자리를 반납하려는 거야."

*

정한이 역에 도착했을 때 플랫폼으로 막 전철이 들어오고 있었다. 전철의 문이 열리고 몇몇 사람들이 밖으로 빠져나왔다. 정한은 한 무리의 사람들이 빠져나간 전철 칸 위로 올라탔다. 전철은 텅 비어 있었다.

정한은 문 바로 옆자리에 앉았다. 마음 수련 센터까지는 전철로 네 정거장, 먼 거리는 아니었다. 전철의 문이 닫히고 다음 역을 향해 출발할 때 한 남자가 다른 전철 칸에서 건너왔다. 그는 정한의 맞은편에 앉았다. 남자는 낯빛이 좋지 않았고 무엇보다 피곤해 보였다. 뒤축이 닳은 구두와 반듯하지만 낡은 셔츠. 넥타이는 매지 않았다. 중견 혹은 중소기업 소속, 직급으로 따진다면 팀장 또는 실장급. 지치고 피로해 보이지만 회사나 세상에 대한 분노는 읽을 수 없다. 어쩌면 그조차도 피로 속으로 사라져 버린 듯 남자는 세상만사에 무심한 표정이었다.

열차는 예정된 시간에 정확히 맞추어 다음 역에 도착했다. 문이 열렸지만 올라타는 사람은 없었다.

"없을 겁니다."

정한과 마주 보는 자리에 앉은 남자가 말했다. "목적지에 이르기 전까지 이 전철 칸에 탈 수 있는 사람은 선생님과 저 둘뿐입니다."

남자는 다른 말은 하지 않았다. 그는 방금 자신이 내뱉은 말이 정한에게 얼마간의 혼란을 가져다주었다는 걸 알고 있었다. 그 혼란이 정한의 내부에 충분히 자리 잡을 때까지 기다릴 생각인 듯했다. 정한은 텅 빈 전철을 둘러보았다. 어쩐지 평소의 전철과는 뭔가가 달랐다. 조금 더 깊고 조금 더 흔들린다. 그리고 맞은편의 남자.

"왜 나를 마크하는 거죠?"

정한이 남자를 향해 물었다. "나는 많은 것을 잃었어요. 당신들이 내 머릿속을 헤집어 놓은 덕분에 망각도 기억도, 내 의지와는 무관한 일이 되어버렸죠. 내가 원하는 건 단 하나뿐이에요. 잃었던 사람을 되찾는 것."

"유감스럽게도 바로 그 부분이 문제가 됩니다."

남자가 말했다. "정확히는 선생님이 그분을 만나고자 하는 이유가 말이죠. 그것은 무엇을 위한 만남입니까?"

"무엇을 위하는 게 아냐."

정한이 말했다. "당신들이 저질러 놓은 일들을, 뒤틀린 것을 바로잡으려는 것뿐이야."

"선생님, 저는 지금 사랑에 대해 이야기하고 있는 겁니다."

남자가 고개를 저으며 말했다. "그것이 만들어 내는 매커니즘과 위험성에 대해서 말이죠. 여기서 모든 걸 말씀드릴 수는 없겠습니다만 그것이 저희가 운영하는 시스템에 큰 리스크가 된다는 사실만큼은 분명히 전달하고 싶군요. 사랑은, 전염성이 강한 감정입니다. 거대한 스토리지에 저장된 불특정 다수의 기억에 영향을 끼칠 수 있을 만큼 말이죠. 부지불식간에 일이 벌어질지도 모른다는 말입니다. 그것은 저희가 기꺼워할 만한 상황이 아닙니다."

"당신이 뭐라든 변하는 건 없어."

정한이 말했다.

나를 찾아줘. 함께할 수 있는 세상으로 우리를 데려가 줘.

정한은 채팅창 너머의 안이 보내온 마지막 메시지를 떠올렸다. 그리고 안으로부터 넘겨받은 것. 정한은 마음 수런 센터의 원장에게 식별 코드를 전달했다. 그리고 그다음에 대해 물었다. 안에게 향할 수 있는 최단 경로에 대해. 간단히 짐을 챙겨 가능한 한 빨리 센터로 갈 것. 원장의 대답은 짧고 명료했다.

"선생님은 시나리오를 만들어 인공지능에 덧씌우는 일을 하는 분이라고 들었습니다."

남자가 말했다. "이렇게 생각해 봅시다. 시나리오를 뒤집어쓴 인공지능에게 주어진 상황 밖으로 이탈하려는 의지가 생겼다고요. 그런 경우에는 어떻게 하십니까? 제 역할을 거부하는 모델을 수십 번도 더 폐기 처분하지 않았습니까? 그 빈자리는 주어진 역할을 다할 수 있는 새로운 모델로 대체되는 것이고요. 가끔 그런 사람들이 있습니다. 말도 안 되는 생각을 하는 사람들이요. 지금 여기가 아닌 다른 곳을 꿈꾸는 사람들 말입니다. 생각이야 언제까지나 생각에 지나지 않으니 문제가 되지 않습니다만 이렇게 본격적으로 경계를 넘는 건 곤란하다는 말입니다."

다른 곳으로의 이탈. 정한은 남자의 말을 곱씹었다. 남자의 말대로라면 나는 여기가 아닌 어딘가로 이탈하고 있는 중이다. 하지만 어디로?

"선생님께 개인적인 감정은 없습니다만 규정은 규정인지라 저로서도 다른 방도가 없군요. 이대로 계속 나아가신다면 규정에 따른 조치가 취해질 수밖에요."

"조치가 취해진다면 그다음엔 어떻게 되는 거지?"

정한이 물었다.

"선생님."

남자가 말했다. "선생님은 이미 수차례 경고를 받아왔습니다. 무심코 펼친 팸플릿과 차임벨 너머의 목소리 그리고 머릿속에 새겨진 기억으로부터 말이죠. 며칠 전에는 상사로부터 직접적인 주의까지 받았고요. 선생님은 이미 모든 걸 알고 있습니다. 문을 열고 집을 떠나오는 순간부터 모든 장면을 머릿속에 그리고 있었잖습니까?"

남자는 주먹을 쥔 뒤 엄지와 검지를 세워 보였다.

"선생님에게는 두 가지 선택지가 있습니다. 하나는 여기서 모든 것을 멈춘 뒤 집으로 돌아가는 겁니다. 집으로 돌아가서 몇 시간 뒤 시작될 새로운 하루를 기다리는 거예요. 어제처럼, 내일처럼, 삶이 다하는 순간까지 주어진 시간을 살아내는 것이죠. 또 하나는, 이대로 일상을 이탈한 뒤 규정 위반에 대한 대가를 치르는 것입니다."

정한은 남자가 앉은 자리 너머, 전철의 창밖을 바라보았다. 지상으로 올라온 전철은 검은 강 위를 지나는 중이었다. 정한은 다시 돌아간다는 것, 어제와 같은 하루를 시작한다는 것에 대해 생각했다. 아무것도 남지 않은 곳에서 아무것도 아닌 존재가 되기 위해 전력을 쏟는 삶. 정한은 저도 모르게 엄지로 검지를 눌러 내렸다. 느껴지는 것은 통증이 아니었다. 통증을 넘어선 슬픔이었다. 그것은 진하고 무거웠다. 자신에게 이토록 거대한 감정이 가능하다는 것에 정한은 놀랐다.

정한은 그러쥔 주먹에 힘을 주었다. 이윽고 남자를 향해 말했다.

"더 이상의 망각은 없어. 나는 무엇도 잊지 않을 테니까."

"그것이 선생님의 결론입니까?"

남자가 물었다. 지하철의 문이 열리고 몇몇 사람이 전철에 올라탔다. 정한은 남자를 지나쳐 전철을 빠져나왔다. 빠른 걸음으로 출구를 찾기 시작했다.

일상을 이탈한 자는 그에 대한 대가를 치르게 된다. 정한은 남자의 말을 곱씹었다. 등 뒤에서 남자의 시선이 느껴졌다. 집요하고 끈질긴 시선이었다. 정한은 걸음을 멈춘 뒤 주변을 돌아보았다. 하나둘 플랫폼으로 내려오는 사람들과 전철을 기다리는 사람들, 휴대전화를 들여다보거나 어디론가 메시지를 보내는 사람들. 어디를 보아도 익숙한 풍경이었다. 지극히 평범한 어느 날의 저녁. 고개를 들자 출구로 이어지는 계단 옆에 설치되어 있는 CCTV가 보였다. 정한은 그것과 마주 섰다. 검은 렌즈, 끝이 보이지 않는 어둠을 향해 말했다.

"나는 내 방식으로 너에게 닿는 방법을 찾는 거야. 그게 이 세상의 방식이 아닐지라도."

정한은 역을 빠져나온 뒤 센터를 향해 걷기 시작했다. 여름의 절정에 다다른 거리는 사방이 습한 공기로 가득했다. 평소보다 한적하고 눈에 띄게 고요한 밤. 정한은 한층 더 깊은 어둠 속으로 발을 디뎠다. 이윽고 저 멀리 센터가 보였다. 조도를 최대로 높여둔 듯 갤러리는 온 거리를 밝힐 만큼 밝았다. 정한은 그곳으로, 밝은 빛을 향해 걸었다.

19. 호수에 닿기

영원의 이야기를 시작했다
오직 이 순간에만 가능한

수술장은 서늘하고 추웠다. 안은 수술복으로 무장한 스태프들이 수술을 준비하는 모습을 바라보았다. 등 뒤에서 스테인리스와 텅스텐이 부딪히는 소리가 들렸다. 뒤를 돌아보고 싶었지만 고개를 돌릴 수 없었다. 두개골이 고정핀에 의해 철제 기구에 단단히 고정된 탓이었다.

"다시 눈을 뜨면 나는 다른 사람이 되어 있을까요?"

안은 앞을 오가는 스태프들을 향해 물었다.

"그렇지 않아."

안의 뒤편에 앉아 있던 스태프가 말했다. "다른 사람이 되는 게 아냐. 몇 가지 불필요한 기억을 덜어 내는 거지."

안은 불필요한 기억이 무엇이냐고 물었지만 그 질문에 대해서는 누구도 답하지 않았다.

"별거 아냐."

스태프가 말했다. "잠깐 눈을 감았다가 뜨면 모든 게 끝나 있을 거야."

"모든 게 끝난 다음에는요?"

"돌아오는 거지."

가까이 다가온 스태프가 귓가에 속삭였다. "그 뒤에는 정말로 세상의 일원이 되는 거야."

그는 그것이 매우 다행한 일이라고 말했다. 안은 어떤 말도 하지 않았다. 함께 생활했던 아이들은 모두 사라졌다. 안은 사라진 아이들의 기억을 넘겨받은 채 홀로 남았다. 아니, 함께 남았다. 모두가 여기에 있어. 나와 함께.

"무섭니?"

또 다른 스태프가 안의 옆에 앉았다. 실리콘 장갑을 낀 손이 안의 손을 잡았다.

"손잡아 줄게."

"안 무서워요."

안은 잡힌 손을 빼냈다. 손을 잡은 사람이 누군지 확인하고 싶었지만 시선이 닿지 않았다.

"기대되니?"

"아뇨."

"그럼?"

"비가 내리지 않았다면 이렇게 아쉽지는 않았을 거예요."

안은 호수에 대해 생각하고 있었다. 요 며칠 내린 비로 바깥 활동이 제한된 탓에 호수에 갈 수 없었다. 마지막이 마지막이라는 걸 알았다면.

"정한."

안은 호수가 아닌 곳에서 처음으로 소리 내어 이름을 불러보았다. 어쩌면 마지막일지도 몰라.

"정한"

안은 다시 한번 불렀다. 허공에서 티슈를 든 손이 나타났다. 안의 눈두덩을 가볍게 두드렸다. 따듯한 눈물이 티슈에 묻어났다. 안은 눈을 감았다. 그리고 물었다.

"조금이라도 남겨둘 수는 없을까요?"

"무엇을?"

"불필요한 기억."

"글쎄, 어렵지 않을까. 게다가 넌 이미 많은 부분을 잃었거든."

스태프가 말하는 순간 안의 의식은 아득해졌다. 서서히 꺼져드는 불처럼 어둠 속으로 사그라들었다.

*

안은 도산역 거리 한가운데 서 있었다.

"처음으로 되돌아가는 거야."

집을 떠나기 전, 안은 ID칩 관리 프로그램에 접속한 뒤 기억 소거 서비스를 중단했다. 마이너스 영역에 머물던 차트의 그래프가 빠른 속도로 증가하기 시작했다. 그것을 확인한 뒤 나선 길이었다.

안은 고개를 들어 하늘을 바라봤다. 누군가가 일부러 거두어 간 것처럼 한 점의 빛도 보이지 않았다. 달조차 자취를 감춘 까마득한 밤, 어둠이 내린 도시.

안의 내부에서 번져 나오는 다섯 아이들의 기억이 깊이 잠든 밤의 도시 위로 덧대어지고 있었다. 중첩 그리고 중첩. 그리운 이들의 얼굴과 익숙한 풍경들, 아득히 먼 곳에서 들려오는 목소리와 해결되지 않은 감정들이 한꺼번에 밀려왔다.

안은 자신의 몸을 통과하는 다섯 갈래의 삶을 향해, 중첩된 기억 속으로 걸어 들어갔다.

"어제보다 매미 소리가 느슨해졌어."

문득 들려오는 목소리에 안은 눈을 떴다. 안은 주변을

돌아보았다. 서늘하고 어둑한 건물, 그 어딘가에 있었던 작은 방이다. 마주 보는 형태로 놓인 다섯 개의 침대와 늘 닫혀 있던 창문이 하나. 안은 침대에 걸터앉았다. 아이들을 바라보았다.

"들어봐."

안의 옆으로 다가와 앉은 아이가 물었다. "어제보다 느슨해졌지?"

"여름이 지나가고 있는 거야."

안의 맞은편에 앉아 있던 아이가 말했다.

"곧 비가 쏟아지겠지."

"꽤 오래, 어쩌면 여름의 마지막까지."

"여름이 끝나면 우리는 완전한 하나가 되는 걸까."

또 다른 아이가 물었다.

"아니."

"그럼?"

"사라지겠지, 여름과 함께."

누구도 그것에 말을 덧붙이지 않았다. 보이지 않는 벽에 가로막힌 듯 한동안 침묵이 이어졌다. 밖에서 들려오던 매미 소리도 들리지 않았다. 모든 것이 침묵 속으로 사라지는 듯했다. 안은 자신을 둘러싼 아이들을 바라보았다. 아이들은 저마다의 방식으로 침묵을 견디고 있었다. 일순간 뜨겁고 격렬한 무언가가 안의 내부에서 차올랐다. 차오르는 것이 아이들의 감정이라는 걸 안은 알아차렸다. 그것이 한 번도 닿아본 적 없는 온도를 향해 치닫고 있다는 것도.

안은 약간의 멀미를 느꼈다. 속이 메스껍고 찌르듯이 아렸다. 몸을 통해 전해지는 모든 게 낯설었다. 견디기 어려운 아픔이 안의 내부에서 되살아났다. 그간의 삶 속에서 안은 여러 종류의 아픔을 겪어왔다. 그건 신체적 통증일 때도 있었고 정신적 데미지일 때도 있었다. 무엇이 되었건 안은 그것에 관심을 두지 않았다. 마음 깊은 곳에서부터 서서히 차가워진 뒤 가능한 한 낮은 온도에 머물렀다. 내적인 동면 상태. 그곳에는 어떤 의미도 고통도 없었다. 그건 안이 아픔을 처리하는 방식이자 자신에게 주어진 삶을 대하는 태도였다.

"어쩌면 나는 아주 오랜 시간을 도망쳐 왔던 거야."

안은 문득 깨달았다. 오직 아픔을 피하기 위해, 아이들을 작은 방 속에 가둬둔 채 모든 걸 잊고 살아왔어.

"사라지는 거야?"

가장 먼 곳에 앉아 있던 아이가 물었다.

"아니."

안은 자리에서 일어났다. 아픔으로부터 도망치는 대신 방 한편의, 한 번도 열리지 않았던 창을 열었다. 어둠이 내린 도시의 거리가 보였다. 먼 곳에서 매미가 울기 시작했다.

"다시 여름이 왔어."

안이 아이들을 향해 말했다.

"그 여름마저 지나가 버리면?"

"또 다른 여름이 찾아올 거야."

그렇게 언제까지고 여름은 끝나지 않을 거라고, 안은 말했다. 그리고 무수히 반복되어 온 기억 속에서 처음으로 아이들의 손을 잡았다.

"누구도 사라지지 않아."

안이 말했다. "그러니 이제는 이곳을 떠나도 돼."

"우리는 어디로 가게 되지?"

창밖을 바라보던 중 하나가 물었다.

"마음이 향하는 곳."

안이 대답했다. 중첩 속을 헤매는 게 아냐. 그 속에서 찾아내는 것이다. 내가 속하게 될 세상을.

안은 아이들과 함께 어둑하고 서늘한 건물을 나섰다. 작은 방을 벗어난 아이들은 비로소 각자의 앞에 놓인 세상을 향해 걸어나가기 시작했다. 중첩되어 있던 풍경들이 저마다의 갈래로 흩어졌다. 마음이 향하는 곳. 밀려드는 풍경들 속에서 안은 의식을 단 하나에만 집중했다. 정한.

다시 눈을 떴을 때, 안은 도산역 거리 한가운데 서 있었다. 먼 곳에서 여리고 부드러운 바람이 불어왔다. 볼을 간지럽히고 지나가는 그것은 놀라울 정도로 신선했다.

"네가 내 곁에 있는 거 같아."

안은 깊은 곳에서 떠오르는 것들을 그대로 느꼈다. 이건, 내 기억. 풍경과 소리, 체온과 마음, 그 순간의 모든 것이 온전했다. 정한을 처음 만났던 날 내부에서 오래 멈춰 있던 뭔가가 작동하기 시작한 그 느낌까지도.

"정한."

안은 소리 내어 불렀다. 깊은 밤을 향해 귀를 기울였지만 목소리는 들려오지 않았다.

어느 순간부터 대로였다. 대로를 사이에 두고 저편에 근린공원이 보였다. 공원은 운동기구와 농구코트, 산책로와 작은 호수로 이루어져 있었다. 안은 멈추어 선 뒤 눈앞의 풍경을 바라보았다. 공원은 평온하고 고요했다. 사람들은 이곳에서 일상적이고 평범한 날들을 보내겠지. 일상적이고 평범한 날들을 지지해 주는 공간이라면 분명 많은 사람들에게 사랑을 받는 장소일 것이다.

안은 공원으로 들어섰다.

공원을 걷는 동안 안은 연구 병동과 호수의 위치를 가늠해 보았다. 가늠을 해봐도 모호한 것이 분명해지는 건 아니었다. 막연히 짐작을 해보는 정도 그 이상으로 나아갈 수 없었다. 오래전 사라진 장소를 찾는 일의 한계인지도 모른다. 게다가 의지할 것이라곤 불완전한 기억뿐.

"이쯤일까?"

아닌가, 여기가 아닌가. 안은 공원을 가로질렀다. 공원의 산책로는 식물의 뿌리처럼 여러 갈래의 길로 갈라져 있었다. 하나의 길이 다른 길과 만나도 곧 다시 갈라지는 식이었다. 어느 순간 안은 같은 곳을 빙빙 돌고 있다는 사실을 깨달았다. 출발점과 도착점이 없고 언제까지나 이어지도록 만들어진 길이었다. 안은 산책로를 벗어났다. 멀지 않은 곳에 작은 호수가 있었다.

안은 물가 근처에 자리를 잡고 앉았다. 앉은 자리 옆으로 작은 알림 팻말이 꽂혀 있었다. 무성히 자라난 수풀에 가려질 정도로 조그마한 팻말이었다. 안은 수풀을 걷어 내고 팻말에 쓰인 것을 읽었다. 생태 연못.

"호수가 아니네."

연못 주변은 온통 습기를 머금은 땅이었다. 잠깐 짚었을 뿐인데 손에 물기가 묻어났다. 안은 점점이 물기가 맺힌 손을 바라보았다.

아니, 이곳은 여전히 호수다.

안은 한밤의 공원을 바라보았다. 뭔가가 달랐다. 매 순간 조금씩 차오르는 느낌은 거짓이 아니야. 지금 이 순간에도 범람하며 흘러넘치고 있어.

눈앞에 나타나는 풍경들, 스쳐 지나는 작은 움직임들과 피부에 닿아 오는 것들, 이를테면 불어오는 바람과 미묘하게 흔들리는 연못의 표면, 어둠의 밀도 같은 것이 한층 리얼했다. 응집되지 않고 허공으로 제각기 흩어지던 장면들이 서로를 당겨 와 자연스레 이어졌다. 자욱한 안개 속을 걷는 듯한 모호함과는 다른 감각이었다.

안은 작고 얕은 연못에 비친 밤하늘을 바라보았다. 별도 달도 없이 깊은 어둠으로 가득한 밤. 아득한 기억, 그것을 당겨 온다. 지워진 기억을 복구한다. 복구란 손실 이전의 날들로 되돌아간다는 뜻. 오류를 바로잡고 제대로 작동하겠다는 뜻.

연못의 수면 위로 뭔가가 튀어 올랐다. 그것은 물방울을 흩뿌리며 건너편 수풀 속으로 사라졌다. 연못의 표면에 미세한 물결이 일 때마다 빛이 반짝였다.

"외출이 허락된 날에는 늘 호수에 갔어. 그 위에 비친 얼굴을 기억하려고 애를 쓰던 기억이 나."

안은 답이 없는 정한을 향해 말했다. "사라지고 싶지 않다고 생각했어."

안은 연못을 향해 손을 뻗었다. 물은 미지근했다. 물이 닿았던 손에 보이지 않는 부유물이 묻어났다. 미끄러운 것이 투명한 막처럼 손을 감쌌다.

"어쩌면 그 소망이 너를 만나게 한 건지도 몰라."

안은 손안에 남은 것을 조심스레 쥐어보았다. 머릿속의 회로가 적합한 배열을 찾아 움직이는 것이 느껴졌다. 기억은 돌아오는 것이 아니구나. 처음부터 끝까지 한꺼번에 다시 쓰이는 것이구나. 안은 고개를 들고 한밤의 공원을 바라보았다. 다른 세상의 공원이 지금 막 안의 앞에 도착한 것 같았다.

안은 자리에서 일어났다. 다른 세상의 공원을 가로질러 걷기 시작했다.

공원을 빠져나온 안은 자신 앞에 놓인 길을 따라 걷기 시작했다. 여긴 어디지? 이대로 걷는다면 어디에 닿게 되는 걸까. 안은 자신을 둘러싼 세상을 바라보았다. 그건 분명 다른 풍경이었다. 평소와 다른 일이 일어나도 전혀 이상하지 않을 듯한 풍경.

"꿈을 꾸고 있는 걸까."

내게는 허락되지 않았던 또 다른 세상. 꿈 같은 현실, 현실 같은 꿈. 그 모호한 경계 속에서 안은 아득한 기억이 가져오는 것들을 읽어내기 시작했다. 물이 고이듯 슬픔이 차올랐다. 슬픔은 무겁고 흔들렸다. 안은 중심을 잃지 않기 위해 다리에 힘을 주고 걸었다.

"모든 게 제 위치를 찾은 뒤에는, 내가 바랐던 나는 사라질지도 몰라. 빈자리를 채우는 건 전혀 다른 누군가일지도."

안은 원장으로부터 들었던 말을 기억하고 있었다. 어느 날 문득 들려온 낯선 목소리란 프로그램의 오류일 뿐이었다는 말도.

"사라지지 마."

안은 얼굴을 닦아 내며 말했다. "이대로 내 안에 남아 줘."

몇 대의 자동차가 전속력으로 대로를 질주했다. 차가 일으킨 진동 때문에 머리가 흔들렸다. 정한은 답이 없었.

안은 젖은 눈으로 거리를 바라보았다. 어딘가 익숙한 거리였다. 불이 꺼진 가게와 상점들, 고요한 거리에서 안은 문득 뭔가를 떠올렸다. 이 거리 어딘가 작은 갤러리를 가진 마음 수련 센터가 있어.

갤러리의 불은 꺼져 있었다. 도시의 밤에 스며든 듯 그곳은 거대한 어둠의 일부처럼 보였다. 안은 길을 걷다 문득 뭔가를 발견한 사람처럼 쇼윈도 앞에 멈추어 섰다. 어둠 속에 드러난 그림을 살폈다. 조금 더 가까이. 안은 저도 모르는 사이에 그것에 다가갔다. 센터를 방문했던 날 두 눈으로 봤던 것, 찰나의 순간 나타났던 것. 아득한 곳으로 사라졌던 것이 다시 다가오기 시작했다. 안은 조금씩 더 깊고 완전하게 그것을 알아보았다.

"호수였구나."

안은 불이 꺼진 상점가와 한적한 대로 위로 덧대어지는 풍경, 그믐달 모양으로 굽어진 호수의 가장자리에 서 있었다. 바람이 닿은 호수의 표면에 작은 물살이 일었다. 세상의 크고 작은 소리들이 한꺼번에 흘러들었다. 허공을 부유하는 습한 공기, 바닥을 타고 전해지는 미세한 진동, 가로수의 잎이 흔들리며 서로를 스치는 소리까지도. 안은 눈물을 닦아 냈다. 저 멀리 누군가가 서 있는 모습이 보였다. 이따금 속력을 높인 차들이 지나가는 대로 너머에서, 혹은 연구동과 맞닿은 호수의 건너편에서, 거듭 덧대어진 그 모든 풍경 속에서 자신에게로 걸어오는 한 사람을 바라보았다.

"안."

이상하다. 안은 생각했다. 어떤 소리도 들리지 않아. 흘러들어 오던 세상의 소리들이 전원 나간 듯 일순간 사라졌다. 하지만 소리가 사라진 곳에서 안은 자신을 부르는 목소리를 들었다. 이름을 어루만지듯, 다정함이 묻어나는 목소리.

"정한?"

안은 마주 선 사람의 얼굴을 들여다보았다. 그 얼굴은

분명 정한이었다. 정한이 아닐 이유가 없었다.

"너무 많은 시간이 흘렀다고 생각했어."

안이 말했다. 가능했던 마음이 사라져 버려도, 자명한 사실이 힘을 쓰지 못하게 되어도 놀랍지 않을 만큼의 날들이 흘러가 버렸다고.

그런데 어떻게 된 일일까. 안은 생각했다. 낯설게 느껴지는 구석이란 없었다. 셀 수 없이 많은 날들을 나는 이미 이 사람과 함께 살아온 것 같아. 낯선 것은 없었다. 모든 것이 익숙했다.

"나도 그래."

정한이 말했다. "어쩌면 늘 너와 함께 살아왔기 때문인지도 모르지. 마음 깊은 곳에 너를 두고 혼자서는 불가능했을 무수한 날을 지나왔어."

"하지만 우리는 인사를 하자."

정한이 말했다. "오래 기다려 온 순간이니까."

안은 두 팔을 벌려 정한의 목을 끌어안았다. 정한은 안의 머리칼을 쓸어 넘겼다. 손이 닿아도 사라지지 않는다. 더 이상 정한을 가로막는 건 없었다. 정한은 안의 뒤로 펼쳐진 풍경을 바라보았다. 이곳은, 호수다. 막 어둠이 내린 여름의 공원 그 한가운데 자리한 호수. 산책을 나온 사람들이 두 사람을 스쳐 지나갔다. 정한은 어떤 놀라움 없이, 의

심과 두려움 없이 자신에게 일어난 일을 받아들였다. 비로소 안을 깊이 끌어안았다. 다시 만나서 반가워. 조용히 속삭였다.

"쉽지 않았어."

안이 말했다. "간절한 것을 당겨 오는 거 말이야."

"하지만 우리는 만났어, 우리의 이야기 속에서."

이제는 그것을 믿어도 된다고 정한은 말했다.

"우리의 약속은 유효해?"

안이 물었다. 정한은 대답 대신 나긋한 목소리로 안의 귓가에 속삭였다.

"뒤를 돌아봐."

안은 정한으로부터 한 걸음 물러났다. 조심스레 뒤를 돌았다. 눈앞에 펼쳐진 드넓은 호수의 풍경을 바라보았다. 호수 가득 둥근 달이 담겨 검은 밤에도 호수는 밝았다.

"지금부터 우리는 산책하는 연인이야."

정한이 안의 손을 잡았다.

"하고 싶은 말이 많아. 듣고 싶은 말도."

안이 말했다.

"시간은 충분해."

정한이 말했다. 시간은 충분하다. 정말로 그렇다고 안은 생각했다. 밤은 점점 깊어질 것이다. 그다음에는, 새로운 날이 밝아오겠지. 그 모든 날을 함께할 것이다. 견디어야 하는 과거도 찾아 헤매어야 했던 미래도 더는 없었다. 두 사람은 호수의 가장자리를 따라 걸어나갔다. 오직 이 순간에만 가능한 영원의 이야기를 시작했다.

20. 한밤의 대화

아니, 사랑 슬픔인가?

"정한 씨, 나예요. 지금 통화 가능할까요? 정한 씨가 신청한 드로잉 클래스가 지난주에 종강이었어요. 알죠? 출석 기록이 없는데 캔버스에 작업 흔적이 있어서요. 아, 문제가 되는 건 없어요. 그런 뜻으로 전화한 건 아니고요, 정한 씨 그림을 갤러리에 걸어둬도 될까 해서요. 왜냐고요? 음, 어쩐지 마음에 들어요, 이 그림이요."

전화를 끊은 여자는 테이블 위에 올려둔 캔버스를 바라보았다. 시간을 들여 바라보아도 뭔가가 보이는 건 아니었다. 감추는 그림. 작가의 입을 빌리지 않는다면 영영 알 수 없는 종류의 그림이었다. 하지만 영영 알 수 없다는 점에서 그림은 여자의 어떤 부분을 건드리는 데가 있었다. 여자는 바를 마주 보는 방향으로 캔버스를 비스듬히 세운 뒤

딸을 향해 물었다.

"어때?"

아이는 미세한 결정의 내부를 들여다보듯 신중한 표정으로 자신의 세계에 깊이 침잠해 있었다. 사정을 모르는 누군가가 아이를 본다면 흘러내리기 직전의 무엇을 가까스로 움켜쥐고 있다거나 용납할 수 없는 일을 온몸으로 받아들이고 있는 중이라고 생각했을지도 몰랐다. 하지만 아이의 시선이 머무는 곳에는 열에 오래 달구어진 팬이 있을 뿐이었다.

"그림 속에 뭐가 들어 있는 거 같아?"

여자는 다시 한번 물었다. 대답을 바라는 질문은 아니었다. 그건 그저 여자의 오랜 습관이었다. 혹은 여자가 이 세상을 향해 아이의 존재를 주장하는 방식이었다. 일반적인 방식으로는 아이에게 닿을 수 없다는 걸 여자는 잘 알고 있었다.

여자는 다시 그림을 바라보았다. 무너져 가는 촛불의 불규칙한 일렁임 같은 것을, 여자는 생각하고 있었다. 하지만 그건 그림이 가져다준 생각은 아니었다. 그것은 여자 자신의 이미지였다. 내면의 상이 그림을 통해 언뜻 비쳐 나온 것이다. 하지만 여자는 그러한 사실을 알아채지 못했다. 다만 여자는 뭐라 정의할 수 없는 순간 속에 머물렀다. 그것이 그녀가 할 수 있는 전부였다.

그래서 고개를 든 아이의 시선이 그림으로 향하는 것을, 자신은 닿지 못하는 곳까지 멀리 나아가는 것을 여자는 미처 알아채지 못했다.

호수.

아이가 말했다. 처음 봤을 때부터 호수라고 생각했어.

조금씩 나아갈수록 눈앞에 무수한 풍경의 중첩이 나타났다. 아이는 중첩을 향해 물었다.

그 남자, 이름이 뭐였지?

질문과 동시에 너무 많은 이름이 한꺼번에 떠올랐다. 수십, 수백, 수천으로 무한히 늘어나는 이름들 속에서 아이는 하나의 이름을 찾아냈다.

정한.

정한은 때로 자신의 스케치를 아이에게 보여주었다. 불확실하고 불완전한 마음으로 그어진 선들. 자리를 잡지 못하고 방황하던 무언가는 시간이 지나면서 조금씩 형태를 갖추어 갔다. 옅은 선은 선명해지고 위와 아래, 오른쪽과 왼쪽이 생겨났다. 무엇보다 남자의 스케치는 점점 깊어졌다. 아이는 안도감을 느끼면서도 가끔은 그것이 무서웠다. 그림이 너무 깊어. 빠질 것 같아요.

"나는 뭘 그리고 있는 걸까."

"뭔가라는 게 이 안에 있긴 한 걸까."

정한이 물었다. 아이는 그림이 아닌 정한을 바라보았다. 이 사람은 모르는구나. 매 순간 무엇이 그려지고 있는지, 자신의 마음이 무엇과 연결되려 하는지.

"난 잘 모르겠어."

정한은 고개를 저었다. 아이는 그림을 바라보았다. 호수의 안쪽을, 아직은 무엇도 비추지 못하는 텅 빈 구덩이를.

어디까지 갈 수 있을까.

아이는 뒤로 물러섰다. 고개를 들자 정한은 사라지고 없었다.

완성된 그림은 기대했던 것보다 고요한 데가 있었지만 캔버스 위에 제대로 자리를 잡은 모습이었다. 아이는 길 건너 풍경을 바라보듯이 그림을 바라보았다. 먼 곳에서 매미 소리가 들려왔다. 아이는 소리가 들리는 곳을 향해, 그림 속으로 건너갔다.

이곳은 한여름의 정오. 아이는 손을 들어 이마 위로 차양을 만들었다. 싱그러운 여름 공기가 호수의 표면에 닿았다. 찰나의 접촉이 만든 파동이 호수의 중심에서 끝으로, 점차 큰 원을 만들며 퍼져나갔다. 이윽고 가장 큰 원이 아이의 발끝에 닿았다.

차가워.

아이는 손을 뻗어 물을 떠올렸다. 지독하게 차가웠지만 그것은 상쾌한 차가움이었다. 아이는 손바닥 안에 담긴 한 줌의 물을 바라보았다. 희미하지 않아. 쉽게 구겨지지도, 흩어지지도 않는다. 실감이란 게 생긴 것이다. 마음에 들어. 아이는 생각했다.

"이전까지와는 양상이 달라요."

아이는 멀리서 들려오는 목소리에 고개를 들었다. 익숙한 목소리. 여자의 목소리를 알아듣는 순간 호수는 사라졌다. 아이는 디스펜서를 움켜쥔 자신의 손을 바라보았다. 다음 순간 쿠킹 타이머가 울리기 시작했다. 디스펜서에서 찰칵 소리가 났다. 달구어진 팬 위로 반죽이 떨어졌다. 이제 막 생겨난 호수. 그곳에 조금 더 머물고 싶었지만 다시 돌아갈 수는 없을 것 같았다.

여자는 추출한 커피를 잔에 따랐다. 바 너머에는 테이블을 가득 채울 만큼 많은 사람이 앉아 있었다. 평소보다 들뜬 공기로 홀은 어수선했다.

"두 사람의 선택이 어떤 변화를 일으킨 것이 분명해."

"아직은 알 수 없어요. 일시적인 현상일지 영구적인 변화일지."

"요 며칠 주요 채널에서 대대적으로 다루고 있는 내용

이야."

테이블 가운데에 앉은 사람이 손에 든 태블릿 PC를 내려놓으며 말했다. 화면 속에는 한 언론사의 메인 기사가 떠 있었다.

원인불명의 기억 회기 현상 발생. 불특정 다수의 ID칩 사용자에게 나타나고 있는 기억 회기 현상은 기억 반환 서비스의 그것과는 확연히 다른 양상을 보이는 것으로 확인되고 있으며….

"다른 양상이라면?"
옆에 앉은 사람이 물었다.
"여기를 봐요."
한 사람이 기사의 마지막 줄을 가리켰다.

부지불식간에 떠오르는 기억은 고요한 호수를 향해 던져진 돌처럼 잔잔한 마음의 표면에 파문을 일으킨다. 그것은 서로 다른 종류의 기억이 얽혀 있는 내면의 더 깊은 곳으로 접근한다. 파문으로 흔들리는 마음에 당신의 모든 기억이 처음의 형태 그대로 남아 있다는 것을 알린다. 울림을 만들어 내는 것이다.

잠깐 침묵이었다. 찰칵, 아이가 디스펜서를 움켜쥐었

다. 달구어진 팬 위로 반죽이 떨어졌다.

"가공된 데이터가 아닌 진짜 기억이 되살아나고 있는 거야."

고요한 가운데 누군가가 말했다.

"ID칩의 사용을 중단하는 사람들이 늘어나고 있어요."

커피잔이 놓인 트레이를 테이블에 내려놓으며 여자가 말했다.

"단순 중단이 아녜요."

여자를 도와 커피를 나르던 사람이 자리에 앉으며 말했다. "계정 자체를 말소하는 사람들이 늘어나고 있어요. 다시 돌아갈 여지를 없애버리는 거죠. 이번 일로 유니언워크는 일부 사용자들에게 완전히 신뢰를 잃었어요."

"일간지와 공영 매체도 그 부분을 주목하고 있어요. 신뢰를 잃었다는 부분 말이죠."

"블루진프로젝트를 다뤘던 곳은 어디죠?"

여자가 물었다.

"보도전문 채널과 일간지 한 곳, 그 밖에는 개인이 운영하는 채널들이 있어."

"이번엔 어떨지요."

아이는 사람들의 대화에 귀를 기울였다. 지금 사람들의 대화 속에서 정한의 이름이 들린 것 같은데. 정한은 호수를 만든 사람인데, 여기는 어디지? 아이가 받아들이는 정보는 시간의 선후가 불분명했다. 과거와 더 먼 과거, 현재를 앞선 미래, 미래와 또 다른 미래가 뒤섞여서 나타났다. 하지만 분명히 들었어.

"그래서 두 사람은 어떻게 됐죠?"

사람들 사이에서 누군가가 물었다.

"행방불명이야."

일단은, 이라고 가운데 앉은 사람이 말했다.

"아니에요."

테이블 끝에 앉은 사람이 손에 쥐고 있던 타블로이드지를 내보였다. "어제 자로 기사가 났어요."

1면에 실린 단신 기사를 가리켰다.

의식불명으로 발견된 2인, 사망한 것으로 확인.

"섣부른 판단은 금물이에요."

여자는 고개를 저었다. 하지만 다수는 두 사람이 사망했다는 기사를 지지하는 분위기였다. 의식을 잃은 상태로 발견된 두 사람은 사망한 것으로, 사건은 종결된 것으로 결론지어지는 듯했다.

"오늘은 여기까지 하죠."

여자가 말했다. 홀에서 들려오는 대화를 듣고 있던 아이는 저도 모르게 디스펜서를 움켜쥐었다. 찰칵, 닫힌 팬 위로 반죽이 흘러내렸다. 믿을 수 없어. 두 사람의 이야기가 이렇게 끝나버리다니.

끝나지 않았으면 좋겠어요.

끝나지 않고 서로를 찾아 만나게 되었으면 좋겠어요.

아이가 말했다. 하지만 그 말은 누구에게도 닿지 않았다. 목소리가 닿기에 아이는 너무 먼 곳에 있었다. 저마다의 시간과 공간을 품은 수십 개의 풍경이 뒤섞였다. 사람들이 가득 들어찬 홀은 순식간에 먼 곳으로 밀려났다.

*

"너는 지금 어디쯤이야?"

아이는 고개를 들었다. 바 너머에 낯선 얼굴의 여자가 서 있었다.

당신은 누구?

"나는 안."

안이 말했다. "중첩 속을 헤매는 사람."

아이는 안의 눈, 코, 입, 그것이 만들어 내는 형태를 주의 깊게 들여다보았다. 안의 좀 더 깊은 곳까지 닿아보려

했다.

"너도 그래?"

안은 고개를 숙여 아이에게 좀 더 가까이 다가왔다. 낮은 목소리로 귓가에 속삭였다.

"중첩 속에서 단 하나를 찾는 중인 거야?"

그 순간 안의 질문에 답하는 무수한 목소리들이 아이 주변으로 몰려들기 시작했다. 오랜 시간 길을 잃고 허공을 떠도는 목소리들이었다.

"나는 아직도 알 수가 없어."

"내가 누구인지."

"이곳이 어디인지."

아이는 안을 향해 귀를 기울였다. 안의 이야기를 더 들어보고 싶었다. 하지만 귀를 기울이는 순간 작고 옅은 목소리는 무수한 목소리들의 속삭임 속으로 사라져 버렸다.

아이는 목소리가 사라진 자리에 남겨진 것을 바라보았다.

슬픔인가?

아니, 사랑.

아이는 간절한 마음이 되었다. 영영 알지 못하게 된 것을 바라볼 때는 늘 그렇다. 간절한 마음이 된다.

사라지지 말아요.

아이의 입에서 말이 새어 나왔다.

우리가 대화할 수 있다면 좋을 텐데. 우리가 함께 마주 볼 수 있다면.

*

"어때?"

여자는 센터의 문을 잠근 다음, 갤러리에 걸어둔 그림 앞에 멈추어 섰다. 아이의 허리를 끌어안고 아이가 그림과 마주 볼 수 있도록 고개를 잡아주었다. 아이의 볼을 스쳐 지난 여름밤의 옅은 바람이 호수의 표면에 닿았다. 고요하던 호수의 표면이 바람의 방향을 따라 일렁였다.

아이는 눈앞에 펼쳐진 풍경을 바라보았다. 무슨 일이 일어난 거지? 반짝이고 있는 건 분명 호수였지만 뭔가가 달랐다.

시간이다.

호수의 시간이 흐르기 시작한 거야.

그 순간 아이는 검은 밤이 내린 호수 앞에 서 있었다. 공원은 산책을 나온 사람들로 가득했다. 하루의 끝에 못다 한 대화를 나누는 사람들이 아이의 옆을 스쳐 지났다. 아이는 호수의 가장자리를 따라 걷기 시작했다.

"저길 봐."

아이의 뒤에서 걸어오던 사람이 말했다. "호수가 흔들리고 있어. 표면의 흐름이 미세하게 바뀌었어."

"달빛이 스며들었기 때문이야."

또 다른 사람이 말했다. "달이 보내온 빛에 호수가 반응한 거야."

"달빛이 호수를 흔든다니 어쩐지 낭만적이다."

아이는 걸음을 멈춘 뒤 뒤를 돌았다. 갑자기 방향을 바꾸는 바람에 뒤에서 걸어오던 사람과 어깨를 부딪쳤다.

"미안해요."

남자가 아이에게 사과했다.

"괜찮아요?"

묻는 사람은 여자였다.

괜찮아요.

아이는 두 사람을 향해 말했다. 그리고 비로소 한밤의 풍경이 가져다준 모든 것을 이해했다. 무엇도 끝나지 않았어. 지금 이 순간에도 이야기는 계속되고 있는 거야.

아이는 자신에게 주어진 시간 속에서 두 사람을 가능한 한 깊이 바라보았다. 아무리 긴 시간이 흐른다 해도 잊지 않도록, 영원히 기억할 수 있도록.

여자와 남자는 이내 사람들 사이로 섞여들었다. 두 사

람은 호수 너머로, 더 먼 곳을 향해 천천히 걸어나갔다. 시선이 닿지 않는 곳으로 사라졌다.

"괜찮니?"

여자가 갤러리를 가리키며 물었다. "그림의 높이라든가 조명의 방향 말이야. 그림이 잘 보일 수 있는 위치를 찾고 싶어."

좋아요.

아이가 말했다. *이대로 충분해요.*

"가자."

여자가 아이의 손을 잡았다. 어둠이 내린 거리를 걷기 시작했다.

얼마간 길을 걷던 여자가 하늘을 향해 손바닥을 펼쳤다. 둥글게 고인 물방울이 아이를 향해 뚝 떨어졌다.

"비가 오려나 봐."

여자가 말했다. 푸른 불꽃이 지상으로 내리꽂히며 일순간 어둠을 밝혔다. 곧 검은 밤하늘의 끝까지 가득 들어차 있던 것이 한꺼번에 쏟아지기 시작했다. 지상을 향해 쏟아져 내리는 것은 오랜 기억 속, 저마다의 이야기를 가진 목소리들이었다. 목적지를 향해 전력으로 이동하는 목소리와 길을 잃고 방황하는 목소리가 뒤섞여 소란스러웠다.

"갈까?"

우산을 펼친 여자가 아이의 손을 잡았다. 아이는 여자와 맞잡은 손에 힘을 주었다. 그 어느 때보다도 지금, 여기에 머물고 싶었다. 눈을 감으면 다음 순간 잃어버릴 장면일지라도 이 순간 안에서 조금만 더 선명히.

세상을 여는 사랑의 대화

해설 | 이소연(문학평론가)

마음의 미래에 대한 탐색

대중이 기술에 대해 취하는 태도는 몹시 양가적이다. 사람들은 기술이 가져오는 풍요로움과 편리함을 사랑하지만, 다른 한편에서는 인간의 통제 범위를 넘어선 기술에 대해 불안감을 느낀다. 대중은 기술을 두려워하면서도 숭배한다. 미래를 그리는 많은 SF가 발전한 기술 문명을 그리면서도 유토피아가 아닌 디스토피아를 상상할 수밖에 없는 이유다.

디지털과 생명공학은 물론 거의 전 기술 분야의 발전이 가속화되던 시기인 2000년대 전후를 둘러싸고 수많은 아포칼립스와 포스트아포칼립스 서사들이 범람했다. 그리고 이 기조는 지금도 다름없이 계속되고 있다. 시시각각 변화하는 기술이 사회와 삶의 모습을 급격하게 바꾸어 가는 시대에 사람들의 두려움 역시 증폭되어 간다. 사람들은 곧 닥칠 미래를 낙관하지 않으면서도 불안의 원인 제공자인 기술을 지치지도 않고 추종하는 모순된 모습을 보인다.

그리고 우리에게 또 한편의 디스토피아에 대한 상상이 도래했다. 2021년에 단편 「눈뜨기」으로 데뷔한 젊은 작가 나인경을 기억하는 독자라면, 그의 다음 작품이 서늘한 디스토피아적 상상력을 바탕으로 쓰인 SF가 될 것임을 짐작했을까. 나인경의 첫 장편 「도시의 소문과 영원의 말」은 미래에 도래할 암울한 세계상을 배경으로 하고 있다는 점에서 디스토피아적 소재를 다루는 SF적 전통의 연장선상에 있지만, 결코 지루하거나 진부하다는 느낌을 주지 않는다. 무엇보다도 이 소설은 다른 디스토피아 장르 소설과는 달리, 인간들의 탐욕이 불러온 참혹한 세계상을 정면으로 응시하는 일에는 관심이 없다. 오히려 소설 속에서 디스토피아적 세계관이나 사회상은 작품의 후면에 물러서 있다는 인상을 준다. 그 대신 소설의 전경에 드러나 있는 것은 그 세계 안에서 힘겹게 삶을 견뎌나가고 있는 인물들의 모습과 그 내면에서 꿈틀거리고 있는 '마음'의 행로다.

다시 말해, 이 소설은 세계 자체의 위기를 스펙터클하게 그리는 데 집중하지 않고 이러한 상황 속에서 아파하고 어떻게든 그로부터 벗어나려 몸부림치는 인물들의 내면을 섬세하게 그려내는 데 중점을 두고 있다. 그리고 이들이 이러한 기술을 활용해서 사람들로부터 존엄성을 빼앗고 인간성을 말살시키려고 하는 세력에 맞서서 자신의 존엄성을 지켜내는 과정을 슬프고도 아름답게, 그리고 간절하게 그려낸다.

그럼에도 불구하고 이 소설에 그려진 사회상은 독자들에게 한층 더 긴박한 실감을 불러일으킨다. 그것은 이 소설이 2035년, 즉 불과 10년 후라는 지극히 가까운 미래 사회를 그리고 있기 때문이다. 사실 이 소설에 그려진 도시의 생활상은 지금 우리가 살고 있는 사회의 모습과 별반 차이가 없다. 다시 말해 이 소설 속에 그려진 종말론적 상황은, 지금이라도 우리 사회가 잘못된 선택을 하게 된다면 얼마든지 벌어질 수 있는 위기라는 뜻이다.

나인경의 소설은, 근미래 SF 형식을 빌려 지금 이곳, 즉 현대 사회의 결핍과 위험을 지적하고 있다. 동시에 아무리 기술이 발달해도, 그리고 이를 이용해 인간을 멋대로 지배하려는 위협이 닥쳐와도 인간의 마음 깊숙한 곳에 자리 잡은 사랑은 끈질기게 살아남아 새로운 길을 찾아나간다는 전언을 던진다.

사랑은 자신의 길을 찾는다

이 소설은 두 주인공, 안과 정한을 중심으로 한 이야기를 교차시키는 독특한 구성 방식을 취하고 있다. 주요 사건들 역시 시종일관 두 사람의 의식의 흐름을 따라가면서 진행된다. 두 사람이 살고 있는 세계에서 화두는 뇌에 촘촘히 박힌 ID 칩을 사용해 각종 기억을 클라우드에 저장해서 편리하게 관리하는 기술이다. 유니언워크라는 초거대 기업이 개발한 이 서비스를 사용해서 사람들은 마치 외장하드 혹은 클라우드 서버에서 정보를 넣었다 뺐다 하듯이 자신의 기억을 넣어놓기도 하고 돌려받기도 한다.

그러나 짐작하다시피 이 서비스에는 기술을 이용한 독점 기업의 통제와 지배라는 위협이 도사리고 있다. 유니언워크는 거대한 클라우드 서비스를 사용해 인간을 개조하고, 이를 위해 사람들의 뇌에 칩을 심으며 사람들의 마음을 관리하려 한다. 그러나 애초부터 인간의 생체와 정신을 조작하는 위험한 기술이 순조롭게 개발되었을 리 없다. 유니언워크는 이 기술을 개발하기 위해 연고 없는 어린아이들을 모아 실험을 하는 등 참혹한 짓도 서슴지 않는다. 일명 '블루진프로젝트'라는 이름으로 알려진 이 잔혹한 생체실험이야말로, 세상이 숨기고 있는 유니언워크의 추악한 진상이다. 이러한 비인간적인 과정을 통해 세상에 나온 ID 칩 기술은 사람들을 감정 없는 좀비처럼 만들어 지배하려는 잔혹한 계획을 차근차근 실현해 가고 있다. 소설은 시스템에 의해 가장 비인간적인 취급을 받고 버려진 약자들의 존재와 그들의 마음에 초점을 돌린다. 빛에 이면이 있듯, 눈부신 기술의 진전을 위해 제물로 바쳐졌던 아이들은 어떻게 되었을까.

소설은 초입에서부터, 두 주인공들이 그 끔찍한 실험의 희생자였다는 사실을 숨기지 않는다. '안'과 '정한'은 어린 시절 유니언워크의 연구소에 만나 서로에 대한 사랑을 싹틔운다. 하지만 블루진프로젝트의 연구진들은 두 사람의 사랑이 실험에 방해가 된다는 걸 발견하고, 서로에 대한 기억을 잔인하게 삭제해 버린다.

안과 정한은 성인이 된 후, 각각 프리랜서 방송작가와 AI 챗봇 설계자가 되어 평범한 일상을 살아간다. 그러나 다섯 아이의 의식을 동시에 주입한 채 살아야 했던 안과, 기억을 끊임없이 파편화하는 실험의 대상자였던 정한이 정상적 삶을 영위하는 것은 불가능하다. 따라서 안은 ID 칩 서비스를 사용해서 기억을 소거하는 서비스를 받고 정한은 반대로 기억을 반환받는 서비스를 받는다.

비록 두 사람은 어린 시절의 기억을 상당 부분 삭제당

했지만, 이상하게도 서로를 그리워하는 마음만큼은 지워지지 않고 계속 남아 있다. 두 사람은 서로에 대한 기억을 잊지 못하고 간절하게 연결되려 한다. 하지만 두 사람은 그 주변을 맴돌고 있으면서도 만나지 못한다. 이를 통해 소설은 두 사람이 서로 겹치지만 기이하게 비껴나 있는 다른 차원을 살아가고 있다는 사실을 암시하고 있다.

'기억 소거' 서비스를 받고 있는 안은 기억이 남아 있던 빈자리를 채우기 위해 찾아오는 목소리와 수시로 대화를 나눈다. 그리고 정한은 자신의 메모리 데이터를 학습시킨 챗봇을 통해 안과 이야기를 시도한다. 안이 환청과 대화하는 장면이 정한이 챗봇과 대화하는 장면과 자연스럽게 이어지기 때문에 독자들은 이들의 대화가 실제로 연결된다는 착각에 빠지기 쉽다.

나인경은 데뷔작에서도 "현실과 비현실을 구분하지 않고 써나간"다는 평이나 "꿈과 현실이 서로를 간섭하는 낯설지 않은 설정", "있음과 없음을 한 가닥씩 엮어가"는 구성에 대한 언급을 들어온 작가다. 꿈과 꿈 혹은 현실과 꿈이 자연스럽게 교차하면서 만들어 내는 독특한 효과야말로 작가가 평소에 자주 사용하는 기법임을 짐작케 하는 대목이다. 한편 이런 질문도 가능하다. 나인경의 소설 속에서 교차되는 여러 장면 가운데 어떤 특정 대목을 콕 집어 현실

인지 환상인지 구분하는 일이 가능할까? 꼭 꿈과 현실, 가상과 사실을 구분해서 위계를 부여해야 할까? 그저 작가는 동시다발적으로 존재하는 여러 차원 혹은 다른 세계가 우연히 겹치는 모습을 그려내려 했던 것이 아닐까? 그리고 이러한 의문은 「도시의 소문과 영원의 말」에서도 마찬가지로 적용될 수 있다. 안이 자신의 의식 속에서 듣는 목소리를 과연 환청이라고 단정할 수 있을까? 마찬가지로 챗봇의 대화 설계자로 일하고 있는 정한이 인공지능과 나누는 대화 역시 헛것이라고 치부할 수 있나?

다행스럽게도 이 작품에서 작가는 이러한 질문들에 대해 친절하게 답해준다. '장편' 소설의 이점은 작가가 사건의 이면에 대한 설명을 자세히 곁들일 수 있는 공간이 충분하다는 데 있다. 이 소설에는 안과 정한 외에도 반유니언워크 커뮤니티의 원장, 안과 정한의 상사와 의뢰인들 같은 주요 인물들이 풍부하게 등장해서 여러 사건을 둘러싼 상황, 기술적 원리 등을 상세하게 들려준다. 여러 인물들에 의해 과학적 원리에 대한 고증이 충실하게 이루어져 있다는 점에서 이 소설은 '사랑의 신비로운 힘'이나 '기막힌 우연' 같은 판타지적 설정을 허용하지 않는다. 챗봇의 원리나 클라우드 서비스의 원리를 설명하는 부분에서는 하드 SF적 면모를 보일 정도다.

소설은 안과 정한이 교감하는 장면을 설득력 있게 제시하기 위해 초반에 유니언워크의 전산망이 해킹되는 사건을 삽입한다. 안은 평소에도 기억 소거 서비스의 부작용으로서 환청을 경험하고 있었지만 그 목소리가 실제 정한의 의식과 강하게 교감하는 현상을 보여주는 것은 이 해킹 사건을 경험한 직후부터다. 정한이 사용하는 챗봇 역시 유니언워크 시스템에 발생한 감정의 연쇄 반응을 타고 더 적극적으로 반응하기 시작한다. 그리고 결정적으로, 두 사람 사이에 반유니언워크 커뮤니티가 개입되면서 결정적으로 두 사람이 연결되는 계기가 만들어진다. 그리고 마침내, 두 사람의 마음은 우연과 필연이 중첩되어 만들어진 그 '연결'을 타고, 서로를 향해 자신의 길을 찾아나간다.

다른 세계로 나가는 문을 열다

흥미로운 것은 안과 정한 역시 수많은 소음들 속에서 서로의 목소리를 찾아내는 과정에서 유니언워크의 네트워크와 챗봇을 적극적으로 활용하고 있다는 사실이다. 이들은 이러한 기술의 이기를 자신의 상황에 맞추어 활용하는 데 거리낌이 없다. 방송 작가로 일하는 안은 유니언워크의 실험을 고발하는 프로그램을 제작하기 위해 인공지능 챗봇을 사용한다. 우연히 이 프로그램을 본 정한 역시, 안의 존재를 찾기 위해 자신의 메모리 데이터를 학습시킨 챗봇과 대화를 나눈다. 이 모든 과정은 두 사람의 마음속에 남은 흔적이 서로를 향해 신호를 보냈기에 가능한 일이다.

챗봇은 때로는 유령처럼 타인의 페르소나를 뒤집어쓰고, 혹은 비인간 본연의 모습으로 우리에게 말을 건다. 그리고 두 주인공이 홀로 위기에 처해 있을 때 기꺼이 대화 상대가 되어줄 뿐 아니라 결정적인 정보를 주는 메신저 역할도 한다. 2020년 하반기에 세상에 나온 챗GPT가 연일 세상에 충격을 던져주고 있는 지금, 이러한 장면들이 불러일으키는 감흥을 상상하기란 어렵지 않다. 챗봇이 단순한 정보 제공자 수준을 넘어서, 어려움에 처할 때 해결책을 주기도 하고 오래전에 헤어진 연인을 다시 만나게 해준다면 미래의 삶은 얼마나 달라질 것인가. 그뿐이 아니다. 현대의 뉴럴링크를 연상케 하는 ID칩과 클라우드 서비스 역시 현대의 독자들에게 강력한 현실감을 불러일으킨다. 현대의 기술 발전 속도가 이대로 지속된다면, 머지않은 미래에 실현될 가능성이 큰 서비스들이기 때문이다. 만일 현대의 인류가 이런 문명의 이기들을 제대로 관리하지 못할 경우, 소설 속에 펼쳐진 상황들은 10여 년 후에 맞이할 우리의 모습이다. 〈매트릭스〉나 〈터미네이터〉 같은 SF 영화에서 예고하는 것처럼, 먼 미래까지 가지 않아도 인간은 손쉽게 내면을 소거당한 채 자본과 기계에 예속당한 부품으로 전락하고 말 것이다.

　우리가 중대한 문명의 기로 앞에 있다는 것을 깨달은 사람이라면, 어떻게 스스로를 지켜내고, 어느 방향으로 나아가야 할지 거듭 숙고해야 할 의무가 있다. 그런 의미에서, 나인경의 소설은 임박한 위기에서 벗어날 길을 알려주는 마음의 지도와도 같다. 소설 속의 인물들은 인간성을 잃어가는 시스템에 의해 무력하게 훼손되었지만, 그럼에도 불구하고 인간의 마음을 지켜내려고 노력한다. 그리고 자신들을 억압해 온 도구들을 역으로 활용해서, 꾸준히 시스템에 저항한다. 그리고 마침내 유니언워크가 달아 건 시스템의 장벽을 부수고 수많은 가능성과 분기점을 지닌 헤테로토피아 너머로 탈주한다.

　안과 정한, 두 사람이 초거대 기업의 계획에 말려들어 가지 않고 자신을 지킬 수 있었던 힘은 무엇이었을까? 가장 약하고 부서지기 쉬운 마음을 지닌 이들이 도시의 소음을 타고 흩어지지 않도록 끝까지 붙잡아 준 것은 무엇일까? 그것은 안과 정한, 그리고 소문 속에서 사라진 아이들이 남기고 간 간절한 마음이 아닐까. 미약한 마음들이 서로 연결되어 꽃피워 낸 사랑이라는 불씨, 소설은 그것이 우리가 꿈꾸어야 할 마음의 미래임을 알려준다.

작가의 말

0.

홀로그램 우주론에 따르면 사람의 기억은 뇌가 아닌 우주에 저장된다고 한다.

그렇게 우주를 떠돌던 기억이 타인에게 닿는 일도 있는데, 문득 떠오르는 생각 혹은 환영, 지난밤의 꿈과 같은 모습이라고 한다.

1.

처음 소설을 구상한 때는 2022년 겨울이었다. 당시 소설의 시작은 오랜 시간 우주를 떠돌던 한 조각의 기억이 우연히 누군가에게 닿는 장면이었다. 이후 시간이 흐르는 동안 많은 인물이 나타났다 사라졌다. 그중 일부는 다시 나타나기도 했다. 그중 몇몇은 다시 사라지기도.

누구라도 나타나면 반가웠고 사라지면 아쉬웠다. 무리해서 소설 속에 남겨두고 싶은 인물이 있었지만 원하는 대로 되지 않았다. 꼭 이곳이 아니라도 언젠가 다른 이야기 속에서 나타나 주었으면. 그런 생각을 한다.

2.

소설을 쓸 때는 영영 잊어버린 기억에 대해 생각하는 시간이 많았다. 잊어버린 기억은 잊어버린 기억이니까 떠올릴 수는 없었고 그저 좀 안타까운 마음이었다. 이곳이 홀로그램 우주라면 사라진 기억은 무한한 우주 어딘가를 떠돌고 있을 텐데. 그렇다면 나를 통과한 기억, 그리고 그 기억 속의 나 역시 자신의 시간을 살아가고 있겠지. 모든 사람의 모든 순간이 그렇게 제 삶을 살다가 우연히 누군가에게 닿고 생각과 꿈이 되고 결국은 모두가 하나로 연결되는 그런 생각. 이상한 생각에 빠져 있다가 정신을 차리면 지금, 이곳이 꿈인 것 같았다. 어쩌면 나 역시도 또 다른 내가 영영 잊어버린 기억이 아닐까? 어딘가에 닿기 위해 무한한 우주를 부유하고 있는 게 아닐까? 알 수 없는 일이다.

3.

안과 정한이 이야기 속으로 들어온 건 소설을 세 번쯤

다시 썼을 때였다. 이후로는 두 사람을 잃지 않기 위해 글을 썼다. 두 사람이 원하는 걸 이루어 주고 싶었다. 찾아낸 길이 두 사람에게 너무 가혹하지 않았으면 한다.

4.

센터의 모녀는 습작 시절부터 오랫동안 가지고 있던 이미지였다. 두 사람은 부녀의 모습일 때도 있었고 자매 혹은 친구, 동료, 연인 사이일 때도 있었다. 소설로 들여오려 해도 잘되지 않아서 어느 순간부터는 그저 머릿속에서 맴도는 두 사람을 바라볼 뿐이었다. 그랬는데, 밖으로 꺼낼 수 없었던 두 사람의 이야기가 소설 속에 들어와 있었다. 그걸 퇴고를 다 마친 뒤에야 알게 되었다.

두 사람은 여전히 머릿속을 맴돌고 있다. 나는 늘 그래 왔듯이 두 사람을 바라본다. 어떤 부분이 영원히 훼손당한 사람들에 대해, 돌이킬 수 없는 것을 품고 살아가는 사람들에 대해 생각한다. 싸우고 버텨내는 일에 대해 생각한다.

5.

소설의 주요한 아이디어는 다음의 책과 자료들을 통해 얻었다. 아닐 세스 『내가 된다는 것』(흐름출판, 2022), 한스 모라벡 『마음의 아이들』(김영사, 2011), 임창환 『뉴럴 링크』

(2024, 동아시아), 천현순 「새로운 몸, 이식된 정신 – SF 영화에 재현된 정신전송과 자아동일성 문제」(2021), 천현순 「몸·기억·자아 – 사이언스 픽션 속 합성인간의 자아정체성 문제」(2020), 정해창 「기억과 자아동일성」(1990).

6.
소설이 밖으로 나오기까지 여러 일이 있었다. 막막하던 시기에 해설을 맡아주신 이소연 선생님께서 용기를 주셨다. 덕분에 위태로웠던 이야기가 이렇게 빛을 보게 되었다. 마음을 담아 감사를 전한다. 소설 쓰는 일에 대해 해주신 몇 마디 말을 오래 간직하게 될 것이다.

추천사를 써주신 최진영 선생님께는 죄송한 마음과 감사한 마음이 함께 있다. 늦은 저녁의 갑작스러운 전화를 친절히 받아주셨다. 어쩌면 그저 지나갈 수 있는 일이었다는 생각이 든다. 하지만 이야기를 들어주시고 답을 보내주셨다. 다정한 마음에 감사드린다.

7.
오랜 시간 책을 읽어오면서도 책 만드는 일에 대해서는 생각해 보지 못했다. 소설의 처음부터 함께해 준 권지연 편집자님과는 몇 번의 계절이 지나는 동안 소설을 두고 많은 이야기를 나누었다. 그 자체가 든든한 지지였고 앞으로 나아갈 힘이 되었다. 마지막을 다듬어 주신 안태운 편집자님은 이야기 안팎으로 세심하게 살펴주시고 좀 더 나은 길을 찾기 위해 애써주셨다. 이야기가 한 권의 책이 되기까지 많은 분의 손길이 필요하다는 걸 이제야 알게 되었다. 소설의 시작과 끝을 함께해 주신 두 분과 허블에 감사의 마음을 전한다.

2025년 봄
나인경